TRPGプレイヤーが異世界で最強ビルドを目指す
ヘンダーソン氏の福音を
Mr. Henderson Preach the Gospel
1
Author
Schuld
Illustrator
ランサネ
ヘンダーソンスケール
【Henderson Scale】
物語がどの程度本筋から逸脱したかを測る指針。
殺意マシマシのGMの卓に参加しつつも、奇跡的に物語を綺麗なオチにした海外のTRPGプレイヤー、オールドマン・ヘンダーソン氏に因む。

「やさしくお願いね？」
「悩んでいるなら頼ってちょうだいな……」
マルギット
Margit

「エーリヒのいけずぅ～!!」

「美事！」

感心の歓声は
私を嗾けた巨鬼のものだろう。
刀剣商は私と兜の間で
唖然とした顔を
行き来させている。
エリザ
Elisa
エーリヒ
Erich

やれることをやらねば、
何の為にこの世界に
生まれ直したというのやら。
「よし、賽子を振るとしようか」

ヘンダーソンスケール
【 Henderson Scale 】

- **-9**：全てプロット通りに物語が運び、更に究極のハッピーエンドを迎える。
- **-1**：竜は倒れ、姫は国元に帰り、冒険者は酒場でエールを打ち合わし称え合う。
- **0**：良かれ悪かれGMとPLの想像通り。
- **0.5**：本筋に影響が残る脱線。
  EX）シナリオでボチボチ働くはずだったNPCが死ぬ。或いはPCによって勝手に妙なキャラ付けが為される。
- **0.75**：本筋がサブと入れ替わる脱線。
  EX）盛り上がった雑談の方向に話が逸れ、実際に行動に移される。PC1置いてけぼりで、その場で生えたNPCとの因縁を果たしに行くなど。
- **1.0**：致命的な脱線によりエンディングに到達不可能になる。
  EX）私は館の領主が吸血鬼かもしれないから調査しろとは言った。だが、誰も館に火を放てとは言っていない。だろう?
- **1.25**：新しいセッション方針を探すも、GMが打ち切りを宣告する。
  EX）上の状態から更に君は行きがけの駄賃にと領主の館を襲うと?　ほぉ?
- **1.5**：PCの意図による全滅。
  EX）オーケー、君のキャラが社会的に死んだのは確かに不幸だ。だが、戦闘開始と同時に裏切って神官を刺し殺した理由にはならんな?
- **1.75**：大勢が意図して全滅、或いはシナリオの崩壊に向かう。GMは静かにスクリーンを畳んだ。
  EX）そのまま戦い、バラバラに蛮族領域に逃げる意図は認めよう。しかし、何だってそこで態々正騎士狩りが必要なんだ?　誰か私に教えてくれ。
- **2.0**：メインシナリオの崩壊。キャンペーンの終了。
  EX）GMは無言でシナリオを鞄へとしまった。
- **2.0以上**：神話の領域。0.5～1.75を経験しつつも何故かゲームが続行され、どういうわけか話が進み、理解不能な過程を経て新たな目的を建て、あまつさえ完遂された。
  EX）何故か君たちは蛮族領域まで数多の人族の首を連ねて到達し、名誉蛮族として永遠の名誉を得た……。で、私は君たちに経験点を配らないといけない?　マジで?

Aims for the Strongest Build Up Character The TRPG Player Develop Himself in Different World Mr. Henderson Preach the Gospel

CONTENTS

TRPGプレイヤーが異世界で最強ビルドを目指す

ヘンダーソン氏の福音を 1

Mr. Henderson Preach the Gospel

Aims for the Strongest
Build Up Character
The TRPG Player
Develop Himself
in Different World

Author
Schuld

Illustrator
ランサネ

マンチキン

【Munchkin】

①自分のPCが有利になるように周囲にワガママをがなりたてる、聞き分けのない子供のようなプレイヤー。
②物語を楽しむことよりも自分のキャラクターのルール上での強さを追求する、ルール至上主義者なプレイヤー。和マンチとも。

序章

TRPG《テーブルトーク ロール プレイング ゲーム》

【Tabletalk role-playing game】

いわゆるRPGを紙のルールブックとサイコロなどを使ってアナログで行う遊び。

GM（ゲームマスター）と呼ばれる主催者とPL（プレイヤー）が共同で行う、筋書きは決まっているがエンディングと中身は決まっていない演劇とでも言うべきもの。

PLはPC（プレイヤーキャラクター）をシートの上で作り、それになりきってGMが用意した課題をクリアしつつエンディングを目指す。

現在多数のTRPGが発行されており、ファンタジー、SF、モダンホラー、現代伝奇風、ガンアクション、ポストアポカリプス、果てはアイドルとかメイドになるイロモノまで多種多様。

自我が芽生えるに至って自身が正気か否かを第一に考える必要を認めるのは、中々に業が深いのではないかと思い始めた。

私の名前はエーリヒ。家名はない。

というのもライン三重帝国の辺境における荘園《しょうえん》に四男として生を受けたからだ。単なる自作農に家名を名乗ることなど許されず、無理をしてもケーニヒスシュトゥール荘のエーリヒと名乗る他なく、余所《よそ》では父ことヨハネスの末の倅《せがれ》で通じる。

母が昨年の冬に生まれた妹の世話に手を焼いて放置されるようになった五歳の春、私の自我は斯様《かよう》な思考をこねくり回すようになっていた。

それもこれも前世というべきか、何やら自身の経験から隔絶した自我を持っているからだ。

通常、五歳児というのは良くも悪くも無邪気で阿呆《あほう》な生き物だ。鼻水を垂らして小動物や昆虫の命を玩弄し、泥まみれになりながら駆け回るのが相応である。それがこんな不便極まるとしか思えない、自然以外に見るべき所のない農村であれば尚更《なおさら》だろう。

だのに私には妙に達観したというか、擦り切れた思考が自身を知覚すると同時に備わっていた。それに付随する、自身とは関係無いはずなのに自分のこととしか思えない経験と共に。

その経験が語るところ、私にはもう一つの記憶がある。更待《ふけまち》　朔《さく》という男性の記憶だ。正しく前世と呼ぶ他に形容の見当たらぬ自我と経験は、ありふれた三〇代の男のそれ。

普通の家庭に生まれ、相応の幸福に恵まれながら運がないことに若年性の癌《がん》で呆気《あっけ》なく人生を終えた一人身の男だ。

　商社に勤めて管理職になり、趣味を十分に愉《たの》しんだ後悔のない人生だったと思う。一人身故に両親に私の孫を抱かせてやれなんだのが心残りではあったが、それもできた姉が果たしてくれたのでそこまででもなかった。

　問題はそんな私が、何故《なぜ》にこんな見覚えのない地で、五歳児である身分を自覚しながら存在しているかだ。

　心当たりは一つあった。若年性故に進行が速い癌の治療を早々に諦めた私は、ターミナルケアの中で精神を落ち着ける瞑想《めいそう》に耽《ふけ》ることが多かった。結跏趺坐《けっかふざ》で自身の中に深く埋没する精神修養が、病で軋《きし》む身体《からだ》の恐怖を和らげてくれるのだ。

　その瞑想の最中、私は仏に会った。

　シンプルに言葉にすれば自分でも電波の極み《なにかのびょうき》としか思えないが、本当にそうとしか言えないのだ。なにせ私が邂逅《かいこう》した蓮華《れんげ》の上に座する彼は、菩薩《ぼさつ》になるべく修行中の未来仏だと名乗ったのだから。

　その未来仏――次の菩薩ということは弥勒菩薩《みろくぼさつ》なのか？――曰《いわ》く、三千世界を管理する中でヒトが将来的に潰《つい》えかねない世界は数多《あまた》あるという。その世界を管理委託された神から助けを乞われ、直接的に助けるのではなく、将来的に解決しうる魂を放り込むことで彼《か》の御仁は事態を解決、あるいは食い止めたいのだと私に語った。

なにせ、彼が菩薩となり一切の衆生を救済するまで、三千世界を管理・維持することこそが修行だというのだ。

だったら私みたいな死にかけの凡夫に声なんぞかけず、神パワーなりなんなりで片付ければよかろうと思えど、そうもいかぬ事情があるそうな。

というのも、神々が直接介入し過ぎればヒトは多くの場合で努力を止め、結果的に衰退するからだという。それ故、本質的には世界の内側にある人間が是正できるよう、間接的に便宜を図ることで神々は事態の修正を行うそうだ。

曰く、倫理観の基礎を作った各神話における預言者達《たち》も、今の私と同じポジションのオファーが来て覚者だの神の子になったそうな。

全く壮大にして遠大過ぎる話であり、高額で分厚い書籍《ルールブック》や薄い書籍《サプリメント》を買うことを至上の贅沢《ぜいたく》としている小市民の私には、到底理解し難い話であった。

全くもって謎の人選だ。私より高潔な精神を持ち、優れた人格の博愛主義者。それこそ善き人や目覚めた人みたいなのを選べばいいもの。

しかれども、彼の御仁の決定は覆らなかったらしく、私は厳然としてここにある。農家の四男、ケーニヒスシュトゥール荘のエーリヒとして。

ただ、彼はそこまでお題目を唱えた上で私に役割を与えなかった。

伝えるべき教えも預言も持たされず、私が授けられたのは〝汝《なんじ》が為《な》したいように為すがよい〟と非常に聞き覚えがある福音だけ。

邪神かな？

冗談はともかく、恐らく神々の領域で語られる深遠にして複雑な、私の理解が及ばぬ戦略レベルでの思惑がおありなのだろう。きっと私が好き勝手することが、彼の御仁にとって何らかの都合が良いように運ぶようにできているに違いあるまい。

そう、良くも悪くも。

私が此処《ここ》にあること自体に意味があるのだろう。ならば、生きている以上は生きる他にあるまいて。

さて、そんな神の実在を信じるに足る証拠が一つあった。

彼の御仁は邂逅の終《しま》い口、福音とともに祝福を授けると言った。

曰く、自身を思うが儘《まま》にする権能だという。

何のことか当時は分からなかったが、この世界において自我が固まった今ならば分かる。

つまりそれは、自身の能力を〝思うが儘に伸ばせる〟ということだ。

意識すれば目の前に広がるのは、己という人間を俯瞰《ふかん》した設計図である。何ができ、何が得意で、何を為せるようになるのか。その全てがつまびらかにされ、あまつさえ〝望むように〟弄《いじ》り倒すことが能《あた》う。

複雑に絡み合い、相互に影響し、無限に伸びていく要素は正しく私が前世で愛した遊戯そのままではないか。己《おの》が分身を思う様《さま》に構築《スクラッチ》し、世界を回る最高の遊興が目の前に広がっていた。

シンプルながら味があるシステムに私はすぐさま魅了される。肉体を表す立体的に伸びる基本円柱、そしてその周囲を複雑に囲っていく多数の円柱が職業や特技、特性といったキャラクターを作り上げていく要素となる。

これを認識した時、私は思った。

ＴＲＰＧ《テーブルトーク・ロールプレイングゲーム》だコレ。

インターフェースこそコンシューマゲームのそれだが、基礎構造は私が慣れ親しんだ高価くて分厚い書籍《ルールブック》で耽る遊びそのものではないか。一枚の紙に自分の現し身《うつしみ》となるキャラクターの人生を練り上げ、友と集って演劇の如《ごと》く物語を作り上げる人力のロールプレイングゲームのキャラクターシートと相違ない。

ああ、なんと素晴らしいことか。だとするなら、私の目の前には無限の可能性が広がっているのだから。

通常全ての生き物は、為したことに為したままの熟練度が割り振られる。草を抜くなどの日常の雑事を片付ければ、その雑事の熟練度が上がり、剣を振れば剣を振る熟練度が蓄積される。

これは至極当たり前のことだろう。雑草を幾ら抜いたところで、剣の機微など身につこうはずがないのだから。

だが、この祝福は違う。

全ての熟練度を一旦ストックし、思う所に割り振ることができるのだ。まるでＴＲＰＧ

の冒険者が、ハック&スラッシュの末に学者《セージ》としての技能を身につけるかの如く。

つまり私は、やろうと思えば雑草を抜きつづけることで剣の聖《ひじり》に至ることもできるのだという。

実に楽しいではないか。このシステムはＴＲＰＧと本当によく似ている。冒険をして経験値さえ積めば、こなした冒険とは縁もゆかりもない技術でも習得できる、私が愛した世界そのままだ。

これだけ都合が良いものが与えられていることに、達観した自我が自身の正気を疑ったとて不思議はあるまい？

まるで寝床の中、まどろみに落ちる前の手慰みで見る夢のような話なのだから。

しかし現に私は此処に存在し、権能は〝思った通りに〟機能した。

それは、手の中に握られた簡素な神像が厳然たる事実として証明してくれている。

私の前世は言いたくないが不器用だった。プラモデルは素組みが精々で、それでも何度も間違った部品を嵌《は》めたり壊したりの惨憺《さんたん》たる有様。

だがどうだ、ストックした熟練度を器用さに割り振ることで習得できるようになった、〈手習《スケールⅠ》〉レベルの木工彫刻スキルを習得すれば、たった一本のナイフと木片でこんな物が作れるようになったのだから。

ああ、私はケーニヒスシュトゥール荘のエーリヒ。為したいことを為せる男である……。

【Tips】熟練度は基礎ステータス・特性・技能共通項目である。

幼年期

五歳の夏

ダイス

【Dice】

紀元前から賭け事に使われていた、人類と非常に馴染みが深い道具。サイコロ。

アナログでRPGを行うTRPGのランダム要素を担保するマストアイテムの一つ。

六面体が主だが、TRPGにおいてはシステムによって使うダイスが違い、八面体、十面体、十二面体、二十面体、果ては百面体とかいう何時までも転がり続ける"玉"だとか、落としてなくすと大惨事必須の三角錐である四面体なども用いる。

使用するダイスの「個数」と「種類」を表す略語として「2D6」等が使われる。「D」はダイスのことであり、「D」の前の数字が「個数」、後ろの数字が「種類」を意味する。「2D6」なら「『六面体』のダイスを『2個』振る」という意味となる。

ライン三重帝国は中央大陸西部の東方域における古豪であり、広大な版図を誇る君主制国家であった。

広大な領地を治める三つの皇統家が、選帝権を持つ七つの選帝侯家と共同した互選で皇帝を選出することにより安定した統治を実現し、五〇〇年の歴史を積み重ね未《いま》だ揺らがぬ大国。

人魔亜人問わず受け容《い》れる国風によって柔軟に発展してきた国の南方にハイデルベルグ行政管区は存在した。

南方の冷涼な気候に属する領土であり、主な生産品目は葡萄酒《ぶどうしゅ》の生産に供される葡萄。オリーブの栽培も盛んで帝国有数の植物油生産地としても重要視される。

そんな重要ながらありふれた地の西側を鎮守するケーニヒスシュトゥール城塞が治める幾つかの荘園《しょうえん》、その中のこれまたありふれた自作農家の夫婦は一つの心配事に頭を悩ませていた。

夫の名はヨハネス。妻の名はハンナ。

帝国においては実に平凡な〝ヒト種《メンシュ》〟夫婦にして、豊穣《ほうじょう》神を信仰する模範的な自作農家であった。主要穀物であるライ麦の畑を耕し、オリーブの果樹園も一つ運営する規模としては中程度の自作農家に過ぎず、帝国全土を探せば似たような家は何百何千と見つかるだろう。

そんな夫婦が殊更《ことさら》に頭を悩ませるのは、今年の秋で六つになろうという四男エーリヒのことであった。

別に悪たれで始末の付けようがないだとか、知恵が足りずどうしようもないといったわけではない。

むしろ、自慢のよくできた息子と言えよう。

言いつけには素直に従い、幼い子供がやりがちな馬鹿な真似《まね》をすることもなく、安息日の礼拝でもむずがらずに舌っ足らずながら聖句を唱える。誰の前に出しても恥ずかしくない息子であった。

夫婦が困ったのは彼の出来云々《うんぬん》ではない。

むしろ、四男にしては出来過ぎていたことであった。

二人には息子が四人と娘が一人いた。長男は今年で八つになり、双子の次男と三男は年子なので七つだ。少し間が空いて生まれた四男のエーリヒが今は五つなのだが、ここで夫婦は頭を悩ませた。

代官が主催する私塾に誰を送るかである。

市民層が比較的裕福な三重帝国では農民も文に通じることが奨励されており、自作農家として代官や領主の覚えが良くなりたければ宮廷語――上等な発声や、特殊な言い回し、変則文法を用いる帝国語の派生――が話せるのは当然、詩作にも通じ楽器の一つ二つできて当たり前といった気風があった。

それ故、高い学費を投じて長男を代官の私塾に通わせるのが自作農家の常である。

貧農でさえ将来の栄達のために無理して長男を送り込むことは珍しくなく、余裕のある家ならば後継者の予備としてや、分家を考えて次男を送ることもあるのだから、二人が私塾に息子を通わせるのは至極当然の流れであった。

だが、問題は誰を送るかだ。

ヨハネスは最近耕作地を広げることを代官からやっとのことで許され、それに備えて農耕馬を一頭買い入れたこともあり蓄えに余裕がなかった。有事に備えて財布の中身を残すなら、一人を送るのに留《とど》めるのが最良といった経済状態だ。

ここで普通なら迷いなく長男を送り込んで終いでよかっただろう。生き物としてスパンが短いヒト種《メンシュ》は家父長制が一般的であり、その中でも更に長子相続が帝国法においても〝原則化〟される程度には一般的だ。

しかし、長男が霞《かす》むほどに四男は優秀であった。

普通、子供は三年も間が空くと大きく能力に差が出るものである。それは身体《からだ》がより育ち、経験の差もあるので至極当然のことだろう。

だが長男であるハインツと四男エーリヒ、二人の間には無視できぬ差があった。

未だに神々を讃《たた》える聖句と豊穣神に捧《ささ》げる感謝の祝詞の暗唱が怪しいハインツに対し、幼さ故の舌っ足らずさは兎《と》も角《かく》としてエーリヒのそれは完璧であった。

のみならず、聖句より複雑な古語を含む聖歌さえも覚えているときて、聖堂の司教からの覚えも目出度《めでた》いのだ。

　また、野菜の皮を剥《む》かせるだけで手指に無数の傷を作るハインツに比して、エーリヒの指先は精妙に過ぎた。欲しがるので小刀を持たせてやれば、その日のうちに聖像を彫り上げ、先月には盤上遊戯の駒まで見よう見まねで一組用意してみせたのだ。

　その上、頭もエーリヒの方がよく回った。幾つかの頼み事をしてみれば、纏《まと》めて片付ければ効率がよいことをエーリヒは瞬時に判断して的確にこなし、一つ一つなさねば失敗することは決して無精せず確実に処理していく。

　しかし、ハインツは何事も面倒くさがって雑なことが多いのだ。それこそ、農耕馬に飼い葉をやるに無精して餌箱に水をまとめてぶちまける始末。

　どちらの覚えがよくなるかは、深く考えるまでもなかった。

　しかし、長子相続の原則は絶対ではないものの重い。次男ならばまだしも四男を優先するとなれば、家の前に立ちはだかる困難はあまりに多かろう。

　何より既にその気になっている長男や、四男に追い抜かされる次男三男の気持ちも親としては考えねばならなかった。

　そして今日もまた、二人の賢明な親は迫る私塾の入校受付期日に頭を悩ませるのであった…………。

【Tips】 ヒト種《メンシュ》。全大陸に分布する人類種。〝賢愚の種族〟や〝意外性の種族〟とも呼ばれるほど優秀な者と何もできない者の差が激しいが、こと残酷さにおいて他に劣ることはない。

下積みは大事、何より大事。何故《なぜ》ならダイスの数よりボーナスによる実数こそが往々にして物を言うからである。

私はＴＲＰＧにおいて所謂《いわゆる》〝固定値〟信者であった。

まぁなにせ運がアレなのだ。

ＰＬ《プレイヤー》をやれば２Ｄ６《6面体サイコロ二つ》の期待値は五を誇り、一度のセッション中に賽子《さいころ》を転がすだけで経験点が二五〇点も溜《た》まる剛運《クソ出目》の持ち主。

対してＧＭ《ゲームマスター》やＫＰ《キーパー》の立場に移れば、期待値は堂々の九ときた。一体なんど予想外の事故《クリティカルヒット》でＰＣ《プレイヤーキャラクター》を殺してきたのやら。

この実績をみれば、理想型を模索するにあたり細い運でも殺せる方に偏重するのも無理はなかろう。メイス様の＋１命中ボーナスという神通力は、平均という概念からそっぽを向かれた私にとって、実に心強いものであった。

一応、あまりあるダイスの数で運を圧殺するというパワープレイもあるにはあるが、そういったシステムにせよ固定されたクリティカル値で撲殺する方が強いからね。仕方ないね。

だから私は無理をせず、自我が芽生えて以来基礎的なステータスを伸ばすことに腐心した。

私が触れる肉体のステータスは〈膂力《りょりょく》〉〈耐久力〉〈免疫力〉〈持久力〉〈瞬発力〉〈器用〉〈思考力〉〈記憶力〉〈魔力貯蔵量〉〈瞬間魔力量〉の計一〇個。これらが複雑に絡み合い実数を弾《はじ》き出す計算式を持つシステムのようだ。ちょっとファンタジー的な要素二つが何を意味するかは現状では謎だが。

　今は前世が不器用だった反動もあり、器用さを重点的に伸ばし、元より多少の自信があった記憶力も更なる向上を求めてよく伸ばしている。手先の器用さは言うまでもなく、物の覚えが良くて損することなどないからだ。

　思考力、という項目が何を意味するかは直感的な理解が及びづらかったが、要は思考の速さと合理性のことであった。ここを弄《いじ》るのは少し怖かったが、試しに少し振り分けた後、自意識に変調を来さないと分かれば何の抵抗もなく熟練度を振ることができた。

　これによって私は元々三〇代の精神を宿すスレた五歳児だったが、ちょっとした麒麟児《きりんじ》に化けたわけだ。三〇歳の合理性を持ち込めば誰だって神童として振る舞えるのに、更なる下駄《げた》が加わるのだから、それはもう凄《すご》いものだ。

　前世においては平凡な子供時代を過ごした私である。しかしながら、今では近所でちょっとした神童扱いを受けていた。

　だが、これは別に私のちっぽけな自尊心を満たさんとしての振る舞いではない。

　さて、私は固定値信者にして効率主義者《データマンチ》であると自負するが、自分の一番の特性は〝理想主義者《ロマンビルド愛好家》〟でもあると任じている。

つまり成長速度を重要視しないでもないが、一番は完成した時の理想型にこそ価値を見《み》出《いだ》すのである。

ＴＲＰＧにおいては経験点を延々積み上げることはできるが、やはり一種の〝完成形〟と呼ばれる到達点は存在する。Lv一五になった瞬間だとか、経験点二〇〇ビルドだとか色々あるが、何にせよ行き着いた先の美しさがあると思うのだ。

一撃でシーン全体に防御軽減カバー不能で数百点ダメージをばらまくぶっ壊れ火力や、あらゆる物理・魔法攻撃を射程視界で数十点軽減していくような〝完成〟を見せたキャラ達《たち》の美しさは、ＧＭ《ゲームマスター》の「ちったぁ加減しろや！」と言いたげな顔と合わせれば最高の芸術品だと思う次第である。

だからこそ私は今を基礎の時と考え、将来的な完成のために使うと決めた。それはステータス面においても、社会的な面においてもだ。

肉体的ステータスには評価値というものが存在し、その種族における平均を基軸として算出される。そして、その評価に値する数値に達したとき、ステータス上の評価が変わるのだとステータスの注釈に書いてあった。

基本的な肉体項目の評価はスケールⅠの〈虚弱〉から始まり〈貧弱〉〈貧小〉を越え、やっとこ〈平均〉になって〈佳良〉〈精良〉〈優等〉へと登りつめた先に〈最良〉へ至り、その末に最上位のスケールⅨ〈寵児《ちょうじ》〉という限界が存在する。

多分言葉尻からして、正しく神に愛されねば手に入らない極みというところだろうか。

そこまで至るには死ぬほどの熟練度が必要となるだろう。一先《ひとま》ずの目標は、全ステータスをスケールⅤの〈佳良〉まで引き上げることとしよう。

仮目標の先は長く、頂に至るための数値を見れば目が眩《くら》む。だが私はデータマンチと誹《そし》られる、データさえ存在するなら神殺しも成し遂げる変態の一人。妙なスキルを見つけてきて悪さするのは手慣れたものだ。

舐《な》めるように見回した円柱形のスキルツリー、その基礎カテゴリにあった〈神童〉特性に私は目を付けた。

効果はシンプル。子供と呼べる間は熟練度が伸びやすくなる期間限定の成長補正である。将来的には死ぬスキルだが、コレがあるとないとで人生における総獲得熟練度に差が出ると察した私は、ノータイムで稼いだ熟練度をこれにブチ込んだ。

言うまでもないが希少特性らしく、毎日練習した彫刻や日常生活でのお手伝いで稼いだ熟練度を何週間分か費やしてやっとの特性だったが、効果は思った通り素敵な結果をもたらしてくれた。

半年で私の木工彫刻スキルはスケールⅠの〈手習〉から〈初心〉を越えて〈基礎〉に至りスケールⅣの〈熟練〉を目前としている。コレより上は〈熟達〉に〈円熟〉と〈妙技〉そして〈達人〉。あとは最上位のスケールⅨ〈神域〉しかないので、職工ならば中堅に近い腕前であろう。

この習得スピードも神童あってのものである。神童習得以前の熟練度獲得速度に鑑みると、仮に神童がなければ精々がスケールⅢの〈基礎〉に足をかけたところであろうか。

ステータスもスキルも位階が上がるにつれて倍々に――実際要求される数値はよりえげつないが――必要熟練度が増えていくことからして、神童が才子やただの人に落ちる理由がよく分かる気がした。

ともあれ、目標の一つは先に語ったように〈神童〉で効率よく稼ぎ、きちんと能力を平均以上に引き上げつつ強みも作ることとしよう。

一つくらいは最高スケールであるスケールⅨの〈寵児〉や〈神域〉まで達してみたいが……まぁ、そこは努力目標といったところか。

だって、何か書いてある桁がちょっと頭おかしいのだ。〈最良〉や〈達人〉と〈寵児〉に〈神域〉の間は、桁が二つずつ違うんだもの。それこそスケールⅠ〈貧弱〉からスケールⅤの〈佳良〉まで一息に引っ張っていける累計値でさえ屁《へ》の突っ張りにもならない要求量は、ソシャゲの苦行周回やエンドコンテンツを想起させる。

とりあえず、そこは追々稼げる度合いを見て相談しよう。まだ決め打ちで戦略を決められるほど、この世界を理解したわけではないからな。早いうちに方針を決めすぎて、それがこの世界において産廃だったら洒落《しゃれ》にならん。

さて、こうやって熟練度を効率よく稼ぐのは当然として、次に大事なのは社会的な信用だと私は確信している。

何のことはない。将来的にやりたいことができた時、周りから「まぁ君なら」と便宜を図ってもらえる環境があるに越したことはないのだ。

それは両親にせよ聖堂の司祭様にせよ……。

「エーリヒ、なにやってんだ？」

兄妹にせよ同様である。

「ああ、兄ちゃん」

納屋の傍らで薪《まき》の上に腰掛けていた私に声をかけてきた少年は、兄のハインツである。

父と同じ栗色《くりいろ》の髪と荒削りな輪郭を持つ大柄な兄だが、ここ最近はどこに行っても私と比較されるせいで若干不機嫌気味である。

私は以前も末っ子であり、現状男児としては末なので完全には理解できないが同情はできる。

子供の時は世界の殆《ほとん》どを構築するのは親だ。その親が弟、それも庇護《ひご》の対象として見られていないヤツを自分より評価していて面白くないのは当然だ。そのせいで注意を惹《ひ》こうと不真面目になり、更に評価を落とすことになる負のスパイラルに陥る苦しみは察して余りあった。

だから私は三〇代の枯れた発想と、精神的には年下の兄を愛するが故に調和を図るのだ。

「これ作ってた」

「おお……!?」

私が兄に差し出したのは、薪とその切れ端を拝借して作った子供サイズの木剣だ。小刀と農耕馬の蹄《ひづめ》を削る鑢《やすり》で整えたそれは、緑の勇者とかが持っていそうな子供心を擽《くすぐ》る直剣の形をしていた。

些《いささ》か戯画的に剣先が大きいが、むしろ私の心の五歳児は「これがかっけぇ！」と叫んでいるから問題なかろう。

「兄ちゃんにあげる！」

「え!?」

木剣を見て良からぬことを考えている表情になっていた兄に、私は笑顔で作品を贈った。元より自分で遊ぶために作ったのではない、先日余所《よそ》の子供が親から与えられたおもちゃの剣を振り回しているのを見て羨ましそうにしていた兄のために作ったのだ。

「い、いいのか……？」

「うん、兄ちゃんにお礼だから！」

お礼？　と首を傾《かし》げる兄に、私は思いつく限りの借りを列挙してみせた。

あまり好きではないトマトを——不思議とこの世界にはもう食用として出回っていた——代わりに食べてくれたり、力全般をあまり伸ばしていないことで辛《つら》い井戸汲《く》みを助けて——優位を見せ付けたかっただけとは思うが——くれたりと、一緒に暮らしていれば助かることなど幾つも思いつく。

「だから、ありがと兄ちゃん！」

笑顔で礼を言われた兄はぽかんとして……照れくさそうな笑みを返してくれた。

多分きっと、その内心では色々な気持ちが渦巻いているのだろう。稚気に溢《あふ》れた嫉妬や、暴力的な発想への後悔などが色々と。その中に私への親しみが生まれ始めていたのなら、嬉《うれ》しいことはない。

「どうよ!?　かっこいいか!?」

「うん、かっこいいよ！」

柄《つか》を握って構えらしき物をとる兄を褒め、私は作った物をこれほどに喜んでもらうことに無上の幸福を覚えていた。

前世がどうあれ、彼は私の家族なのだ。それなら、彼が喜んでいて嬉しく思わないわけがなかろう。

彼に石を投げていいのは、本当に子供だったことがない者だけなのだ………。

【Tips】時限特性は多数存在する。神童、その下位スキルの早熟を始めとし少年期から青年期に効果を発揮する秀才や天才。果ては弾ける若さといった美貌の補正まで。

何かを考えるにあたり指針とは必要不可欠である。

私は定位置になりつつある納屋の傍ら、薪を割る台座に腰を落ち着けて考えていた。

目の前へ立体的に投影される円柱を組み合わせたステータスは実に膨大であり、様々なスキルや特性が相互に絡み合っているので、数多《あまた》のルルブを読み倒した私をして未《いま》だ全容を摑《つか》みきれていない。

それもそうだろう。このチャートには私が好きに選べるように、この世界であり得る可能性の全てが詰め込まれているのだから。実に便利なことにソートや抽出検索機能が備わっているものの、その全てを熟知しようと思えば年単位での研究を要することとなるだろう。

基幹部分だけでも〈肉体〉を囲むように〈精神〉〈教養〉〈体術〉〈感覚〉〈社交〉と広い基礎カテゴリが続き、それを取り囲むように無数の職業カテゴリに展開していくのだ。

効果や解説まで含めれば、ページで考えるのが馬鹿らしい複雑さと文章量である。サプリに換算するとぞっとする額になりそうなので、無料で詰め込んでくれた未来仏に感謝しよう。

ただ、あまりの膨大さにデータマンチを自認する私としては目移りして仕方ないのだ。至極贅沢《ぜいたく》な悩みだとは思うがね。

既にいくつか「これってこわれてる」としか思えない組み合わせも見つけ、実際にどんな挙動を見せるのかテンションがおかしなことになりつつある。

目の前に可能性が多岐にわたって広がり、しかも即物的に必要な事態に対応できるとあって興奮しないTRPGプレイヤーは存在するまい。

ただ、目移りと即物性が悩み物でもあった。

即物性、これが何を引き起こすかといえば、あれもこれもとその場その場で便利そうだからと選んだ結果、どこに行っても中途半端な器用貧乏に成り果てる可能性を孕《はら》んでいるのだ。

　インターフェースの便利さや機能そのものに文句のつけようもないが、残念ながらこの祝福は融通が利かない。紙にシャープペンで書いたり、エクセルシートに入力したりするキャラクターシートと違ってスキルや特性の削除は当然、やり直し《リビルド》もできないのである。

　私も初心者の頃はよくやらかしたものだ。初期作成時は問題なくとも、あれもこれもと欲張ってつまみ食いした結果、中途半端な感じに仕上がってしまい、輝くべき場面《クライマックス戦闘》でカスみたいなダメージしか出せなくて涙したことが。

　そんな記憶の彼方《かなた》でエンディングを楽しめなかったキャラの供養をかねて、私は中途半端で終わるわけにはいかないのである。

　まぁ、世の中には有情なＧＭ《ゲームマスター》がおり――私もそのつもりだが――もしどうしようもなくなればリビルドを許してくれる優しさもあろうが、残念ながらこの世界を回すＧＭ《ゲームマスター》連中は生ぬるくなくズルが嫌いらしい。

　そこは現実と一緒だろう。人生がリビルドできたなら、誰もビルの上から空を飛ぼうと行為判定を試みまい。

　そうならぬためには、指針を定めねばならない。

　何になり、何を目指し、何を為《な》すか。私はある意味で大抵のものになれて大抵のことを為せる祝福を受けているが、残念ながらそれは裏を返せば何者にもなれず何もできないことにも通じる。

ここは慎重になるべきだ。私はこの世界について、何も知らないに等しいのだから。

私が知っていることは精々が荘園《しょうえん》の名と、この荘園が属する行政管区の――ドイツの行政制度が導入されていたことに大変驚いたが――領主様や代官様のお名前程度。政治制度がどうだとか、地理風土歴史何も知らないに等しい。

できることが多く提示されていたとして、将来を決めるには時期尚早なのも事実である。よく知らず今のうちから決め打ちで方針を定めて、後々それが異端で人類領域でまともに生きていけない仕様でしたー、と判明したら洒落にならんからな。結界のせいでみんなと寝泊まりできませんでした、なんて事態は勘弁願いたいものだ。

とくれば、重視すべきは効率がよく強力な特性――神童のような――を確保しつつ基礎を伸ばし、将来的になりたい自分の姿が見えた時に備えるのが当面の指針というべきか。

前世で父からよく聞かされたものだ。勉強はしておいて損はないと。なぜなら東大の医学部を出ていても、後から思い立って作家になることはできても、無学の状態で大人になってから医者になるのはほぼ不可能なのだから。それならば、将来やりたいことができた時に備え、自分を多方面に磨いておくことは不可欠である。

本当に我が父ながら良いことを言ってくれたものだ。実際、肉体のステータスをろくに鍛えぬまま大人になり、思い立って一端の剣豪を目指したって遅いからな。

よし、ではまずは肉体的に過不足のないように育て、地頭と教養を養うとしよう。その上でめぼしい特性を取り、あとは情報収集に打ち込むと。

なんと言っても、探していて「なんのこっちゃ」と首を傾げたくなる特性やスキルも山ほどあり、習得の前提条件が謎なものも少なくないからな。

だとしても、特性やスキルを探すのは本当に楽しい。色々と目移りして、欲しいものがいくらでも出てくる。

シンプルに強力そうな各種職業系スキル、真贋《しんがん》を見分ける観察力などのどうあっても腐ることがなさそうな特性を見つけるたび、和マンチの血がざわざわ騒いだ。ダメージを叩き出す主動作《メジャー》・副動作《マイナー》の重要性を今更問う必要はあるまいが、クライマックスに辿《たど》り着くまでの過程を充実させるスキルもキャラの強さを語るに欠かせないのだから。

ただ、その中で習得が許されていないスキルや特性が多々存在することに気がついた。

たとえば〈生粋の貴族《ブルーブラッド》〉のような、今更変えようがない出自にまつわる特性は当然の如《ごと》くロックされている。説明文を見る限り、貴族としての立ち振る舞いや行動に習得補正が入り、相応の身分を持つ相手への交渉判定にボーナスがつく強特性《マンチ垂涎》なのだが……まぁ、家系図はロンダリングできたとして、本来の出自は変えようがないから普通だな。

また私自身の性質から離れ過ぎているような特性、たとえば〈精神〉カテゴリの外郭カテゴリに属する〈信仰〉カテゴリの〈聖人君子《セイント》〉だの〈悪徳〉カテゴリの〈殺人性癖《ボレアフィリア》〉、そしてそもそもの〝種族〟が異なる特性もロックされていて習得が能《あた》わないようだ。

これは分かりやすい。思考力と記憶力を上げた時に、ステータスや特性そのものが自我に影響を与えることはないと分かっていたからだ。あくまでそれらの特性は、外付けの補正に過ぎず、習得に至れば勝手に手に入る部類だろう。

裏を返せば、後々私の心が折れたり信仰に目覚めたりすれば習得することもあるようだが。

あとは後天的に大きく体を変えることもできないようだ。円柱群の中央に据えられたヒトの〈肉体〉カテゴリにおいては、上背の潜在値や骨格などのステータスが細かく並んでいるが――五歳で自我が覚醒したのは、おそらくここに〝最低限人間に必要な熟練度〟が振り分け終わったからと推察できる。訳も分からずポイントを振り死なぬようにするフェイルセーフだろう――あくまで触れるのは〝潜在値〟止まりなのだ。

というのも身体的なステータスを振ることは「ここまで背が伸びますよ」とか「大体こんな太り方をしますよ」といった将来的な可能性を内的に固めるだけで、即座に体が変わるわけではないのだから。

これもまた理解できる。私が今何も考えないで「わーい、高身長のマッチョになるぞー」と雑事で稼いだ熟練度を身長と骨格に割り振った瞬間、ぐんと一息で背が伸びたら大事件である。お前は誰だと荘を挙げての大騒ぎ待ったなし。

鍛えて伸びるステータスとは別に、自然に振る舞わないとおかしいステータスに制限が課されるのは無理からぬ話であった。このシステムのバランスは相当よく練られていると感じ入るばかりだが、さて一体誰がデバッグしたのだろうか。

長々語ってみたものの、私はまだ五歳。なんとでもできるからどうでもいいっちゃいいのだが。

「エーリヒ、まーたここでぼけっとしてんのかよ」

身長はどのくらいが良いかなと思索に耽《ふけ》っていると、ハインツ兄がやってきた。ボケッとしていたわけではなく、大事な思索を巡らせていたんだけども。あと、出来が良ければ高値が付くと伝え聞いた神像を作る練習もさっきまでしてたんだけどな。

手伝いを終えたらしい兄は、片手にトレードマークになるくらい気に入ってくれた木剣を携え、どこからか手に入れてきたやら古びた鍋の蓋を盾として左手にぶら下げていた。今度、適当な木板をみっけたら、きちんとした盾も仕立ててあげようかな。

「あ、兄ちゃん」

「おまえも来いよ、遊ぼうぜ。ミハイルとハンスも待ってるぜ」

兄は私への敵意をなくして以来、こうやって遊びに誘ってくれるようになった。ミハイルとハンスの次兄と三人目の兄も一緒にだ。元々二人はちょっと乱雑でおっかない長兄に追従していただけで、私に特別の隔意を抱いていなかったようなので今ではすっかり仲良しだ。

「うん。何してるの？」

「決まってんだろ、冒険者ごっこだよ」

ぽてぽて短い足で兄の背を追っていると、彼は木剣を自慢げに天へ突き出しながら言った。

冒険者とは三重帝国で施行されている諸法の縛りの外にある、自由に就くことができる数少ない職業の一つだ。各領邦の同業者組合を自由に巡って代官や領主の困りごとから市井の些事《さじ》までを解決し、異形の怪物を討伐し、見果てぬ地や過去に没した国々を巡って財宝を集める英雄達。

兄はこの間やってきた吟遊詩人のサーガを聞いて以来、その冒険者にお熱なのだ。

話は実にありふれた内容で、竜退治《ドラゴンなクエスト》にはもう飽きた、というフレーズが生まれるほどに前世でも聞いた竜殺し《ドラゴンスレイ》の物語。

悪い魔術師に呪われた王妃を救うため、邪竜の持つ治癒の宝玉を持ってくれば王女を妻として与えるという王のお触れに応えた冒険者が伝説の宝剣を見つけ出し、神の祝福と共に冒険に出るといった筋書きだ。

本当に古き良き王道ストーリーである。前世であったなら、今時もうちょっと捻《ひね》れよと酷評を何個もいただきそうな筋書きは、ひねた三〇代のメンタルにはちょうどよい爽やかさに感じられる。

かくいう私も初心者GM《ゲームマスター》やPL《プレイヤー》に付き合い、似たような筋書きの冒険を企画したり参加したりしたものだ。陳腐と言われようと、王道には王道と呼ばれるべき良さがあるので実に楽しい時間だったのを覚えている。

何よりTRPGの魅力には、ストーリーを一人で書ききらないことにある。大筋を決めるのはＧＭ《ゲームマスター》の仕事だが、ＰＣ達《プレイヤーキャラクターたち》がどう動くかは全てＰＬ《プレイヤー》の手に委ねられているが故、王道の筋書きを踏襲した異色の展開が数えきれぬほど生まれてくる。

ああ、途中で竜を口説き始めて最終的に結婚した阿呆《あほう》やら、戦って倒すより売ってもらえばいいんじゃね？　と逆転の発想で挑み、竜から「王国の至宝と交換な」と提示されたせいで大泥棒に転身した馬鹿もいたな。こういった一捻りあるセッションも王道あってこそと思えば、ありふれたサーガを唄《うた》った詩人には感謝するばかりだ。

ともかく、兄はそんなドラゴンスレイヤーの物語が感性にぶっささったらしく、大変な熱を上げていた。将来は冒険者になると高らかに公言し、私達兄弟を率いて冒険者の一党ごっこをしているのだから微笑《ほほえ》ましい限りである。

当然兄が頭目の剣士であり、次兄は癒やしの奇跡を覚えた僧、三男は魔法の秘奥に触れた魔道士で、私はお供の盗賊だ。なに、兄弟間のヒエラルキーを鑑みるに妥当な配役だろう？　戦力として見たらバランスもとれているから、うちの兄は存外頭が回るのかもしれないな。

まぁ、せっかく楽しく遊んでいることだし、憧れに浸る子供に敢《あ》えて現実を突きつける必要はなかろうて。冒険者などドサ回りの何でも屋に過ぎず、兄には家の跡取りとして代官様の私塾に通う運命が待っているなどと。

私は数日前、父に呼び出されて相談を受けていた。

曰《いわ》く、私が望むなら兄の代わりに私を私塾に行かせてやると。

父が何を考えていたかは、この枯れた三〇代の思考能力を以《も》ってすればたやすく察せられる。要は地頭が優れた末の息子に家を継がせようかと考え始めたのだろう。

私はそれを丁重に断った。

率直な物言いをすれば、見果てぬ可能性があるのだから無理をして自作農の家を継ぐのもなんだと思ったからである。仕官するのは難しいかもしれないが、自身をして農家をするのは惜しいと思える可能性があるなら、別の道に進んだところで問題あるまい。

今まで必死に家を盛り立ててきた父には申し訳ないが、折角のファンタジー世界なのだ。色々見て回りたいではないか。

どのみち私は四男である。無理に家を継ぐにしても制限は多いし、折角仲良くなれた兄弟と将来的な軋轢《あつれき》を抱え込みたくはないので、父も斯様《かよう》な困難を背負い込む必要はなかろうて。なればこそ、私は晴れやかな気持ちで兄を私塾に行かせてやってくれと言うことができた。

そして余談ながら、その場で聞かされたのだ。兄が憧れている冒険者とやらの実態を。竜を屠《ほふ》り数多《あまた》の財宝眠る迷宮に潜るのはごく一部。実態は領主や代官が自身の手駒を使うのは面倒、あるいは惜しいと感じる雑事を押しつける何でも屋だという。世界は単純に、どこへでも派遣できるお安い労働力として冒険者を受け容《い》れているらしい。

なんともお寒い話であった。

だから私は、兄の将来を考えて私塾を譲ったのである。

ぶっちゃけ私は私で、私塾に行かずともやりようがいくらでもあるからな。それならば長兄にきちんと家を継いでいただき、健やかに一生を送ってもらった方が家族としても安心だ。

「今日はどこを冒険するの？」

「裏の林に行こうぜ。隣のじいさんから聞いたことがあんだ。何十年も前に、子供が妖精に祝福されたコインを木の洞《うろ》に隠したまんま死んじまったって。すっげぇお宝じゃねぇか!?」

なので今は存分に冒険者を楽しんでもらおう。賃金も命の危険も発生しない、猫の額ほどの林を駆けずり回る程度の冒険ならば健全だ。妖精のコイン？　大変結構。野盗狩りや獣狩りに二束三文でかり出されたり、排水路でねずみ取りとドブさらいをやるよりはずっとずっとな。

ただ、冒険者という存在に私も憧れを抱いていないわけではなかった。いくつもの私を重ねたアバターたちが、その称号を帯びて旅立ったからだ。

ひねりもなく魔剣に憧れて村を飛び出た少年。神の声を聞き蛮族に立ち向かうべく修道院を出た青年。迫害される出自故、逃げるように名声を求めて出奔した半魔の男。旅路に斃《たお》れた伴侶を取り戻すべく立った操霊術士の寡婦。遺跡に埋もれた己の出自にロマンを覚え、魔法の機器を操り遺跡に潜る機械人形。

どの冒険も今からリプレイを書けと言われても書けるほどよく覚えている。あれは輝かしく楽しい思い出達だった。

栄達を果たした者もいた。ヘンダーソンスケールが凄《すご》いことになって強盗団の頭になったこともあるし、ＧＭ《ゲームマスター》とＰＬ《プレイヤー》のサイコロが爆発して第一話で斃れた者もいる。

そんな記憶を浚《さら》ってみれば、冒険者という職業は悪くないのかもしれない。実態がどうあれ、サーガの英雄が存在しないわけではないのだから。

私は幻想に浸る兄の背を追い、自身もまた幻想に浸るため走り出した………。

【Tips】スキルや特性に割り振った熟練度は不可逆である。神が与えたもうた祝福は、残念ながらシャープペンで書き込んではくれない。

幼年期

六歳の夏

期待値

サイコロを振った時に出てくる目が「これくらいはあるはず」とする数値。

2D6で言えば7であり、一番出やすい出目の組み合わせとも言える。それ故、行為判定の難易度はこれを基軸として算出することが多い。

が、確率はあくまで「無限回の試行の末に収束する」ものであり、運が悪いヤツは何処にでも存在する。

昔から直そうと思っても中々直らない悪い癖というのは誰にでもあると思う。

私の場合は衝動的な物欲に弱いこと。そして、財布の中身が増えると気が大きくなり過ぎることだった。

「くっそー、みつかんねぇ」

「もー、どこ行ったんだよエーリヒ」

「あとあいつだけなのに」

そして、今まさに絶不賛悪癖発揮中だった。

よもや隠れ鬼ごっこのために〈隠密《おんみつ》〉と〈気配遮断〉、そして〈しのびあし〉を取得するなんて……！

いや、マジでただの阿呆である。負けが込んでついカッとなりスキルを習得するとは。無駄遣いにもほどがあろう。少し前に偉そうに指針がどうのこうのと理屈をこねていた私はどこに雲隠れしやがった。

潰しが利くし損はしないスキルの分だけマシだが、ほんとその内に身を持ち崩しそうだから洒落《しゃれ》にならんねこれは。

これらのスキルは全て〈体術〉カテゴリの下位スキルだ。狩人《かりゅうど》や暗殺者カテゴリなんぞの職業スキルや特性と違い、比較的安価というのもあってついつい購入してしまった。

どれも〈基礎《スケールⅢ》〉レベルで止めてはいるが、真面目に家の仕事をして溜《た》めた熟練度が一週間分は飛んでいるので自制心の弱さが凄いことになってるぞ。

ここは荘園《しょうえん》の中でも外れの方にある森。初夏の青々とした葉も爽やかなそこは、原生林ではなく植林しつつ使っている保護林なので安全な場所だ。無論、林業をやっているあたりに近寄ると危険だが、その辺に近づかなければ子供の遊び場といってもいい。

荘園の子供はよくここで遊ぶ。六つになって活動範囲が広がり、家の外のもっと広い範囲で遊んでもよいと親からの許しを得た私もまた、荘園の子供達に交ざってここで遊ぶようになっていた。

今、興じているのは変則的な隠れ鬼ごっこだ。こっちでは狐《きつね》とガチョウといい、シンプルに鬼の狐がどんどん増えていく増え鬼ルールが主流である。

割とルールは緩く、隠れ場所の変更はもちろん認められている。私は狐の一団が捜しに来ていると〈聞き耳〉スキルで察知したので――これも体術カテゴリの下位スキルで絶対腐らないのでノーカン、たとえ〈熟練《スケールⅣ》〉まで伸ばして鬼ごっこに使ったとしてもノーカン――落ち葉や枝を踏み折らずに歩けるよう〈しのびあし〉を使った繊細な足運びで隠れ場所を移すことにした。

しかし、本当に便利だなこの権能は。経験や前提技能によってロックされた特性は多く存在するが、こんな遊びでも隠密に関わる職業カテゴリが解禁される上……スキルを常時発動して動き回るだけで熟練度が結構溜まってくれるとは。

ひょうたんから駒というべきか、うれしい発見である。あれだろうか、ガチ度によって熟練度の蓄積速度が違ったりするのかもしれない。だとしたら今結構ガチだから、この速度も納得だな。あと何時間か遊んだらペイできそうな勢いだぞ。

……トータルでアラフォーに足を踏み込んだ男が子供相手の隠れ鬼ごっこで本気になるな、と言われたら舌を噛《か》むしかない現状が少し虚《むな》しかった。とりあえず、これは熟練度稼ぎのためだからと自分に言い訳しておこう。溜まる数値が正当性を証明してくれるのだから。

　とはいえ、そこで慢心すると更に財布の紐《ひも》が緩みかねないので、自制を絶対に怠ってはいけない。なんだ直《す》ぐ溜まるじゃん、と阿呆な発想で巨大な買い物をしたら後が怖い。忘れた頃にサプリメント《一冊三千円オーバー》が大量に届いて冷や汗を掻《か》くような経験は二度と御免である。

　荘園の子供達から離れつつ規律を正さんと試みていたが、不意に背後に気配を感じた。

「つっかまーえた！」

　気配といっても曖昧な何かではなく、単に落ち葉がかすれる微《かす》かな音が聞こえただけだ。

　そして、それが最後だった。

「うわっ!?」

　背後から背中に飛びついてきた何かに押され、中腰で移動していたが故、乱れていたバランスが崩れて前に倒れ込んでしまった。外で遊ぶから怪我《けが》をしないよう、耐久ステータスを〈優等《スケールⅦ》〉まで、体術カテゴリの〈受け身〉スキルは〈熟達《スケールⅤ》〉まで伸ばしておいて正解だったな。

「へへ、エーリヒうちとったり」

倒れた私の顔をのぞき込んできたのは、かわいらしい少女だった。丸みを帯びた愛嬌《あいきょう》のある顔とヘーゼルの大きな瞳、ぷっくりした小鼻が愛らしく、親しみやすい印象を与える彼女はマルギット。二つ年上の同じ荘園の子供である。

「う……いつのまに……」

「うん、音を立てたら気づかれると思ったから、ひっそり捜して後ろに回り込んだの。ヒトは後ろ見えないから不便だよね」

歯を見せて快活に笑う、きれいな栗毛《くりげ》を二つくくりにした彼女はヒトではない。というより、二つ年上の童女が倒れる勢いで背中に飛び込んできたら、普通なら受け身をとっても怪我は避けられまい。

音もなく八つの少女とは思えない重みが背中から離れていった。そして、倒れている私にはちょうどよくても、普通なら低すぎる位置から手が伸びてきた。

「はい、立った立った。おーいみんな、エーリヒみつけたよ!!」

子供の腰ほどの高さの上背。それは彼女が矮軀《わいく》なのではなく、下肢が蜘蛛《くも》のそれであるからであった。

マルギットは蜘蛛人《アラクネ》なのだ。私がこの世界をファンタジーなのだと強く認識できた一番目の要素である。

この世界には三つの人類が存在しており、我々ヒトのような〝人類種〟、魔素なる詳細不明な――スキルや特性のフレーバーテキストから類推は可能だが――要素を孕《はら》んだ〝魔

種〟、そして彼女のような人類種の要素と他の生物の要素を含んだ〝亜人種〟の三種に大別される。

ライン三重帝国においてその三種に法的格差はなく、一つの荘で種族が混成して暮らすことはままあるものだ。というより、三皇統家の一つは吸血種《ヴァンピーレ》なる生殖可能なヴァンパイアみたいな連中だそうだから、さもありなんという話である。

「あちゃ、落ち葉まみれ。ごめん、エーリヒ。ほら、お顔にもついてる。とったげるわ」

「ありがと……」

それ故、腰より下が蜘蛛のような見た目のマルギットでも、この荘では至極普通の存在として扱われていた。私も一瞬「おお!?」と思いはしたものの、周りが受け容《い》れているだけに慣れるのに大して時間は要らなかった。

なにせ、普通にしていたら面倒見が良いお姉さん――実年齢から目を背けつつ――だからな。

まぁ、前世でアラクネを含む人外が好きだった、という性癖を否定はしないが。

ただ、彼女は私が想像する蜘蛛人《アラクネ》とは趣を異にしている。毛蟹《けがに》を想起させる太く短い暗色の装甲をまとった八本の下腿《かたい》は一般的にアラクネと聞いて想像する細長いものとは大きく異なり、彼女が未《いま》だ幼い身だったとしても変態しない――姿が大きく変わらないという意味だ、オーケー？――蜘蛛の生態と照らすと不釣り合いだ。

というのも、彼女は女郎蜘蛛《じょろうぐも》などの脚が長い蜘蛛の蜘蛛人《アラクネ》ではなく、蠅捕蜘蛛《はえとりぐも》などの地を這《は》う蜘蛛の蜘蛛人《アラクネ》なのだという。我々ヒト種《メンシュ》でいうところのコーカソイドとモンゴロイドの違いみたいなものだろうか。

「あー、マルギットにはかなわないなぁ……」

「そりゃね、年季が違うよ」

「二つしか違わないくせに……」

「前にばっかり気を払う半人前が何言ってもねー」

ふふんと自慢そうに薄い胸を張る彼女の頭、二つくくりにした髪の飾りにも見える位置についた黒い球体が、午後の陽光を反射してきらりと光った。

これはビーズの飾りではなく、立派な眼だ。遠近感に優れた二つのレンズ眼と、飾りのように寄り集まった虫の眼による広く瞬発力に富んだ視野を併せ持つのが蜘蛛人《アラクネ》の特徴だという。身を伏せて地を這い、飛びつくことで獲物を狩る蠅捕蜘蛛らしい特性だな。

鬼ごっこだと数人で囲まないと捕まえられないレベルのぶっ壊れ特性は、彼女らを天性のレンジャーやスカウトたらしめており、その上優れた狩猟者として成り立たせる。ついでにグラップラーとかフェンサーにしたら、チートじみた回転効率を誇る回避盾になりそうだった。

実際に彼女の家系は連綿と続く公認猟師だ。荘に動物性蛋白質《たんぱくしつ》や毛皮を供給するのみならず、森に鹿などの害獣が蔓延《はびこ》り過ぎないよう調整する代官お抱え職として奉公する彼等《ら》は一般の狩人とは格が違う。

なんといっても代官から禄《ろく》をいただいているのだ。この時代、国から認められて禄を食《は》むというのは、現代の公務員とは比べ物にならないほど重いことである。それほどまでして抱え込むだけの価値がある、と示されていることに繋《つな》がるのだから。

「……次は見つからないよ」

「お、言うなぁ？　よぉし、じゃあ次は一番に捕まえちゃうからね」

太陽のように笑う彼女を見ながら、次は〈気配探知〉も取るかと早速大人げない浪費の予定を立てる私であった……。

【Tips】強力な種族固有の特性を持った生物は多く存在する。また同種においても人種的差異が存在し、それによって姿形が大きく異なることは珍しくない。

ライン三重帝国において人類種と魔種、そして亜人種の比率は5：1：3であると言われている。

制度的、文化的に各種族を隔てる制度が存在せず、各ヒエラルキーに多様な種族が存在していても帝国内で斯様《かよう》な分布対比が発生しているのは、ひとえに人類種の増えやすさにあろう。

ただそれは人類種の強さを意味しない。

適応力に優れ、おおよそあらゆる環境で繁殖できるからこそ人類種、そしてその中でも高い割合を占めるヒト種《メンシュ》は数が多いのだ。

むしろヒト種《メンシュ》は人類種の中でも、いや、高度知性体の中ではほとんど底の種族といってもいい。魔力では同じ人類種の中の長命種《メトシエラ》に、頑強性においては坑道種《ドヴェルク》に大きく劣っている。当然、魔種や亜人種と比しても単純なスペック比で勝る個体は少ない。

だからこそ、数年の差が露骨に出る子供の中でヒト種《メンシュ》の割合が多ければ、さらに差が出る亜人種の子供が避けられるのは自明であった。

当たり前の理屈だ。馬肢人《ツエンタオア》に脚で勝てるヒトなど大人でもおらず、牛躰人《アウズフムラ》に膂力《りょりょく》で勝る者も同様。まして狩猟者や斥候、暗殺者の種族として知られる蜘蛛人《アラクネ》が鬼ごっこやかくれんぼに本気で興じ、ついてこられるヒト種《メンシュ》がどれくらいいるだろうか。

猟師の娘、マルギットは最近悩んでいた。ルールを設けた――木に登ってはいけないなど――制限がかけられた鬼ごっこでさえ、最近は強くなり過ぎて避けられつつあることに。

蜘蛛人《アラクネ》は総じて早熟なので無理もなかろう。虫系の亜人は成長が早い傾向にあり、寿命が短いほどそれは顕著だ。ヒトと寿命が近い蜘蛛人《アラクネ》ならば、ちょうどこの時期には〝体ができあがる〟頃なので、その差は露骨に現れる。

文字通り子供と大人の対比になるのだ。種族特性という、並では超えられぬ暴力が付帯した対比が。

しかし、精神性まで大人になるとは限らない。三重帝国に順応した蜘蛛人《アラクネ》達の成人はヒトと同じく一五歳と定義されており、環境になじんだ文化で育てば当然精神の成熟はそれに見合ったものとなる。

マルギットは蠅捕蜘蛛種の蜘蛛人《アラクネ》として完成しつつも、その精神はいまだ子供なのだ。だから彼女は遊び相手を欲したが、一番好きだった狐とガチョウの遊びに誰もついてこれなくなりつつあった。

何度やってもすぐにガチョウが全滅するか、ガチョウが彼女以外残らず、それでも長時間逃げられるようでは勝てないとつまらない子供達はすぐ飽きるし嫌になる。次第に周りの態度が素っ気なくなり、遊びに参加すると渋い顔をされるようになった中、一人の少年が仲間内に加わった。

遠出を許されてやってきた彼の名はエーリヒ。これといって変わったことのないヒト種《メンシュ》の子で、既にグループにいた兄弟の弟なのでなじむのは早かった。

そんな彼はマルギットによく懐いていた。見つければ笑顔で駆け寄って話しかけ、色々な話題をふってくれる。

そして何より狐とガチョウの遊びが上手《うま》かったのだ。

最初は年少らしくとろくさく、隠れるのも並だったが、ある日を境に彼は妙手に育った。素早く動き、まるで陽炎《かげろう》のようにいつ隠れたかも分からないほど巧妙に姿を消す。そして、一度姿を消したら捕捉が難しい実に性質《たち》の悪い特技も持っていた。

狐の時はそれで気づかぬうちに捕まえられ、ガチョウの時はいつまでも逃げ続ける。

その上、彼は頭も回った。

他の子供達に、自分のような相手を殺す手段を与えたのだ。

数人に分かれて包囲網を狭めればどんなガチョウでもそのうち捕まるというそれは、マルギットをもきちんと片付けられる戦法。

新たな妙手と戦術、それが加わり、マルギットは皆の中に戻ることができた。異様に強い少年を単身《ソロ》で討ち取れるのもまた、彼女くらいだったから。

だからマルギットは彼のことを気に入っている。

そのさらりとした金の髪が好きだった。たまにどこか老成した大人の面影をのぞかせる仔猫目色《キトンブルー》の瞳と、線が細い優しげな顔が好きだった。子供らしからぬ落ち着いた調子の聞き取りやすい話し方が好きだった。ヒト種《メンシュ》の高い体温を宿した体が好きだった。

何より自分を仲間はずれにしない彼が好きだった。

だから彼女は、ただ彼にだけ飛びついて引き倒すような捕まえ方をするのだ。

無意識のうち、それが心地よいから。

それが蜘蛛人《アラクネ》の、男性より女性が優位に立つ種族の特性《せいへき》であるとも知らず。

そして今日も彼女は、本能のまま彼に飛びつくのだ。

行為の本質を知らぬまま………。


【Tips】蜘蛛人《アラクネ》。上体がヒト、下肢が蜘蛛という亜人種の一派であり、環境耐性が高く大陸の広い範囲に生息している。元々は南方、南内海に面した地方に起源を持つ種であるが、その高い環境適性を生かして大陸各地に拡散し、その途上で種が分かれていった。

三重帝国においては極めて小柄な蠅捕蜘蛛種、大柄で細身な女郎蜘蛛種、そして海外よりの移民として大土蜘蛛《おおつちぐも》種が入植している。

幼年期
七歳の冬

固定値

判定を算出する上で、サイコロの出目を含まない実数。基本的にTRPGの判定は加算式であり、ピンゾロやロクゾロなどの例外を除いて「固定値(元々の能力)」+「出目」で判定する。

例えば力(固定値)が5の人間が物を押す判定をする時、行為に成功できる目標値が「12」だった場合は六面サイコロ二個を振って7以上を出す必要がある。そして、その出目によってランダム性を演出し楽しむのである。

しかし、この固定値が6や7だった場合は出すべき出目が少なく済み、成功しやすい強いキャラとなる。

祖国と比べるとカラッとして過ごしやすい夏が過ぎ、三重帝国とその近隣で勢力を持つ神群に属する豊穣《ほうじよう》神が仕事をする秋は忙しさのあまり認識する間もなく去って行った。

豊かに実りをつけた麦穂が秋の陽光を反射して風に揺れる幻想的な光景に浸る暇も、また一つ歳《とし》を重ねたと感慨に耽《ふけ》る余裕もなく、私は他の兄弟と共に家業の手伝いに駆り出された。

農繁期となれば七つの子供を遊ばせておく余裕はどこにもない。その忙しさは子共の無限とも思える体力があっという間につき、寝ている間以外は働いている記憶しかないほどだ。だのに仕事終わりに遊びに出かけていく兄達《たち》には舌を巻くばかりだ。

この忙しさは単に自家の畑の面倒だけを見ればいいだけではない事情が絡む。荘園《しようえん》の名は伊達《だて》ではなく、領主の畑も我々は納税の一環として他の荘民と協力しながら管理せねばならないからだ。

とんでもなく広い畑を家ごとに手分けして片付けても、まだまだお代わりがある。荘内で縁戚関係にある家の畑も手伝ってやらねばならないのだ。

面倒だと思うだろうが決して馬鹿にはできない。なんと言っても便利な農耕機械の類いが無縁な農業は人手《マンパワー》こそが命。親類縁者を駆り出して一気呵成《いつきかせい》に片付けねば、いつまで経《た》っても畑は綺麗《きれい》にならない。雪が降る前に緑肥としてすき込む花の種をばらまかないと、来年の実りに障りがあるからな。

豊穣神が休暇を取るより早く刈り取りが終わり、冬支度が始まる別種の忙しさが来襲する前に思い出したことが一つ。現代日本では単作で春に植えた稲を秋に収穫するサイクルを見慣れていたから違和感はなかったのだが、刈り取った作物が麦であることを認識して気付いたのだ。

　本来、我々が栽培しているような麦は越年性の植物で、秋の終わりに蒔《ま》いて春の終わりに刈り取るものではなかったかと。

　前世で完結を見ることができなかった漫画で、割と丁寧に農耕のプロセスを描写していたからなんとなく覚えているのだ。

　この辺りは雪深い土地ではないので記憶の漫画と気候も違うとはいえ、麦の植生まで違うということは無いだろうと思い周りの大人に聞いてみた。

「何言ってるんだエーリヒ。麦は春に蒔くものだ。豊穣神様がそうお決めになったからな」

「大地は豊穣神様のドレスなのよ。一番豊かな秋に一番立派な服でお飾りになるために春に種を蒔くの」

　が、返ってきたのはこのような要領を得ない答えばかりであった。ただ一様に共通しているのは〝豊穣神〟が関わっているという点。

　こうなってくると予測ばかりしていても仕方がないので、素直に知っている人に聞きに行く他手はなかった。まぁ、この手の聞き込みはどんなシナリオでもやっていたから慣れたもの。

むしろ大事なのは、投げかけられた言葉や対面した事態に〝なんぞこれ〟と疑問を抱くことなのだ。

冬支度の忙しい合間を縫って聖堂に立ち寄り、司祭に聞いてみたところ漸《ようや》く納得のいく回答を得られた。

正しく両親が語った通り、豊穣神がその神性によって植生を変えているらしい。

元より自身の祝福から察していたが、この世界の神々は前世の神々と違って上位存在として存在が確認されている。奇跡を地上に起こし、託宣を信心深き者に与え、背教者に罰を下す。力を振るう確固たる存在として、この世に厳然と君臨している。

つまり我々《TRPGプレイヤー》に馴染み在る、祈り縋《すが》れば応えてくれる存在として神は存在するのである。

その神の気分によって季節や植生は変わる。三重帝国において崇《あが》められる神群、その中でも豊穣と繁殖、そして命を司《つかさど》る豊穣神において最も生命が豊かに実る秋に神体である大地そのものを豊かに飾るべく、我々に作物を育てさせる。

春には目覚めを快く迎えさせるための夜着として若草を大地に繁茂させ、夏には若草を鋤き込んで肥えた大地を青々と埋め尽くす作物の薄衣《うすぎぬ》で夏の暑さを凌《しの》ぎ、最も権勢豊かたる秋に実をつけた果実に飾られる黄金の装束を纏《まと》いその一年を言祝《ことほ》ぐ。

そして仕事を終えた秋に白い雪の布団を被《かぶ》り休暇に入るのだと、司祭は普段の礼拝では語らない深い部分まで神話の一節を交えて教えてくれた。このクソ忙しい時期――現に彼は冬の装束に綿を詰めながら私に語っていた――にもかかわらず教えを授けてくれたのは、私が礼拝の際にきちんと神を讃《たた》える聖句を覚えきり、面白半分ではなくしっかりと信仰に興味を示したからだろう。

丁寧に整えた髭《ひげ》に白い物が混じり始めた司祭は私の頭に手をやって、他国と農繁期を一部ずらしながら被せることで戦を避けているという点もあるのだと、僧にでもならなければ語らないようなことまで教えてくれた。

私にとって世界が広がるような経験である。いわば初めて追加ルールブック《サプリメント》を購入したかのような清々《すがすが》しさ。やはり祝福によって習得できる特性や技能だけを眺めているのより、こうやって実際に世界のあり方に触れていくと感動の深さが違うな！

何にでも興味を持って首を突っ込み、テンションを上げるのは本当に大事だ。情報《インプット》の取得がなければ出力《アウトプット》にも繋《つな》がらないのだから、使えるデータの数が強さに直結するコンボゲー的世界の下に生まれた以上、色々な知識を蓄えねば。

その日、私は一日大変良い気持ちで過ごしながら冬支度をすることができた。

冬に備えてやることは多い。この辺りは雪深い地域ではないけれど、冬の寒さがないわけではないし、気温が零下を下回る――瓶の水が凍るからきっと――日も普通にある。

夏の間に溜《た》めた薪《まき》の足しに枝を拾うなり、保存が利く秋の実りを集めるなり子供だとしても手伝えることが幾らでもあった。

だが子供達は喜んで家の手伝いをする。むしろ、この手の手伝いは荘の子供が遊ぶ林に大勢で分け入ってやるのだから、殆《ほとん》ど遊びの延長なのだ。それも、この季節にだけできる特別な遊びで、ついでに親からも褒められるときたらやる気を出さないわけがなかろう？

ただ、楽しいのはその日までだった。

もうすぐ二歳になる妹のエリザが高熱を出し、我が家は看病と冬支度に挟撃されて大混乱に陥ったから…………。


【Tips】神々。実在の上位存在。世界をパソコンにたとえるとソフトを利用することができる正規のユーザーとでも呼ぶべき者達。ソフトの上で活動する人類を庇護《ひご》し、彼等《ら》からの信仰を糧に世界の内側で力を増す。


無垢《むく》な魂はいつ神の御許《みもと》へ帰るか分からない。その無垢さ故、辛《つら》く汚い地上に嫌気がさしてしまうのだろう。

脳裏に沸き上がった三重帝国でよく使われる文句《フレーズ》を追い払い、ヨハネスは熱で顔を真っ赤にして苦しげに息をする幼子の汗を拭ってやった。

寝台の上で荒い息をするのはヨハネスとハンナの末娘。一昨年の寒い寒い冬の日に生まれたエリザであった。朔《さく》の月が支配する暗くて冷たい夜に生まれた娘は、生まれつき体が小さく成長も遅かった。

普通は一歳にもなれば言葉も単語程度であれば覚えてきて、ふらふらと危なげなれど歩き回るようになるはずだが、エリザは二歳になるというのに未《いま》だ父とも母とも口にすることはなく、つかまり立ちさえしていなかった。乳の代わりの粥《かゆ》でさえ、食べられるようになったのはつい先月という遅さである。

産婆を務めてくれた豊穣神の尼僧は、少し早めに生まれてしまっただけだから心配は要るまいと生まれた子の抵抗力を高める〈奇跡〉を用いながら励ましてくれたが、だとしても不安になるほどこの子は成長が遅かった。

最初は病かと思い、次いで聾《ろう》を疑いはしたものの異常はなし。さりとて頭の大事な部品が欠けているようでもないとくれば、後はもう生まれつきとして諦める他ない。

それに重ねて、この触れれば火傷《やけど》するのではと不安になるほどの発熱が頻発するのだ。粥どころか水を飲ませても吐き出してしまい、荒れた喉と詰まった鼻のせいで泣き声すらも嗄れる有様は、夫婦に儚《はかな》い娘の〝死〟を明確に連想させた。

彼女が生まれてくるまで、そんな不安に駆られたことはなかった。なんと言っても揃《そろ》いも揃って父親似の長子から三男までは今の今まで大病どころか風邪一つひかず、母親似で線が細いエーリヒでさえ極めて健康。司祭に癒やしの奇跡を庶幾《こいねが》う必要も無くば、薬師にも打ち身や切り傷の薬以外で世話になることはなかった。

だから油断していた節はある。自分達の子供は皆健康に育つのだと。

「……次の薬は買えるか？」

止《と》め処《ど》なく溢《あふ》れる汗を拭い、時折吸い飲みで無理矢理にでも水を飲ませてやりながら縋るようにヨハネスは妻のハンナに問うた。冬の寒さから逃れるように南内海へ向かう隊商に随行していた薬師から買った薬は大変高価であったから。

「……難しいと思うわ」

美人な妻を貰《もら》って羨ましいとからかわれるほどの伴侶は、その美しさが褪《あ》せるほどに憔《しょう》悴《すい》しながら財布の中身をかき混ぜる。多少の銅貨と僅かな銀貨だけが残された財布は、秋の納税を終え、冬支度の出費があったことを加味しても尚《なお》薄い。物取りに備えて、地下の収納庫に埋めてある瓶の銭を足したところで財布の嵩《かさ》は差して増すことはなかろう。

代官から畑を広げる許しを得るために出した費用と、広くなった畑を維持するために買い入れた農耕馬。そして作付けのため新しく買い込んだ種籾《たねもみ》などの費用が家計に重々しくのし掛かっているためである。

昨年までであれば悠々と耐えられたはずなのに。あまりにも間が悪過ぎる。

薬は高価だ。薬効のある植物は適切に管理しなければ直《す》ぐに駄目になり、薬師にしか分からない微妙な調合の腕前は決して安売りされない。彼等も適当に薬を作って売っているわけではなく、やって来た客から症状や背丈に目方などを聞いてバランスを考えているのだから安くなろうはずもなかった。

残った金を叩《たた》いて買えた薬は僅か。何度と飲ませられるほどもなく、この薬で回復しなければ娘は助かるまい。

風邪でこの世を去る若い命は多いのだから。今まで自分達は、子供がその風邪で神の御許に去ってしまう不運に見舞われぬ大きな幸運に恵まれていただけであり、死はこの世界にありふれている。

「……そうか」

苦々しげに言葉を吐き出し、ヨハネスは自分の膝を強く握りしめた。娘一人助けられないで何が家長かと。

娘もできたし、これから畑を大きくして将来の家族にもっと良い生活をさせてやろうとした判断がどこまでも呪わしく……そして重々しく彼の肩にのし掛かって、鍛えられた分厚い体を縮こまらせた。

金を工面する手段がないとはいわない。幾ばくかであれば貸してくれるアテはあるし、最悪は畑を担保として借り入れることも能《あた》う。

だが、妻と健康な四人の息子のために家の将来を擲《なげう》って娘を助けてよいのだろうか。

助けてやりたいと悲鳴を上げる感情の上から、家長としての冷静な思考が落ち着けと絶叫した。

ヨハネスの手には娘の命は当然として、他の息子達や妻の命も握られているのだから。この冬に金がなくなり、助かるかも分からない娘を抱えて妻と子に飢え死にの危険を背負わせるのは、家長として正しい選択とは言い難い。

「ねぇ、アナタ。エリザは……」

「覚悟を……しなければならないかもしれんな」

「そんな!!」

「言わせるな！　お前も分かっているだろう!!」

薬がなくなれば、いよいよ腹を括《くく》らねばならないかもしれない。辛いが絶対に重い決断を下さなければならない選択肢が、尾を食い合った蛇の如《ごと》く頭を徘徊《はいかい》する中……ぎしりと我が家の古い床が軋《きし》んだ。

「っ……！　エーリヒ!?」

誰かと振り返れば、そこには眠そうに佇《たたず》む末の息子がいた。看病に掛かり切りの両親に代わって家のことを分担してやっていた他の兄弟達《たち》と同じく、とっくに夢の世界に旅立っているはずの息子がいることに二人は驚いた。

今交わしていた、子供に聞かせるべきではない話を聞かれてしまったのではなかろうかと。

「父様《ととさま》、母様《かかさま》」

年齢の割に酷《ひど》く大人びてはいても子供は子供、聞かせて良い話と知らずに過ごすべき話の差はある。二人はなんと誤魔化そうかと内心で慌てふためきながら息子に駆け寄ったが、そのせいで彼が差し出す物を見て理解するのに時間がかかった。

幼い手の中には木製の神像が握られていた。豊かで長い髪を風に遊ばせる肉感溢れる母性的な女性の現《うつ》し身《み》は、紛れもなく聖堂に奉じられる豊穣《ほうじょう》神のそれ。今にも靡《なび》きそうな髪の躍動や、触れれば柔らかいのではと錯覚するほどのボディラインを魅せつける神像は、美術に造詣のない二人にさえ名工の品であると確信させた。

「これを売ってお金にしたら、エリザは助かるの？」

二人の顔から凄《すさ》まじい勢いで血の気が失《う》せる。

息子が窃盗犯になってしまえば無理もなかろう。三重帝国において親の罪が子に及びはしないが、成人を迎えていない子の罪は親が償わねばならぬのだ。

窃盗には幾つかの刑罰があるが、罰金に見せしめ刑が伴うことが殆どだ。初犯なら罪状の告示程度で済むとは聞いたが、酷ければ鉄鎖刑――鉄の鎖を身につけて生活させる見せしめ刑――や手枷《てかせ》刑――木版の手枷を嵌《は》めて生活させる見せしめ刑――に処せられ、盗んだ物の額によっては手を切り落とされることもある。

この神像は素人目でも手の込んだ品だ。女神の現し身が如き精緻さは、塗装されていない点に目を瞑《つぶ》っても高値だと分かる。本来なら聖堂に飾られているような物がこの家にあろうはずもなく……。

「エーリヒ、お前こんなものを何処《どこ》から……」

息子に摑《つか》みかかった父親は気付く。神像を持つ我が子の手や、お下がりとして三人に穿きつぶされて継ぎ当てだらけのズボンに大量の木くずがついていることを。

差し出す木像からは濃厚な木の匂いが漂い、保存のために塗るニスの気配はない。荒いヤスリで無理矢理丁寧にかけた表面処理の跡からは、薪材として使っている針葉樹の木目が窺《うかが》える。

「作ったんだ……凄《すご》く時間かかったけど。聖堂にあったのを真似《まね》した」

言われてみれば立像としては前腕ほどの大きさという半端なサイズは、薪材から彫り出した物として納得できる。

ただ、息子は確かに小器用で五つの頃から小刀で色々作っていたが、碌《ろく》な道具もなくこんな物を作り出せるほどの腕前だとは思わなかった。仕上げさえしっかりしていれば金貨が数枚必要だったと言われてもなんの不思議もない出来映え……。

金貨！　脳裏に湧いた言葉に夫婦は息を呑《の》んだ。

「お前、本当にこれを作ったのか？　一人で？」

「うん。ずっとコツコツ作ってた。エリザが倒れてから、お金が必要だって二人ともずっと相談してたから」

手に付いた木くずを払い落とし、欠伸《あくび》をかみ殺す末息子の言葉に夫婦は恥ずかしさを覚える。聞かせるべきではないと思い、こっそりしていたつもりの相談が丸聞こえだったなど。親として子に余計な心配などさせてはならないというのに。

「昼間は忙しいから月が高くなってからやってたんだ。結構明るいから」

こんな育ち盛りの子供が眠気を堪《こら》え、遅くまで起きて頑張らねばならぬほどの心配をかけるなど、親失格ではないかとヨハネスは顔を手で覆った。

「これで薬代の足しになるかな？」

「……ああ。よくやった……凄いなお前は」

息子達を褒める時に冠詞の如く用いていた、流石《さすが》は俺の息子だという言葉は付けられなかった。情けない親には勿体《もったい》ないほどよくできた子供だ。

これを聖堂で買い取って貰えば薬を買い足せる。いや、この像を奉納すれば〝奇跡〟の請願を頼むことができるかもしれない。豊穣神は夜陰神などの癒やしを司《つかさど》る神と比べれば少し格は落ちるものの、病や風邪を癒やす奇跡は十分に行使できるはず。

「流石だ。流石は……エリザのお兄ちゃんだ」

「お兄ちゃん……？」

「ああ、いいお兄ちゃんだよお前は……本当に」

眠そうにする息子を抱きかかえ、ヨハネスは彼を休ませてやるため子供部屋へ足を向けた。月明かりで作業していたということは、ここ数日は碌に眠れていないのだろう。その上、家のことまでしていたとなれば疲労は濡《ぬ》れた服の如く重々しく体に纏《まと》わり付いているはず。

「さ、後は任せて休むといい」

「ん……おやす……」

最後まで言い切れずに寝入った息子を抱え、父親は深い息を吐く。明日、皆が起き始める時間になったらすぐ聖堂へ行こう。息子が頑張ったのだから、交渉で頑張ってこそ父親というもの。

彼自身にも蓄積している疲労を無視し、窓から覗《のぞ》く冷えた月に成功を誓う。

よく見れば今日は満月だった。娘が生まれた日とは逆しまに真円を描く月は、三重帝国にて崇《あが》められる神群を統べる夫婦神《めおとがみ》の片割れ。慈母の神格を司る夜陰神の神体である。

きら星の従者達を従える女神に見守られて働いた息子を労《いたわ》るように寝台へ運び、父親は看護へと戻った………。

【Tips】奇跡。神々が行使する〝常であれば起こり得ぬ事象〟を引き起こす術。神の権能の下に世界は〝正しく〟歪《ゆが》み、物理法則に反した現象がもたらされる。

聖堂にかかわらず奇跡の請願を許された者達は、この秘蹟《ひせき》を重く扱い軽々に振るうことはない。奇跡は軽々に引き起こされぬからこそ奇跡たり得るのだから。

幼年期

七歳の春

クリティカル

【Critical】

某コンシューマゲームにおける痛恨の一撃や会心の一撃。絶対成功とも言う。

2D6でいえば6ゾロ、1D100で言えば01〜05、1D20でいえば20など、その判定における最高値であり、低確率のコレが出た場合、行為判定は一部を除いて絶対に成功する。

また攻撃判定においては非常に重い一撃が相手に入ったという表現で、例えば2D6判定でサイコロを振った時に10以上の数値が出たとき、追加のダメージダイスで「もう一回振れる」という極めて殺意が高い仕様のゲームもあり、このクリティカル値を下げることで何度もぶん殴る外道がたまに現れる。

朗報。私氏、七歳の春にして初めて〝魔法〟を目にする。

大奮発して〈円熟《スケールⅥ》〉まで引き上げた〈木工彫刻〉の特性をフルに活用して作った神像のおかげで妹が無事に冬を越えることができた。それだけでも素晴らしい春に、更に素晴らしいイベントが重なってくれたものである。

さて、魔法と言えばファンタジー要素の最たるもので、ＴＲＰＧに留《とど》まらず数多《あまた》のファンタジーにて活躍する技術だ。

傷を癒やし、敵を討ち払い、自然を宥《なだ》め、有意な薬剤を作り出す。

原理こそ千差万別なれども、あらゆる世界で魔法は重要視され大活躍していた。かく言う私も、そんな魔法を操るキャラクターを何度となく産みだし演《ロール》じたものだ。

村のちょっと頭が良い程度の少年魔法使いが幼なじみを追っかけて冒険者になったり、異端の生まれ故に村を追い出された魔剣士が生活のため冒険者に身を窶《やつ》したり、寿命の少ない人工生命の伴侶の延命を図るため四〇にして冒険者稼業に身を窶した博士だったり。

数多の世界《システム》と物語《セッション》の中で魔法は様々な場面で役に立ち、時に騒動の種になった。そんな素晴らしい魔法という存在が、この世界にあること自体はステータスから知っていたが……。

残念ながら、この妙にハードな設定が転がっている世界においては、大変な希少技能扱いされていた。

今日は、厳冬が過ぎ去り雪が失せ、温《ぬる》んだ土に鋤《すき》を入れて一年の安寧を豊穣神に祈る神事の日だ。

ささやかながら広場で保存食の在庫処分もかねた祝宴《酒を飲む口実》が開かれるのだが、私はその祝宴で初めて魔法を目の当たりにした。

されど、大した魔法ではない。春先になって活動を再開した隊商《キャラバン》の一つが、祭りという稼ぎの機会につられて、小銭を稼ぐかと開いた小さな露天市での話だ。

隊商にくっついて活動しているらしい代書人兼魔法使いの老人が、小さな袋から粉を取り出したと思えば花火が上がったのだ。昼間の空では色鮮やかな光を楽しむことはできなくとも、景気の良い音と共に空で光が弾《はじ》ける光景は不思議と人の心を楽しませる。

こういった景気づけは、主に代官や神官から頼まれてやるらしく、魔法使いの収入の一つなのだとか。

私はその時、大変期待した。他の技術のように魔法の習得がアンロックされるのではと。

が、残念ながらそうはならなかったのだ。

朗報は直《す》ぐに悲報に変わった。興奮して魔法使いにもっと色々見せてとせがむ子供に交ざり、どうやって魔法を習得できるのかと聞いた私に魔法使いの老翁は、冷たい現実を突きつける。

「そうさな……ぼっちゃん、月は幾つかな？」

微笑《ほほえ》みながら問うてくる老翁に対し、私は他の子供達と同じく「一つ」と答えた。

あ、いや、まてよ。確かロックされてフレーバーも読めない魔法スキルの名前に、月が絡む物が結構あったはずだ。ということは、魔法使いには二つ目の、あるいはそれ以上の月が見えているのか？

しかしながら、月が具体的にどうという答えは返ってこず、彼は私を哀れむような微笑を浮かべて頭を撫《な》でてくれた。他の子供達《たち》は、変なのと言って他の屋台へ去って行くが、諦めの悪い私はどうしても去る気になれなかったのだ。

仕事の最中だというのに絡み続ける私は、普通の視点で見れば相当に迷惑なガキであったろう。冷静になってみれば恥じ入るばかりだが、どうに体の幼さに精神が引っ張られているせいか、興奮すると自重とか熟慮という単語が吹っ飛ぶんだよな。

「ま、ちょっと待っとれな。仕事はせにゃならんのだ」

だが、老翁は凄まじく人間ができた御仁であった。そんな私を追い払わず、花火を上げ終えてから相手をしてくれたのだから。

粉を使い終えた老翁は水筒と手ぬぐいで掌《てのひら》をさっと清めると、懐から使い込まれたパイプを取り出した。そして、慣れた手付きで煙草《たばこ》を詰めながら口を開く。

「ぼっちゃん、さっきのはな、魔法《マギ》じゃなくて魔術《ツアオバークンスト》じゃ。どっちにせよ一朝一夕で覚えられるもんじゃないのさ」

「どういうこと？」

問うてみれば、老翁は指先に火を灯《とも》し、それをパイプに移して煙草に火を付けた。そして笑うのだ。

「これが魔法と魔術、どっちか分かるかの？」

分からないことを素直に「分かりません」と答えるのが賢者への第一歩である。色々想像することはできたが、下手な持論を展開することなく私は首を横に振った。

「自然の要素を利用するのが魔術、そして自然をねじ曲げるのが魔法じゃよ」

抽象的な説明だったので自己解釈を含めて整理すると、曰《いわ》く魔術とは体内に流れる魔力と呼ばれる燃料を呼び水として化学反応を励起する手法。魔法はこの世界を作り出している法則――たとえば物は下に引っ張る引力が発生する概念――そのものを魔力によってねじ曲げる、或《ある》いは上書きする手法という。

炎一つにしても老翁が指に灯した〝燃焼〟という化学現象と〝燃える〟という概念の付与によって結果が全く違う。

魔術の火はパイプの中の煙草葉だけではなく、パイプ本体を焦がして周囲の酸素を消費する化学反応だ。魔術そのものは現象を引き起こす最初の火花でしかなく、後は世界の法則を利用して粛々と燃え、消えてゆくのみ。

対して魔法の火であれば、老翁が煙草葉だけを燃やすことを意図して術式を構成したならば、燃えるのは煙草葉に限られる。パイプを焦がすことはなく、酸素も消費しないが術式に込めた魔力が尽きれば化学現象の火も残さず消えてしまう。たとえ燃えている最中の煙草葉が残っていたとしても。また、逆を返せば酸素がなくとも、豪雨の中でも魔法の火は燃え続ける。術式に従って、魔力が尽きるか本人が式を霧散させるまで。

やっていることは同じようで、起こっている事象の高度さが段違いである。仮に炎を放つ攻撃として使われたら、魔術の火は地面を転がれば消せるだろうが、魔法の火は転がっても土をかけても消えない。考えてみたら、凄《すさ》まじくおっかない攻撃だった。

感心していると、老翁は話を次の段階へと持っていった。即《すなわ》ち、如何《いか》にして魔法を使うかである。

なんでも魔法も魔術も単に魔力があれば使えるというわけではないらしい。

全ての生き物に魔力は宿っており、多寡の差はあれど全くの〝無〟はないという。あるのは内包量と瞬間的に放出できる最大値の違い。要は水のタンクで言えば蓄えられる容量と蛇口の大きさ程度のものだ。

では、何が魔法使いと非魔法使いを分けるのかといえば、術式を使う要素を見る〝目〟があるかどうかだそうだ。魔法使いは特殊な目で〝世界の構造〟とやらを見て、編み物の編み目を飛ばすように術式を練るという。

その目が備わっているかを確かめるのが、最初の月が幾つかという質問だったに違いない。

目は最初から開いている者もいれば、後天的になんらかの事象で開く者もいる。そして、ヒト種《メンシュ》においては後者が圧倒的多数で、人為的に開く方法こそあれど滅多に受けることはできないと老翁は語った。まるで、諦めの悪い子供を説得するかのような優しさで。

理由は簡単に想像がついた。魔法も魔術も専門技術である方が都合がいいからである。

誰もが魔法や魔術を扱えれば、魔法の価値は下がる。当然、その力を利用しているらしい貴族の力も落ちるだろうし、魔法使い達の発言力も落ちるとなれば広く行き渡らせるメリットはあるまい。

だから全員で示し合わせ、認め合った相手以外には内緒にしときましょーね、という論法が成立する。

また、この技術は非常に扱いが難しいそうだ。目覚めたとしてコントロールできない魔力で魔術や魔法を扱い、下手に消えない炎や行き過ぎた大爆発が起こればどうなるか。家が一軒焼ける程度ならまだしも、可能性として荘《しょう》や街が滅ぶことが考えられるなら、秘匿しようとするのも理解できた。

なればこそ魔法の使い手達は技術を秘蹟とし、ただ魔法に触れただけでは魔法関係の技能がアンロックされないのだ。

いや、実を言うと誰にも教わらず覚醒することはできる。最初の魔法使いはそれこそ独《どっ》覚《かく》だろうし、流れとしては自然であり、私も同様に一人で目覚める特性やロックされていないスキルを見つけてはいたが……効率が悪いから避けていたのだ。

そういった魔術や魔法は〈発動成功率〉が低いのみならず燃費も悪く、その上で〈命中判定〉だの〈ダメージ判定〉だのあらゆる判定での揺らぎが大きい。

そして、私は固定値信者《クソ出目の持ち主》だ。残念ながら、そんな燃費の悪い乱数頼りのスキルに熟練度を割きたくなかった。基礎が普通で上が高いならまだしも、その逆は不運な私にあまりに向いていなかった。せめてステータスに〈幸運〉の数値があれば、まだ考慮の余地もあったろうに。

では、正規で覚える方法をとるにはどうするか。

決まっている、お金を積むのだ。

手段は二つ。魔法使いの所に弟子入りするか、帝都の魔導院なる魔法関連の技術と知識を集積する国家機関が併設する魔術師官僚の養成機関に入学すること。どちらも目玉が飛び出るほど、それこそ農地の耕作権を売り払っても手に入らないような額が必要になるそうだ。

「私には無理……?」

「まぁ、そういうこったおぼっちゃん。すまんのぉ……ワシもこの年で、もう弟子を取る元気もなくての」

老翁は申し訳なさそうに笑い、煙を一つふかした。

それから、周囲をきょろきょろ見回して懐に手を入れる。

「ん、ちと悪い話をしたからの……みなに内緒にできるか?」

悪戯《いたずら》っぽく微笑む老翁の提案に、私は一も二もなく頷《うなず》いた。必死に頭を上下させる様は、演技の必要もなく七歳児に見えたことだろう。

「どれ、ではこれをやろう。ワシにはもう必要のないものでな」

彼が懐から取り出し、そっと私に握らせたのは古ぼけた指輪だった。銀と鉛色の中間のなんとも形容し難い色をしたそれは、宝石なども嵌《は》まっていない素っ気ない品だが見た目の割には重かった。今の私では、親指でも余るサイズは紛れもなく大人が嵌めるための物だからだろう。

「もし縁があれば、その指輪がヌシに力を貸してくれよう」

「ありがとう、おじいさん。でも、なんでこんな……」

「ボロを？」

今度は必死に首を横に振った。一瞬思ったが、見た目通りの代物ではないと思ったのだ。だって、如何にも魔法使い然とした老翁がくれる指輪とか、重要な代物《キーアイテム》としか思えんだろう？

「こんな立派な物……」

私の評価に老翁は呵々《かか》と笑い、煙を吐いた。

「それはの、ワシが若かった頃に使ってた品じゃ。ただそれだけの、さして価値のない指輪よ」

いや、大したユニークアイテムだと思うのだが。ＴＲＰＧ的なお約束だと、この老翁は大賢者《ワイズマン》で指輪も一〇〇〇年前の遺失技術で作られてるとかあるあるだろう。そして、将来的に詳しい人に見られて「それはっ!?」ってなるんだ。私は詳しいんだ。

「ま、魔導は何が縁で入るかも分からん、奇縁を呼び込むことがあるやもしれんからの」

大事にな？　と茶目っ気たっぷりに笑い、老翁は私の頭を撫でてくれた。そして、また袋から粉を一握り摑《つか》み出すと、まだ仕事があるから離れていなさいと言う。

朗報と悲報を同時に聞き、大事な物を手に入れた春であった………。


【Tips】魔法の発動には焦点具《スターター》が必要な種族と不要な種族に分かれており、ヒト種《メンシュ》は前者に含まれる。また、魔術においては触媒と称される化学現象を補助する薬剤の利用により、省エネルギー化・高威力化が期待できる。


実は奇跡というものを私は魔法より早く見ている。冬に病で寝込んだ妹にもたらされた癒やしの奇跡は勿論《もちろん》だが、祭事において司祭はちょくちょく奇跡を使っているからだ。

そして、私は日本人故に結構信心深い方で、実利を持とうが持つまいが存在スケールの上位存在を崇《あが》める気持ちはある。

誰だってそうだろう？　真面目に信じていなくても鳥居を潜《くぐ》る時は頭を下げるし、お守りを無下にうち捨てたりはできないはずだ。

ただ、崇める気持ちはあるのだが……。

『あー……上位世界関係《クライアント》の……』

という豊穣《ほうじょう》神からの電波――正確には託宣――を五つの頃に安息日の礼拝で聞いて以来、これって私が信仰するのは下請けへの圧迫なのでは？　という微妙な感覚から、主神を定めた〈信仰〉カテゴリスキルの取得が忍ばれている。

この世界の宗教は、あれから更に興味を持って司祭様から教えてもらった限りでは、体系だった神話群が存在しない多神教がベーシックである。力を持った存在が実際に存在しているのだから、それも納得できる話であった。

強いて言えば地球世界の神話群のようなカテゴリ分けではなく、神々の勢力が地域別に存在しているといったところか。人々の口によって神の存在が語られ、生み出される神話の成立とは異なり、現実に存在し干渉するものが実利を携えてやってくるのだから、そりゃ地球と全く同じ形にはなるまいな。

神々は信仰を受けて信者を庇護《ひご》しながら他の神群と鎬《しのぎ》を削り合う。昔は神々が直接争うこともあったそうだが、地に人類が満ちた今では専ら代理戦争《ひとまかせ》によって覇を争っているそうな。

そういうわけで神々は多数存在しながらもギリシャ的な多神教があったと思えば――三重帝国はこっち側だ――全知全能の唯一神を名乗る神もいたり、自然現象が信仰によって神格を得たりと良い意味では多様性を持ち、悪い意味では混沌《こんとん》としている。

多分きっと、この世界でも湖の上を歩いたり石をパンに変えたりした善き人《グッドマン》だとか、託宣を預かった預言者だのがいたのだろう。

ただ、神々といっても彼等《ら》はこの世界の中にしか権能が及ばないのだという。菩薩《ぼさつ》だのシヴァだのみたいな全宇宙系列の神ではなく、世界ローカルの神であり、この世界の上位存在として研鑽《けんさん》を積むことで〝新しい世界〟を産む権利を得るための道半ばだ、と信仰系上位スキルのフレーバーに書いてあった。

つまり、最早《もはや》記憶も薄れてきて曖昧になりつつあるが、菩薩が語った〝業務委託〟の一言は嘘《うそ》ではなかったらしい。神の世界までこんなんとか、世知辛くて泣けてくるな。

神託を受けてから信仰系スキルがアンロックされるにつれ、私は無言の〝コネ〟による優遇を感じてどうにも食指が伸ばしがたい気がしていた。だってアレじゃない、会社に「あの人、会長の親族なんだって」って噂《うわさ》される新入りが来たみたいじゃない。

そりゃどっちも居心地が悪いわ。

いや、信仰カテゴリが便利なのは分かっている。〈奇跡〉は神という上位存在が自身の権能によって地上に変化を引き起こす、信心深きものに授けられる秘蹟《ひせき》だ。当然、魔法と違って魔力は不要で、信心と信仰の深さによって威力が変わるのだ。

その上、行為本体は神が権能として行使するという点から、発動判定の失敗もなければ――命中・抵抗は別の話――燃費もいいとくれば文句はない。

ただ……うん、この微妙な心情を拭いきれないのだ。日本人としての宗教的寛容さと、商社マンとして働いてきた経験の摩擦で。

そして、基本的な信仰スキルはちょっとお安い設定になっているのも、何かの意図を感じざるを得ない。これによって、信仰系諸スキルは決して弱くなくとも、私の中では考慮の段階が低くなってしまっていた。

だってねぇ……こんな生臭さを感じてしまったら、一番肝心な〈信仰〉が揺らぎそうじゃない。熟練度を振り分けても個人で微妙な気分になってしまったら、どんな扱いを受けるか分からんからな。

それにやっぱり神々はおっかない。実際に干渉してくる以上、下手なことをして天罰を喰《く》らうことだってあるからな。聖堂の書架や司祭が語ってくれる教訓話にその手の話題は尽きないから。

別に魔法を使うと信仰はロックされるよ！　というシステムではないので、ご加護に縋《すが》っても悪くないのではと思いつつ、春の祝祭で司祭が請願する〝ばらまいた土塊《つちくれ》を花びらに変える〟という奇跡を見て、苦い気持ちになるのであった………。

【Tips】信仰スキルの弊害として、スキルの発動権が神の側にあることにより〝神の意に反する行使〟が一切できない点が存在する。詐欺への活用、同門や無辜《むこ》の民への故なき加害、あるいは意図せぬ宗教戦争への利用など。

子供の体力は無尽蔵である。きっつい農業のお手伝いが終わった後、懲りずに遊びに行く兄達《たち》を見ていると心底そう思う。

実にまぶしい限りだ。体育の授業や合間合間の短い休み時間を走り回って過ごし、あまつさえ放課後も日が暮れるまで延々と鬼ごっこだのに興じる姿は、前世ではもうまぶしい限りであった。

あんな無茶はデスクワークや外回りのため長時間車に乗り続けたせいで軋《きし》む体ではできないからなぁ。寝坊して駅まで一〇分ばかし走るだけで死にかけるオッサンには、どうあったってまねできない所業だ。

「なにやってんだ、行くぞエーリヒ！」

まぁ、今や私も体は子供だから理論上はついていけるんだろうけどね。うん、でも精神がきっついのよ。お仕事終わらせたあとはのんびりしたいものである。

「今日は俺がリーダーがいい！　俺剣士!!　えーと、えーと……よし、デュラハのエーミールだ！」

「あ、ずっけぇ！　じゃあ俺斥候な！　彷徨《さまよ》えるカルステン卿《きょう》!!」

「あっ、こら、待て！　そういうのは一番兄貴の俺から決めるべきだろ！　仕方ねぇ、じゃあ業火のニクラウスな！」

「えー!?　それじゃあ前衛二人じゃん！」

「剣士は二人いらないって！」

「うるせぇ！　俺あんま魔法使いとか知らねぇよ！」

が、そんな私の疲弊は何処《どこ》吹く風。兄達は今日も元気に森へ繰り出していく。私が作った様々な武具――勿論、木工細工の玩具《おもちゃ》だ――を片手に冒険者ごっこに興じるため。

春先から初夏にかけての農繁期は家によって忙しさがマチマチであるため、農家の子供達は自家の兄弟達と遊ぶのが一般的だ。農閑期と違って森に大人数が集まるのは難しいため、できる遊びの幅は必然的に狭まってくる。

そんな中で不動の人気を誇るのが〝ごっこ遊び〟である。誰しもが興じたことがあるだろう。推しているヒーローに成りきって校庭や公園を駆け回ったことが。

こっちでもそれは変わらない。成りきる役柄がテレビや漫画のヒーローから、民話や吟遊詩、読み聞かせ物語の英雄譚《たん》の英雄に変わるだけで。

冒険者という仕事は体よく便利屋扱いされているだけの残念な仕事だと前に語ったが、起源は神々の戦争レギュレーションが今とは違う神代まで遡る由緒ある仕事なのだ。

現代より強大な怪物が蔓延《はびこ》り、人類が安穏と生存できる領域が狭かった時代、英雄と呼ばれるにふさわしい力量を持った者達が領邦の垣根なく人類の敵を討つために旅をしたのが冒険者の始まり。

今の冒険者組合は彼等に肖《あやか》って作られたものであり、故に国際交流もへったくれも無い時代にもかかわらず、国を跨《また》いで組合が繋《つな》がりを持ち冒険者に領邦や国家間の移動が許されているそうな。いつの日か、神話の物語のような怪物が現れた日に備えて。

といっても、そんなのが出たら普通に兵を挙げるだけだろうから、理由すらも形骸になっているとは思うが。

現実はどうあれ、子供達の憧れは高名な冒険者達だ。次兄のミハイルが名を挙げたデュラハのエーミールは巨大な毒蛾《どくが》退治をした冒険者であり、三男のハンスが希望した彷徨えるカルステン卿は神々の呪いを受けながらも諸国を流浪し、最後には神の許しを得て奇跡を授けられるという偉業を成し遂げた大騎士である。

　そして長兄のハインツが持ち出したのは、燃える剣を神より授かり、多頭の竜を討った旧《ふる》い竜殺しの一人。どいつもこいつもビックネームだが、剣士二人と前衛寄りの斥候とかバランス考えろよと言いたくなった。

　ＰＣ《プレイヤーキャラクター》が五人いるならそれも良いが、四人だったら多人数を引き受けられるスキルを取った前衛は一人にして、後は中衛を置きヒーラーと魔法使い一人ずつの方がいいと思う。構成は大事だよ構成は。

　なんといっても単独行ではなく一行を挙げての冒険とくれば、当然それに見合った強敵が出てくるのだから隙の無い編成で挑まにゃ危なっかしい。魔法使いがいないせいで魔法の痕跡が分かりませんでしたとか、読めない文字があってそもそも問題に辿《たど》り着けませんでしたとか洒落《しゃれ》にならんからな。

「えーと……じゃあ私は聖ライムントでいいよ」

「お前いっつも神官とか魔法使いだよな。地味じゃゃね？」

　それは兄貴共がいっつも派手な剣士を選ぶからだよ！

　冗談はさておき、如何《いか》にハンス兄とて後衛を軽んじる発言はいただけない。それとも何かね、非実体系の敵に魔法の武器ではない剣だけで挑みたいと？　スケルトンを剣で殴る徒労感は中々大変なものですよ。

「まぁいいじゃねぇか、当人がやりてぇつってんだから。よし、いざゆかん、妖精のコインを求めて!!」

「「おお!!」」

とはいえ、これは所詮ごっこ遊び。近所の老人から聞かされたおとぎ話を追っかけるだけで、実際は剣士でもなんでもない子供が群れて家の近所の林に行くだけの話なのだから。大人げなく編成がどうだのバランス云々《うんぬん》を語ったりはしないとも。

実際の卓だったら魔法使いなしとか正気かよと困惑しているだろうけどね。

木剣とボルトを打てない形だけの石弩《いしゆみ》を担いだ兄の背を追い、人気の無い――それでも結構かっこよくしたつもりなんだがなぁ――杖《つえ》を担いで森に繰り出した。

目指すは兄ご執心の妖精のコインだ。錚々《そうそう》たる面子《メンツ》で捜しに行くにはあまりにもこぢんまりとしたお宝ではあるものの、本気で出会う可能性のない怪物を求めて林を彷徨うより、実際にあったと言われている宝物を求めた方がやる気も出るようだ。

妖精が実際に存在し、季節によっては視界の端っこの方で見えたりするこの世界では、有り難みもあるから。とはいえ、はた迷惑な存在として戯曲に登場する彼等が祝福したコインとなれば、加護なのか呪いなのか甲乙付けがたい代物の可能性もありそうだが。

私達は兄の音頭に従って林へと進撃した。一応は隊列らしいものを組み、リュックに色々ねじ込んで私手製の武器を持った様は実に微笑《ほほえ》ましい。実際やるよね、子供の頃はこういう冒険。

冒険者のイメージは決していいものではないが、果たして夢溢《あふ》れる面子と楽しく冒険を繰り広げられる可能性は絶無なのだろうか。もしかしたら名乗りを上げた面々の如《ごと》く、歌に残り祭りが行われるような英雄になれる機会に恵まれることがあるかもしれない。

そう思えば、幾つも自分を重ねてきた冒険者達の姿が輝かしく思い浮かぶ。

……ちょっといいかもね、冒険者。自分が見聞きして得た知識ってわけでもなし、根無し草のヤクザ稼業に就かせたくなかった親父《おやじ》殿が、子供の憧れを消そうと無茶苦茶言った可能性もあるんだし。

私はどれだけ教えられても、冒険という言葉への憧れと〝熱〟が冷めていない自分がいることに気付きながら、今日も他愛のない見せかけの冒険に興じるのであった………。

【Tips】冒険者同業者組合。冒険者の寄り合いであり、領邦を渡り歩く根無しの彼等の身分を保障する同業者組合。国家を跨いで連携しているが、やはり枠組は国家内で領邦ごとに仕切られており、イメージとしては各国の支社が緩い連帯をとりながら、領邦の営業所を回している形である。

幼年期

八歳の秋

ファンブル

【Fumble】

不運の代名詞。クリティカルに反して「実数がどうあれ」確実に失敗する。

攻撃は空振りし、道を歩けば踏み外してマンホールに落ち、本を読めば難し過ぎて脳味噌が爆発し鼻の穴から垂れてくる。

2D6ならピンゾロ、1D100でいえば95～100、1D20ならば1である。

ゲームによっては「ファンブル表」と言われる凄まじい不運しか書いてないイベント表を振らされ、場合によってはダメージを受けたり、酷かったら「他のPCとの関係性が変動する」ような致命的な出来事がつらつら書いてある。身内でヤンデレや火サス展開を強要されるとGMとしては先の展開がブレて非常に困る。

稀にシナリオ的にはクリティカルして、延々と語り草になる面白いファンブルも存在するが。

気持ち悪いことに定評のある乙女座のパイロットが「私は我慢弱い」と言っていたが、私が我慢弱いのは秋口に生まれたからだろうか。

八歳の誕生日を迎えた今——なんとも意外なことに、ライン三重帝国の暦は一二月サイクルで巡る太陽暦であった。つまりこの惑星のスケールは大体地球と同じなのだろう——自分のステータスを見ていると悪癖をいやと言うほど実感させられる。

違うんだ、色々な行動によって解禁されるスキルを見ていたら、これ持ってたら潰しが利くな、存外お安いし、とついついポチってしまうのである。

あるだろう？　大きな買い物はよく考えても、文庫本一冊程度なら「ほーん、ええやん」くらいの気軽さで買ってしまうことくらい。

そして、後で積み重なったカード会社からの請求《現実》を見て「マ？」と呟《つぶや》くのだ。

そのせいで一年で色々つまんでしまった。

では成果を振り返ってみよう。全て〈肉体〉カテゴリの外郭に属する特性だ。

〈猫の体軀《たいく》〉は、しなやかで柔らかな体を手に入れる特性。怪我《けが》をしづらくなり、受け身の性能を大幅に向上させ、関節技《サブミッション》に対する耐性と軽業にボーナスを取得。高所からの落下受け身に対する補正を取得。

〈しなる骨格〉強固で折れ難《にく》い骨格に成長する特性。怪我をしづらくなり、受け身の性能を大幅に向上させ、高所からの落下受け身に対する補正を取得。

〈猫の目〉目の構造が夜に強くなる特性。星々の灯《あか》りだけでも読文と判別判定を可能とする。

〈鋼の胃〉強力な免疫系を手に入れる特性。傷んだ食べ物や飲み物、毒物に対する耐性。

うん、大事だから体。ほら、階段から落ちて呆気《あっけ》なく死にたくないだろう？

そう考えれば、日常生活を健康におくれる良いラインナップではなかろうか。たとえ、これらの特性が全て衝動的に取得されたものだとしても。

〈猫の体軀〉と〈しなる骨格〉は、日々激化するマルギットや子供達との遊びについて行くために取得した。田舎の子供の遊びは隠れんぼにせよ取っ組み合いにせよ激し過ぎるのだ。

〈猫の目〉は内職の時に効率が悪かったためイライラして習得し、〈鋼の胃〉は森遊びの時に囓《かじ》ったイチジクがちょっと変な味がして不安だったために取った特性だ。

うーん、この並び立てるだけで計画性のなさが露見する取得理由。私にはもうちょっと堪《こら》え性《しょう》というものが必要なのではなかろうか。

だが、最低限の理性は失っていないぞ。高コストな職業スキルには手を染めていないからな。

それに合理性がないわけではないのだ。頑丈な体は将来何をしても持て余すことはないし、この街灯もない時代に夜目が利いて得をしても損することなど……うん、両親が夜中に〝仲良く〟しているところに出くわしてしまうことくらいしかなかろう。

だからこれは既定路線なのだ。きっと。

実際、基礎体力や記憶力を磨くのは予定通り運んでいるので、ダメージがあるかといえば殆《ほとん》どないと言ってもいいのだ。予定通り将来は身長が一八〇㎝ほどで、鍛えても膨れ上がるのではなく引き締まる筋肉質な体になれるよう特性とステータスを割り振ることに成功したのだから。

そして、母親似のちょっと線が細い美形になれたら良いなーと欲を出してみたものの、残念ながら美貌というステータスは出生特性と同じく触れないようできていたので諦めた。ここが触れるなら直視した瞬間目が潰れるような美形にもなれたのだろうか。

悪あがきとして〈母親似〉とか〈心和らぐ風貌〉なんぞの特性を取ってはみたけれど、さて将来的にどう仕上がるのか楽しみなような不安なような。

これらを総合し、ステータスの評価値は一番低くて膂力《りょりょく》の〈平均《スケールⅣ》〉なので、むしろ進捗としては期待以上と言って良かった。精々一〇歳になるくらいに全ステータスが仮目標である〈佳良《スケールⅤ》〉に届けばいいなと思っていたが、これは来年くらいには達成してしまいそうだな。

そういえば、偶然にではあるが〈記憶力〉と〈思考力〉を伸ばした後で何かをすると、熟練度の溜《た》まりやすさが大分違うことを最近知った。深い理由はない、たまたま近い順にステータスを伸ばしたところ、ほんの誤差程度ではあるが伸び方が違うなと分かったのだ。

この仕様はどこにも明記されていない。理解できる頭が備わることで早く習熟度が上がる隠し仕様《マスクデータ》でもあったのだろう。昔のゲームだとよくあることだ。

そういえば、確かに核戦争後の米国を彷徨《さまよ》うゲームだとIntelligenceが高いほどステの伸びが良くなったのを覚えている。つまりはシステム的にそういうことなのだろう。

これで他のステータスに比べてコストが重く、先に延ばして得られる熟練度効率がトントンになるかちょっと微妙でなければガン伸ばししたのに。

定位置で軽率さを反省しつつ、予想以上の効率を見て悦に入る私の首筋にぴりっとした感覚が走った。〈気配探知〉スキルによって身についた第三者の感覚。足音や呼気をこんな間近まで感じなかったことから家族ではない。

何より気配は〝納屋の上〟にあった。

深く考えず前へ飛ぶ。そして、数瞬前まで自分が腰掛けていた薪《まき》の上に降り立つ恐ろしく小さな音と、微《かす》かな舌打ち。

「ざぁんねん」

振り向けば、そこには獲物を逃して心底残念そうな顔をしたマルギットがいた。

去年から少しだけ背が伸びているが、二つ上とは思えない風貌は相変わらず。ただ、大盤振る舞いで〈熟達《スケールV》〉まで引っ張った〈気配探知〉をするっと抜けてくるあたり、技能面は私をして感心せざるを得ない勢いで伸びているのがなんとも。

「普通に遊びに来てよ」

「これをやらないと調子が出ないんですもの」

最近私塾で覚えたらしい宮廷語を使いつつ、彼女は唇をつんとさせた。

うーん、どうやら彼女は自分の可愛《かわい》い動作を分かってやってる節があるな。実際可愛いから文句はないが、この表情を見ていると返そうとしていた言葉を引っ込めてしまう自分が情けない。

私、ロリ系はストライクゾーンじゃなかったはずなのだが……。

彼女は一歩横に退くと、私の指定席をぽんぽん叩《たた》いて座るように促してきた。見た目は丸っきり子供なのに、こういった所作の端々が妙に艶っぽいのは何故《なぜ》だろうか。

誘われるがままに腰を降ろすと、さも当然の如く膝の上に乗ってくる。何故か正対したままで。

いわゆる対面座位というアレだ。

しかし私は無垢《むく》な子供——迫真——なので下世話な発想はしない。下手に指摘したら数倍にしてセクハラされそうなので、ここは知らんぷりだ。

後で聞いたことだが、蜘蛛人《アラクネ》は基本的に女性上位の種族らしく、他の女性が強い種族と同じく我々ヒトとは貞操観と性別観が逆なんだとか。あと、同種同士で番《つが》いになっても同居しない妙な慣習も知られている。

「で、どしたの？」

「んー？　なんとなく、お顔を見たいなと思って」

妖艶な笑みを添えられると、実に意味深な発言だ。笑みを添えて小首を傾《かし》げる仕草には、人並みに男性をやっていただけあって中々くらっとする。相手が一〇歳の幼児相手でなければ道を誤ってしまいそうなほど。

……いや、これはこれで十分に道を誤っているのか？

「なにそれ……」

「お手伝いが終わって暇になってしまいましたわ。貴方《あなた》は……」

「ぼちぼち忙しくなるよ」

謎のむなしさはさておき、秋口にある私の誕生日を迎えたということは、そろそろ第二の農繁期たる刈り入れ時だ。

刈り入れから脱穀に出荷と休む暇がなく、それが済んでも畑じまいなどやることは幾らでもある。雪が降る前に片付けねばならぬことは枚挙に暇がない。こればかりは家族の進退に関わるので、私だって無駄だとは思わず農業カテゴリの各作業に結構な熟練度を割り振っているのだ。

それでも家族六人と輓馬《ばんば》一頭、ついでに親戚や隣家の助けを借りても実に骨折りである。その上にお礼として隣家親戚の手伝いをし、更に金納と物納が併存する税制に合わせて収穫物を売り払うこともしなければならないときた。夏の間ののんびりした代償と言わんばかりに労働は波の如く押し寄せてくる。

持久力と耐久力を〈精良〉《スケールVI》まで伸ばしても、この小さな体が軋《きし》みを上げる季節を思うと胃が痛い。まぁ、それでも男手が多く馬もいる家は相当マシな方なのだが。

「そうですの。ええ、私達《たち》も忙しくなる時節ですし」

そう言ってくすくす笑うマルギットだが、彼女も猟師の家に生まれた以上、秋から冬にかけては随分と忙しくなることだろう。もう今年には弓を与えられ、親にくっついて基礎を学ぶのだと楽しそうに語っていたし。

「今の内に沢山遊んでおかなくてはなりませんわね」

「二人で?」

訝《いぶか》って聞いてみれば、途端に彼女は笑顔を泣きそうな顔に変えた。なんとも器用な変わり身である。

「お嫌?」

そして、畳みかけるように背筋を羽でなぞるような声で囁《ささや》いてきたではないか。耳管を這《は》い進むように染み入る言葉は、脳味噌《のうみそ》を擽《くすぐ》って心地好い蟻走感《ぎそうかん》を背筋に生んだ。

幾つであろうと女は女というが、ちょっと技量の伸び方が速過ぎないだろうか。それとも蜘蛛人《アラクネ》とは皆こんな感じなのか?

私も世の男性諸氏と同じくご婦人には弱い性質《たち》なので、ここで首を横に振ることしかできなかった。

というかアレだろうか、私は鈍感なつもりはないが、これはフラグなのだろうか? 何《ど》処《こ》で何を踏んで、こんなコネクションがアイテム欄に追加された? 嫌とは言わないが、精神的にアラフォーを迎えた男とやっとこ年齢二桁になったアラクネの絡みって相当に倒錯的ではないか?

一体どんな性癖のGM《ゲームマスター》が賽子《さいころ》を転がしているのだ。

このまま拗《こじ》れた展開になるのは避けたかったので、積極的に話題を振って筋道をずらすことにした。嫌でなくともこの身は八歳、節度は守るべきである。

「それなら、私塾でどんなこと習ってるか教えてよ」

「私塾で？」

気になっていたことを聞いてみると、彼女は泣きそうな顔を嘘《うそ》のように霧散させて、今度は先ほどと逆側へ頭をこてんと倒した。かわいい。

「うん、みんなはつまらないって言うけど、何やってるのか気になって」

最初は我が兄から色々教わろうと思っていたが、出てくるのが愚痴ばかりだったので早々に諦めた。父から厳しく言われ、一応は宮廷語やら書き物を覚えつつあるものの、一緒に教わる歴史や詩作、算術だのは全く物になっていない。この秋の労働が終わって冬の私塾通いが再開したとして、その頃にはもう全部頭から抜けてしまっていることだろう。

「そうですわねぇ。宮廷語や読み書き……簡単にですけど法律のお話もありますわね。あとは歴史と詩作の授業などがいつもの内容ですわ」

対してマルギットはきちんと勉強しているのが窺《うかが》える流暢《りゅうちょう》な宮廷語で話している。親や教師からメッキが剝がれないよう、普段からも使うように言い含められているのだろう。私や兄が話す幼児語や下層階級の訛《なま》りが混じるものと随分と違う、流麗なイントネーションの歌うような帝国語からは、相当な努力の痕跡が窺えた。

「面白そう！　ねぇ、教えてよ」

「んー？　いいですわよぉ」

この世界で出世するには、宮廷語は殆ど必須であると父はむずがる兄へ懇々と言い聞かせていた。だから私も習いたかったのだが、父は忙しそうだから気が引けるし、兄は言うまでもなくマスターしていないので教わりようがない。

だからこれを機にして、習得の前提条件を満たしたかったのだ。

というのも、独学では取得できないようロックがかけられているのは、専門的な知識に関しては先だっての魔術と同じなのだ。剣術の流派しかり魔術しかり、語学や法学などの知識しかり。

多分、如何《いか》にTRPG的システムとはいえ無から有は生み出せず、知りもしない知識をゼロから捻《ひね》り出すことはできないと言いたいのだろう。セージ技能の習得なんぞが簡単なのは、きっと師を見つけ本を読むという過程を煩雑だからカットしたに違いない。じゃなきゃ高々一〇〇〇点で言語を一個覚えられてたまるか。

「そうねぇ、じゃあまずは言葉からかしら」

「やった！　ありがと!!」

子供らしい言葉遣いで喜びながら、これでようよう内心に見合った大人っぽい喋《しゃべ》り方ができると安堵《あんど》した。きちんと帝国語で思考していても、どうにも口にするとなると幼児っぽい言葉だらけになって落ち着かなかったんだよな。

「じゃあまず、はい」

「え……？」

唐突な彼女の奇行に頭が固まった。何故彼女は、まるで見せ付けるように口を開いて舌を伸ばしているのだろうか。その上、誘うように自分の舌へ指まで這わせて。

「マルギット……？」

何をしているのかと困惑していると、彼女は悪戯《いたずら》っぽく笑って私の手を取った。

「宮廷語は発音が命ですわ。舌の形がぜんぜん違いましてよ？　先生に教えていただいたの。話せる人の口に指を入れて舌の形を覚えて、自分も指を咥《くわ》えて同じ感覚になるように真似《まね》すればいいと」

勿論《もちろん》先生はやらせてくれませんでしたけど、とクスクス笑う彼女が不思議とおっかないものに見えたのは何故だろう。

「なぁに？　お嫌なの？」

「いや、その、嫌ってわけじゃないんだけど……」

恥ずかしいという一言を言うのが恥ずかしいという不具合。顔に血の気が登ってきて熱くなり、茹《ゆ》だった思考に反応してか首筋に汗が浮いた。分かってやっているのだろうか。どっちにしろ凶悪過ぎないかこの子。

「ああ、別の方法がよろしくって？　それならお母様から伺ったことがありますわ」

「ほんと!?　それってどんな方法!?」

くすくす笑いが強まって、口の両端がにぃっとつり上がる満面なれど外連味《けれんみ》を含ませた笑みを作って彼女は顔を寄せて来る。鼻と鼻が擦れ合い、互いの呼気を直接吸うほどの間合い。

鈍く輝く榛色《ヘーゼルカラー》の瞳がきらめき、視線が匙《さじ》のように眼球を抉《えぐ》って精神に突き立つ。蜘蛛《くも》に捕まえられた被捕食者の気分ってのは、こんな感じなのだろうか。

「舌同士を絡ませるのが一番早い……そうですわよ？」

「ファッ!?」

マルギッテのお母様!?　アンタ娘になんて教育施してんだ!?　まだ一〇歳でしょう!?

「でも、それは大人になってからでしょうから……子供向けの方法でいきましょう？」

「い、いや、僕が思うにそれって全然子供向けじゃないような気が……」

そして、反論する間も与えられず、指がぬるりとした感覚に襲われて…………。

【Tips】人から教えて貰《もら》うことで熟練度が溜《た》まることや、習得に必要な熟練度が減少することもある。それによってスキルや特性が変性することもある。

農繁期のキツイ時期を終えつつある頃、ヨハネスとハンナの夫婦は別のキツイ事態に頭を悩ませていた。

忙しくてハインツの宮廷語をみてやれなかったせいで、夏の間に覚えていたことがすっかり抜けてしまったからだ。

私塾に通って数年が経《た》った生徒は、春先になれば代官様に直接ご挨拶をするのが荘《しょう》の習わしである。そして、その時は一人一人が宮廷語での詩を捧《ささ》げるのが慣例だった。

この春の到来を言祝《ことほ》ぐ挨拶は、各地において登竜門として知られている。貴族は青田買いが大好きで、幼い内から才覚を示す者を大きくなっても私塾に通わせることがままあるからだ。

ここで運が良ければ代官に認められて官僚になる道もあるが、ヨハネスとハンナはそこまでの期待をしていない。彼等《ら》は息子を愛してはいたが、頭を茹だらせてはいなかった。

せめて「なんだアイツは」と目を付けられない程度になってもらうだけでよかったのだ。

しかしながら、収穫作業が一段落した日に息子を試してみて両親は絶望した。あと一冬でなんとかなるのかコレはと。

冬以外の寒さに二人で肩を寄せ合っていた夜、ふと末の良くできた息子が目の前にやって来て胸を張った。

そして言うのだ、二人を労《ねぎら》う詩を考えたと。

なんでも末の息子は友達から宮廷語を教えてもらい、疲れた二人を労おうと思って準備していたそうなのだ。二人は驚きながらも喜び、息子が披露する詩に耳を傾けた。

それは、荒削りながら良くできた詩であった。言葉選びも子供らしいが逆にそれが正直な心根を伝えてくれて、歌い上げる声変わり前の可愛らしい少女とも少年ともつかない声のイントネーションにも文句のつけようがなかった。

完璧な詩だった。完璧な発音と伝統の様式を守った完璧な叙情詩。

そして、同じくらい完璧な〝女宮廷語〟であった。

披露が終わり「さぁ、どうだ」と言わんばかりの顔をする息子を前に、二人の両親は暫《しばら》く口を開くことさえできなかった。

以後一冬の間、両親から宮廷語を習う長男の隣には、解せぬという表情の末息子の席も用意されていたそうな…………。


【Tips】宮廷語には男言葉と女言葉、また上級の貴族と下級の貴族が使うべき言葉や文法などバリエーションが多数存在する。

幼年期
八歳の夏

G《ジー》 M《エム》
【Game Master】

PLに対する進行役で、シナリオを作りエネミーを用意し敵キャラを操る主催にしてラスボスである。
ゲームによって呼び方が違い、ゲームマスターが一般的だが中にはキーパーやルーラーなど様々な派生が存在するため、呼びかけ方によって普段やっているゲームが分かる。

両親の前にてオカマ口調で一席吟じるという、死ぬまでネタにされる大ポカが明けて暫く。長兄ハインツの代官への挨拶がなんとか無事に終わり、春の種まきも恙《つつが》なく済んだ頃に私は村の外れに立っていた。

「よぉガキ共、よく来たな」

特に何があるでもない野っ原には、私と同じ農家の少年達《たち》が集まっていた。

皆見知った顔であり、共通点が一つ。長男は一人もおらず、誰も彼も次男以下の家を継げない者達ばかりであった。

そんな一列に並ばされた我々の前に立つのは一人の壮年男性。筋骨隆々に鍛え上げた長《ちょう》軀《く》になめし革の軽鎧《よろい》を纏《まと》い、刃引きされた長剣を持つ彼はランベルトという。

白髪が目立ち始めた刈り込まれた髪と四角い顔に金壺眼《かなつぼまなこ》も厳《いか》めしい、我らがケーニヒスシュトゥール荘の自警団長である。

「ようこそ、第一回自警団訓練へ」

我々が集まった理由は単純だ。自警団の選抜訓練に参加するためである。

さて、ライン三重帝国の行政システムはマルギットに教えて貰った限りでは、かなり近代的かつシステマチックにできている。

各領邦の長を有力貴族が務め、その下につく行政官区を納めるのは彼等の配下たる別の貴族。更に細分化された荘や街に下級貴族や騎士家が代官として配されるのは、如何にも〝らしい〟が、これは現代に直せば県知事だの市議や村長、果ては公務員が世襲制になったものを考えれば理解は難くない。

つまり、このケーニヒスシュトゥール荘はケーニヒスシュトゥール城塞に詰めるテューリンゲン帝国騎士家の管轄地だが、上にはもっと上が存在しているのである。

領主の代官たるテューリンゲン卿《きょう》が荘のトップなれど、基本は城に詰めて複数の荘園を指揮する彼が全てに差配できるわけでもなく、配下たる騎手や歩卒だって全ての荘を十分に守れるほどいるわけではない。これが現代の地方自治体とは違うところの一つ。

常備軍という存在のコストは重いのだ。それこそ、近代の国民国家に発展してやっとこ維持できるくらいには大食らいなのである。

無論、テューリンゲン卿の騎手と従卒からなる騎兵隊や、賦役で集められた歩卒隊が治安維持を担ってはいるものの、彼等は治安維持機構であっても常駐機構ではなく、主に城塞に詰めて必要とあらば出張る一団。

軍隊というのは存在しているだけで金を食うが、動くともっと金を食う。だから経済的な観点でものを言えば、何処《どこ》へでも動ける所へ配置して、普段は極力動かさないのが最良となる。

それによって何が起こるかといえば、荘は荘で彼等が駆けつけてくるまで、最低限の自衛と自警をなさなければならなくなるのである。

なんと言ってもここの文明レベルは低俗ではないが、なじんだ高等な科学文明とはほど遠い。必死に代官の詰める城塞に使いを出しても、到着までに半日近く、無理をしても四半日とくれば、狼藉者《ろうぜきもの》が急ぎ働きをするには十分過ぎるだけの時間がかかる。

故に救援を待つまで堪えるための戦力として荘園内で結成されるのが自警団というわけだ。

この組織は代官が許可した公認団体であり、なんと官舎と屯所を与えられ、代官から給金を受け取れる半正規兵だ。

そして、次男以降の男児が荘園内にて就職できる数少ない働き口である。

「俺はランベルト。自警団の長だ。ま、村の寄り合いや祭りで何度も面合わせてっから今更名乗るまでもなかろうが、初日だから一応な。こういうのは形が大事だって昔から相場が決まってってからな」

にやりと獰猛《どうもう》に歯を剝《む》いて笑う男に、剣に憧れはあっても胆《きも》が細く、自分達が怪我《けが》をする、ましてや死ぬ可能性など考えない子供達が震え上がった。それくらい、この巨漢には迫力があるのだ。

それもそのはず。ランベルト氏は力自慢で鳴らした荒くれ者なんぞではなく、現役を退くにあたって代官直々に登用されて荘の自警団長になった名うての傭兵《ようへい》であった。

祭りで彼が語る武勇伝によれば、参加した戦役は二〇以上。感状と報奨金を受け取ること一二回。挙げた兜首《かぶとくび》――立派な鎧を着られる身分の首――は二五にのぼるという歴戦の強者《つわもの》である。

なればこそ、彼は自警団の募集と教練を一手に預けられているのである。

「声をかけたら集まる集まる……ま、全員とりあえずは手足がまともに生えてることだけは確かだな。だからっつって、痩せたガキ共に何ができるかは知らんが」

如何《いか》にも指導官らしく、こちらを価値のないものを見るような目で見下ろしながら彼は嘯《うそぶ》いた。海兵隊風ハートマン式の扱《しご》きというのは、この世界にも存在したのか。

「格好良い剣士様やサーガの英雄になりたい阿呆揃《あほうぞろ》いが間抜け面並べて愉快なこった」

ここで一応弁解させていただくと、別に私は来たくて来たわけではない。三男のハンス兄が一人で来るのを怖がり、内職で盤上遊戯の駒を作っていた私を無理矢理連れ出してきたのだ。

まぁ、将来的に口を糊《のり》する方法を考えるついでに、冬場になれば食い扶持《ぶち》や越冬場所に困って傭兵が押しかけてくることもあるこの世界で生きるため、とりあえず武器が使えたらいいかなと思っていたのに間違いはないけれども。

「だが、この仕事はそれほど愉快じゃねーぞ。手指が枝のように千切れ、麻縄みてぇにハラワタが引き摺《ず》り出されるクソ仕事だ。幸いここ二年は誰も死んじゃいねぇが、リュッケが廃兵院送りんなったのは知ってんだろ」

剣を肩に担い、のっそりと我々の前を左右に歩きながらランベルト氏は脅迫するような口調で告げた。自警団も予算が潤沢とは言えず、常駐人員の選抜には神経を使うから臆病者《チキン》を篩《ふるい》にかけようとしているのだろう。

実際、話に聞く限り殆《ほとん》どの面子《メンツ》が落とされるという。訓練についていけたとしても、予算の都合で召集があった時に働く予備自警団員とされるのが精々か。まぁ、予備でも緊急時の戦力や徴兵した時の質が高いとして人頭税が少し安くなるので、別に損はしないのだが。

「きっついぞ、頭のトんだ野郎に腕引っこ抜かれるのは。死ななかったのは単に運が良いからだ。どんな達人でも死ぬ時ゃあっさりしたモンだからな」

中々エグい表現に、英雄譚《ヒーロー》の輝かしい剣士に憧れてやって来た誰かが悲鳴を上げた。息を吸い込むのに失敗したような、潰れた声だ。

「ってことで一つ現実をおせーてやろう」

次の瞬間、ランベルト氏が頭でも撫《な》でるかのような自然な動作で剣を振り下ろした。形容し難い肉と金属がぶつかる音が響き、先ほど悲鳴を上げた少年が打ち据えられたのが分かる。頭を押さえながら左右にゴロゴロ転がり喚《わめ》いているところを見るに、剣の腹で頭を引っぱたかれたのだろう。

「逃げ回れ。お前らにできんのはそれくれぇだ」

そして、獰猛な笑みと共に苦痛が形となって襲いかかってきた………。

【Tips】公職に就くことで得られるボーナスは少なくない。

痛みと恐怖で這《は》い回る子供達を見下ろしながら、気分が良い光景ではないなと自警団長のランベルトは鼻を一つ鳴らした。

語るべくもないが、この光景は別段彼の趣味《性癖》に基づいて生み出されたわけではなく、効率と子供達を想《おも》ってこそのものであった。

語ってみせた自警団の仕事の陰惨さは嘘《うそ》ではないからだ。

傭兵稼業は悲惨だが、自警団とて同じことをするのだから何も違うことはない。村の近くに狂した魔種《モンスター》が巣くえば討伐に出ねばならず、猟師だけで対応しきれぬ群狼《ぐんろう》や巨狼《きょろう》なんぞが現れても槍《やり》を担いで出ていかねばならぬ。

まして、腹を空《す》かせた野盗や、越冬場所を求めて集《たか》りにやって来た傭兵共が寄せて来たなら、村の男衆も駆り立てて槍衾《やりぶすま》を立てるのだ。詩《サーガ》に吟じられる華やかさが何処にあろうか。

そして、奮戦の先に待つ帰結は昨年の小鬼《ゴブリン》狩りと同じように、苦痛と血ばかりを伴《とも》とする。廃兵院に入れたリュッケはまだ運が良い方なのだ。ここ十年は平和なれど、刃の下に伏した荘民《しょうみん》は決して少なくないのだから。

戦うということは物語のように美しくも気高くもない。殺すか殺されるかの冷たい現実と、生臭い血やクソの詰まった臓物が横たわっているだけ。

だからこそ、数年に一度は無垢《むく》な子供を引っぱたいて現実を見せ、ヤクザ稼業ではなくまともな農民に叩き直してやらねばならない。そうしておけば、無理に家を出て傭兵や冒険者なんぞに身を窶《やつ》すこともなかろうと思いやって。

ヒトは無知により道を誤り、身に余る夢を抱く。ならば、痛みという現実を一度見せてやるのが優しさというものだ。何も知らぬまま剣に伏すより、決して死なぬ加減された暴力に打ちのめされた方が、ずっとずっとマシであることに疑いの余地はない。

それでも立ち上がってくるなら尚《なお》のこと上等だ。自分の家族や荘のため、いざとなれば槍と段平《だんびら》を担いで無頼共の前に立ちはだかる度胸がある男には、武器を握る資格があるとランベルトは信じていた。結局、刃が迫った時に立ち向かえるのは、突き詰めると本人しかいないのだから。

そして、そういった気概のある男なら、鍛えてやるのは望むところでもある。

だが、今年は不作なようだ。絶妙な調整で泣き喚く程度の痛みに抑え、全員歩いて帰れるよう加減して撫でてやってこれである。ベソを掻《か》くのも漏らすのも結構だが、そこで自分を「何しやがるこの野郎」と睨《にら》むくらいの気合いが最低限必要だ。

これが刃引きしていない剣であれば頭が割れ、本気であれば骨が砕けている。戦場で当然の仕打ちを受けて泣いているようでは、到底自警団の兵士としてはやっていけない。

戦いで最後に物を言うのは、野郎ぶっ殺してやるという気合いなのだから。

今回は予備も人員補充もなしかと溜息《ためいき》を吐《つ》こうとしたところ、視界の端っこで一人立ち上がるのが見えた。

もうすぐ九つになるヨハネスの所のガキだったかとランベルトは記憶を浚《さら》った。集会所に立派な盤上遊戯の駒一式を寄付したりと、周囲の覚えが良い子供だったのを覚えている。

泥まみれになりながら立ち上がった姿を見て、まだ痩せたガキではあるが見込みがないわけではないかと品定めをする。

母親に似ているせいで迫力に欠ける風貌はさておき、肩幅は狭いが骨格は見る限りしっかりしているし、肉の付き方も将来的には〝伸びる〟付き方だ。切れた口元の血を拭い、しっかり立ってこっちを見る姿は反骨心こそ感じられないが、やることはしっかりやる男の気配が滲《にじ》んでいる。

こりゃ自警団より騎士配下の騎手や従士向けだなと思いつつ、ランベルトは牙を剝いて笑った。精々彼の目にも恐ろしく映るよう。

「おお？　ちったぁ骨んあるのがいんな」


【Tips】受け身は多くのダメージを軽減する。


受け身って凄《すご》い、血を拭って立ち上がりながらそう思った。

耐久力のステータスが〈精良〉《スケールⅥ》まで伸び、受け身を補佐するスキルを幾つも持っているためか、殴って転がす目的の剣さばきでは大部分のダメージを受け流すことができた。

そうでなければ、今頃は他の面々と同じく「いたいよー」とベソを掻きながら転がっていたことだろう。

だって、軽減して尚普通に痛いんだもの。

「おお？　ちったぁ骨んあるのがいんな」

そう言って笑いながら褒めてくれるランベルト氏は、本当に良くできた大人なのだと思う。軽い怪我だけで、幼い憧れが死に繋《つな》がることを実感させてくれるのだから。

この痛みは彼だからこそ与えられる痛みだ。如何に刃引きされていようと、訓練用の剣は鉄でできた重々しいそれである。精妙な加減で振るわれているからこそ、我々は骨折の一つなく呻《うめ》いて転げ回ることができているのだ。

いや、だとしてもやり過ぎだと思わないでもないけどね？　それこそ廃兵院に入ったリュッケ氏にご足労願って、実際に傷口なり見せて貰《もら》えば十分だろうという話……。

おぶっ。

褒められて油断していたところにもう一発来た。頬を張り倒す横薙《よこな》ぎの一撃で吹っ飛ばされるが、衝撃に逆らわず脱力して衝撃を受け流し、流しきれなかった勢いも受け身を取って大地に肩代わりしてもらう。

それでも鉄の棒きれでぶん殴られているので、どうしても痛いが。歯ぁ折れてないよなこれ、すんごい血の味がするんだけど。

二回目ともなると流石《さすが》に慣れて、今度は転がる勢いを利用して起き上がることもできた。ただ一回目は「あー、来るな」と分かっての痛みだったからマシだったが、流石に今回は不意打ちだから結構キくな。回転したせいもあって頭がふらっとする。

なるほど、これが〝戦う〟ということなのか。

私の前世は今思えば恵まれたものだった。穏やかな家庭とまともな環境に育てば、子供の他愛ない喧嘩《けんか》以外で痛みを覚えることは少ない。本気で拳を握り誰かを打ち倒したことも、打ち倒されたことも私はないのだ。

そして、味わってこそ分かる。ＴＲＰＧやＲＰＧのシナリオにおいて登場する数多《あまた》のドロップアウトしたＮＰＣが、冒険者や兵士をやめてしまったわけが。

手加減されてコレならば、本気でやられたらどれくらい痛いのか。

鏃《やじり》が肉に突き立てられれば？　剣で骨と筋を断たれれば？　鈍器で肉と骨を押し潰されれば？　魔法によって炙《あぶ》られたなら？

考えるだけでぞっとする。加減された打擲《ちょうちゃく》、転がって逃がした衝撃でこれなら、本気の殺意はどれほどに精神と肉体を深く切り刻むのか。

想像するだけで恐ろしかった。それが自身に振るわれ、肉体を破壊する様を想像すると身がすくむ。

ましてや、それが家族に振るわれたらどれくらい痛いのかなど、考えることもできそうにない。

なるほど、だから人は警察になり兵士になるのか。こんな痛みに家族や無辜《むこ》の人々が晒《さら》されないようにするために。

となれば、私も多少は戦う術《すべ》を得た方が良さそうだ。この世界では、いつ理不尽が襲いかかってくるか分かったものではないのだから。

私がPL《プレイヤー》として幾つとなく救い、GM《ゲームマスター》として飽きるほど用意した、蛮族や怪物に襲撃されて困っている村に故郷がなってしまわぬように。

じんじん痛む頬を押さえながら濁った頭をはっきりさせるために左右に振ってみれば、視界の端っこに通知がポップアップするのが見えた。

曰《いわ》く、戦闘に繋がるカテゴリの多くがアンロックされましたと………。

【Tips】技能は経験のみならず、意思によってこそ解除されるものもある。

幼年期

九歳の夏

PC《ピーシー》

【Player Character】

物語に登場する操り手を持つキャラクター。いわゆるプレイヤーキャラクター。

複数人で遊ぶTRPGの主役達であり、同時に世界に深く干渉することもあれば藁のように死ぬこともある英雄兼その他大勢。

愛すべき現し身であると同時に儚く死んでしまえば悲しく、栄達すれば喜ばしい所は我が子にも通じる。

生まれ変わって九回目の、体感では四度目の夏が来た。

三重帝国南方は冷涼で過ごしやすい気候帯に属しており、異常気象《神々の癇癪》に襲われることも豊穣《ほうじょう》神様のご加護により殆《ほとん》どないため、穏やかな夏は小休止のような季節だ。

それに行政は神々の虫の居所にもこまめに気を払っており、万一のことがあっても川からの取水路を整備するなど備えは十分になされている。こうなってくると怖いのは、どうしようもないほどの冷夏だけだ。

手が空く夏の合間にやることといえば、青々と茂る作物を守るため害鳥や害虫と戦ったり、農道を整備したりと時間に余裕を持って挑めることばかり。

男衆は冬場に備えて薪《まき》を集めるなど家のことに精を出し、近場に働き口があれば出稼ぎに出る者もいる。女衆は日々の仕事の合間に保存食作りに手を出し始め、夏のからっとした気持ちいい暑さの下――温帯の日本とは違い、湿度が低いのだ――干し肉棚に吊《つ》るされた塩漬け肉が幾つも空を泳いでいる。

私塾もこの時期に集まる機会が増え、通っている子供達《たち》は忙しそうだ。課題の詩作だの書き取りだのを前にして、あーでもないこーでもないと微笑《ほほえ》ましく頭を捻《ひね》っている。

我が家の長兄、ハインツも今期から加わった課題である楽器の演奏に四苦八苦している。弦楽器は難しそうだからと横笛を選んだようだが、運指と半音に悩まされ一月かけても課題曲を通しで吹けるようにはなっていない。

三重帝国では詩作に合わせて楽器も深く文化に浸透しており、横笛か四弦の提琴――形としてはヴァイオリンに近い――を私塾で教えてもらうことができる。これらの楽器は高尚な楽器として愛好され、宴《うたげ》でかき鳴らされるような六弦琴や四弦琴とは明確に区分される。

いつの時代もハイソな趣味というものはあるようで、斯様《かよう》な趣味に通じていれば上からの覚えも目出度《めでた》くなるのだろう。遊べる時間が練習で潰され、楽しみにしていた夏が台無しになってしまった兄には陰ながら手を合わせておくとしようか。

夏は兄だけではなく、私にとって楽しみな時期だ。

日が長く野良仕事が少ないので内職に時間を幾らでも割けるし、自警団の訓練も専らこの時期に力が入る。運動のために子供達と遊び回って掻く汗も清々《すがすが》しく、その後に頂く冷たい井戸水で冷やした果物は最高だ。

ああ、魔法を使った氷菓を隊商が売りに来たりもするのも外せないな。高価なのでお腹《なか》一杯とは言わないが、必ず一夏に一回は食べさせて貰えるのが心待ちだった。

幼き日の夏休み。九州の田園で過ごした休暇を思い出す。テレビもチャンネルが二つしかなく、電池を売っている店も近場にないから携帯ゲーム機も――最近の子は知らないだろうが、昔は単三とか単四電池で動いていたのだ――ろくに使えない田園。近所の子供に誘われて、こんな生活を楽しんだものだ。

だが、夏場で何より楽しみなのは……安息日に荘《しょう》の浴場が開放されること。

割と意外なことに帝国人は風呂好きで有名な国民性らしい。どこの荘にも浴場があり、数千人規模の都市で公衆浴場がない都市は存在しないほど、我々は温浴に親しんでいる。

ぶっちゃけ私が想像する中世は、ファンタジーの風呂も水道もある温《ぬる》い文化か、教養として学んだペストに怯《おび》えて顔すら洗わない暗黒時代という極端な二択なのだが、清潔な日本に育った身としては前者であって本当によかった。

因《ちな》みに風呂が人気な原因は、建国にあたって重要な働きをした小国、つまりは現在の皇統家の一画が風呂好きだったかららしい。煮沸した水は病を介さないとか、ただ同じ湯に浸《つ》かっただけで移る病などない――厳密には血液などが溶けると危ないが――と力説し、自ら湯に浸かることで安全性を体現しつつ、同時に清潔さの重要性をゴリ押しして今に至るとか。

深読みだが、その人はもしかして私の同郷なのではなかろうか。なかなかの風呂狂い民族っぷりに「さては同郷だなオメー」とマルギットから歴史の講釈を受けた時に思ってしまったぞ。

なんとなく親近感を覚える歴史を背景に持つ浴場は、村の外れを流れる小川の近くに建てられていた。

「よーし、次は子供の時間だー。仲良く入れよー」

大人しくみんなで風呂の支度をして待っていると、大人の男衆がほこほこと湯気を立てながら浴場からぞろぞろ出て来た。大人達といっても、大体一〇歳を過ぎたら向こうに交ざるようになるのだが。

私か？　私は……。

「いきましょうか、エーリヒ？」

優しく握られているはずなのに、どうしてか振りほどける気がしない感覚が握られた手にあった。見下ろせば、着替えを持ったマルギットが笑顔で私を見上げている。

うん、何故《なぜ》かまだこっちなんだ。九歳といえばギリギリで、遅ければ一二歳くらいまでは子供だと男女一緒にぶちこまれるのだ。

まぁ、嵩《かさ》が小さいのをまとめて一遍に済ませた方が経済的だからだろう。日本でも性差もその認識も薄い子供の内はそんなもんだし、小学生でも低学年の間は同じ教室で着替えたものだ。論法としておかしなところはなにもない。

一つケチを付けるなら、当方の精神性が既にアラフォーの領域に踏み込んでいることだが。その割に若々しい発想が出て来たり、無邪気に遊びで楽しめるのは〝体に引っ張られている〟からなのかもしれないな。

ならば同年代の童女の裸を見たところで何ともなかろうと思われたやもしれないが、事実そのとおりではある。

そう、なんともないのだなんとも。

「エーリヒィ？　脚を動かさないとお風呂に入れませんことよ？」

この怖《おそ》ろしき多脚の幼なじみを例外として。

現実逃避する私をぐいぐい引っ張って行く手は止まってくれなかった。こやつ、私が恥じらいを覚えていることくらい分かっているだろうに、ほんと容赦がないな。

浴場には脱衣所のように贅沢《ぜいたく》な空間はなく、我々は青空の下で脱いで入ることになる。服を置いておくスペースこそ冬場に備えてあるにはあるのだが、基本的にはドアを開けると即風呂場だ。

無心で入ったそこは、先客達が残した熱気に満ちあふれていた。

すなわち大量の湯気だ。三重帝国の下層階級が使う浴場とは、蒸し風呂のことであった。

それもそのはず。この時代、水は川から取れるからいいとして、燃料代は現代と比べ物にならないほど高い。ガス代と水道代合わせても一度の風呂代が百円もしない現代と違い、巨大な浴槽に張った何百リットルという水を沸かそうとすれば、ローマ式のボイラーがあっても大変な量の薪が必要になる。

それに対して蒸し風呂のなんと経済的なことか。部屋の中央に置いた専用の薪ストーブ、二段構造の上面にはカンッカンに暖められた石が入っているので、そこに水を入れるだけで大量の蒸気が噴き出してくる。

密閉された部屋の中で吹き上がる蒸気の温度は百度を超え、暖められた空気が代謝を促し汗が噴き出す。すると汚れや皮脂で詰まった毛穴が押し流され、溜《た》まった垢《あか》が自然と浮かび上がる。

後は熱気でふやけた体を白樺《しらかば》の枝を纏《まと》めたブラシで叩《たた》いたり、ストーブから拝借した湯を使ってタオルで拭くのだ。三十分も汗を流せば、今度は川に飛び込むか、片隅にある流し場の水を頭から引っ被《かぶ》れば、体は皮を一枚剝《む》いたみたいに綺麗《きれい》になる。髪を気にするご婦人だと、石鹼《せっけん》を使うこともあるな。

「じゃあエーリヒ、今日も洗ってくださる？」

「ん……ああ……」

丁度こんな具合に。

半時間ほどそこいらにタオルを敷いてホカホカ温まってから、マルギットが私の手を引いて洗い場へと導いた。何故だか知らないが、前世でいわゆる大人の遊びをした時と似た風情を感じるのは何故だろうか。

二つ括《くく》りの髪を解いた彼女は、どう考えても幼いはずなのに艶っぽさを感じる。大人としての自制心と、未《いま》だ体ができあがっていない状態が有り難かった。変に反応したら一生いじられるネタにされるだろうから。

むしろ、ネタにされるくらいならまだいいか。別の意味で〝一生〟が決まってしまう可能性に比べたら。

「やさしくお願いね？」

彼女の後ろに座ると、マルギットは振り返って笑みと共に石鹼を手渡してくれた。

獣脂で作った石鹼は三重帝国だとありふれた品だが、これはマルギット曰く彼女の家での手作りらしい。牛脂やラードではなく、狩猟した獣の脂を集めて薬草から抽出した香料を使っているらしく、安物に付きものの獣臭さとは無縁のさっぱりとした甘い匂いがする。

棒状に成形されたそれをお湯につけ、泡立ててから彼女の頭に優しく塗りつけた。

「ん……」

気持ちよさそう、というより、悩ましい、と感じた私はそろそろ死んだ方がいい気がしてきた。おかしいな、本当にロリ属性はなかったはずなのだが。

無心で、しかし優しい手付きを意識して丁寧に髪を洗ってゆく。湯気がなじんで柔らかくなった髪をキューティクルの流れに沿って撫《な》でるように洗い、石鹸だというのに全くギシギシした感じがしないことに感動する。同じ石鹸を借りても私の髪ではギシギシするから、これも蜘蛛人《アラクネ》の髪質が為《な》せる業なのだろうか。

髪を洗った後は丁寧に頭皮をマッサージする。髪から余分な油を取るのは大事だが、一番丁寧にやるべきはここだ。余分な皮脂が毛根に詰まると、抜けたり質が悪くなったりするとなじみの美容院で教えて貰《もら》ったことがある。

……はて、何でこんなことを覚えているのだろうか。最早《もはや》両親の声も顔も曖昧だというのに、なんでこんな頭を洗って貰っている間の雑談で得た内容を思い出せるのだ？

この間なんて、前世の姪《めい》の名前を思い出せなくて小一時間悩んだというのに。

私の記憶に何が起こっているのか。妙に〝技術的《スキル》〟な記憶は残っている気がしても、エピソード的な記憶は普通に薄れていっているように思える。ああ、そうだ、今やあれだけ楽しみにしていて、完結を見ずに死んだ小説や漫画のタイトルさえもあやふやだ。話の筋を完璧に思い出せるのは、入れ込みまくった数作品くらいのもの。

これは一体……？

「エーリヒィ？」

「あ、ああ、ごめん……今流すよ」

考え事をしていて、ついマルギットをほったらかしにしてしまった。石鹸が乾いてしまうと始末が悪いので手早く片付けねば。私は桶《おけ》に掬《すく》ったお湯が熱過ぎないことを確認して、彼女の頭へ少しずつかけて石鹸を洗い流した。

「ふぅ、良い気持ちでしたわ」

「ああ、どういたしまして」

丁寧に何度もかけて石鹸を落としきると、採光窓から入り込む光で彼女の髪に天使の輪がかかる。濡《ぬ》れた乱れ髪をはりつかせ、柔らかな笑みを作る姿は恐ろしく美しかった。凄《すさ》まじく美しいという意味ではない。美しくて、恐ろしかったのだ。

その異形の下肢と乙女の上体、二つのアンバランスが本能的な何かを擽《くすぐ》ってくる。ちょうど、尾骨のあたりから頭の芯に届くような、そんな痺《じび》れに形を変えて。

「じゃあ、背中もお願いしますわね？」

にっこりと恐ろしく美しい笑みを浮かべ、彼女は石鹸片手に嬉《うれ》しいような怖いような分からない提案をした。片手で背にかかった髪を掻《か》き上げ、体の前に流す仕草に思わずツバを飲む。何気ない動作の一つ一つに艶がある……怖ろしい子っ。

さて、聖句を脳内で紡ぐことで雑念を払いながら、ぬるま湯で湿らせたタオルで背中を丁寧に洗ってやるのだが……実はこれ必要ないのではと気付いた。

というのも、蜘蛛人《アラクネ》の上体はヒトと殆《ほとん》ど変わらない外見だが、その内骨格構造は大きく異なっていることに気がついたからだ。関節の可動域がヒトよりもかなり広く、楽々と下《か》腿《たい》全てに届くようになっているのだから、当然私達《たち》より自然に背中を洗うことができる。

つまり、これは〝そういうこと〟なんだろうなぁ……。

肩口や腰の辺りを洗ってやっている時、彼女から指先へそっと触れてくると大変微妙な気分になる。私はまだ〈性徴〉が始まっておらず、潜在値のままなので冷静でいられるが、体に精神が引っ張られ始めると自制が実に大変そうだと今から震撼《しんかん》した。

なんというか、男性の機微を擽るのが上手《うま》過ぎるのだ。これは下手な男なら二秒でコロッとやられてしまうだろう。

「はい、おしまい」

「ありがとう。さっぱりしましたわ」

雑念を払って洗い終えると、彼女は振り返って礼を言った。当然の如《ごと》く、前は隠していない。いや、風呂場で遊んでいる子供は全員隠してないし――私は一応タオルで腰を隠している――不自然ではないのだが。

「じゃ、交代いたしましょ？」

そして、毎度の如くぞわぞわする囁《ささや》き声と一緒に、悩ましい提案がなされた……。

【Tips】ライン三重帝国は衛生観念においては周辺諸国に比して抜きん出ている。平均的な荘園《しょうえん》の農民は夏場で週に一回、冬場だと二～三週に一回は浴場を開く。何らかの理由でそれができない時も、各家庭の洗い場で体の洗浄をするのは文化的慣習として身についている。

目の前で瞑目《めいもく》する細面の少年を前にして、蜘蛛人《アラクネ》の乙女は細い笑みを形作った。

こうして裸で座っていられると、まるで丁寧に用意された晩餐《ばんさん》のような印象を受けたからだ。真っ白な皿の上に饗《きょう》される上等な狩猟肉の晩餐、いや、もっと壮麗な場で振る舞われる貴族料理のような風格さえ感じる。

自分より二つ年下の肉体は、微《かす》かな成熟の気配を帯び始めていた。それもこれも、あの自警団の訓練に同年代でただ一人参加し続けているせいだろう。

最初の洗礼で他の子供達が一度引っぱたかれて戦意喪失したのに対し、なんと彼はトータルで七回引っぱたかれても立ち上がり、最後には拾った石で刃を弾《はじ》きさえしたという。あのランベルト氏が気に入るのも当然だ。

少年の体には幾つかの痛々しい打ち身の痕が残り、暫《しばら》く前まで親しんでいた子供特有の丸っぽい構造から脱しつつある。軟らかかった肉が締まっていき、子供特有のぽこんとした腹がすっきりしてきていた。

彼もその内、荘の大人達のような野良仕事で鍛え上げられた、逞《たくま》しい体つきになってしまうのだろうか。そう思うと乙女、マルギットは胸が高鳴るのを確かに感じていた。

この状態も悪くはないのだ。しかし、それは熟れ始めたばかりで爽やかに酸《す》い柑橘《かんきつ》の装い。最も甘く心を蕩《とろ》かすのは、赤く熟れて痺れるほど甘くなった旬の味わいなのだ。ヒトの成長具合と合わせるなら、彼はまだまだ青い果実。

こちらの方が美味《おい》しいと思う者もいるだろう。だけど彼女は、よく熟れて傷む寸前の甘橙《オレンジ》の方が好きだった。

心拍数の上昇に合わせ、彼女は戯れに打ち身の傷に触れてみた。鈍い青に染まったそれは、刃引きされた剣で殴られた割に薄いもの。ただ、いつまで経《た》っても始まらない洗髪を訝《いぶか》っていた少年を驚かせるには十分な痛みを与えた。

「いった!? ちょっ、なに!?」

これだ。この反応が良いのだ。無垢《むく》に驚いてみせる様が、彼女の狩猟者としての本能を大いに擽った。

しかしこれは大物だ。逃げ回る穴兎《あなうさぎ》ではなく、ましてや黙って皿に載る羊でもない。鋭い牙を誇る猪《いのしし》の力と、狐《きつね》の敏捷性《びんしょうせい》を見せる怪物の幼体。幼い頃でこれなら、彼の体が〝自分と同じく〟成熟したならどうなるかを考え、彼女の心はざわつきにも似た期待で打ち震える。

狙う獲物は、強靱《きょうじん》であればあるほど滾《たぎ》るのだから。

「ごめんなさい、痛そうだと思うとつい……」

「思って尚《なお》触るのはおかしくない!?」

目まぐるしく色を変える仔猫目色《キトンブルー》の瞳は変わっていない。非難がましく見ているのに、可愛《かわい》らしいその瞳は更に彼女の感性を操るものだった。

だからこそ、彼女は感性に従って行動する。

「本当にごめんなさいね？　だから……」

「ちょ、マルギット!?」

彼女は胡座《あぐら》を組んで座る彼の膝に乗り上げた。そうすれば、昔から差があった目の高さが一緒になる。それでも、この高さも直に違うものになってしまうと考えれば、この一瞬がひどく愛《いと》おしく思えてくる。

「丁寧にあらってさしあげるわ」

慌てる獲物を捕らえる蜘蛛《くも》の如く、彼女は少年の首に手を回して艶然と微笑《ほほえ》んだ
…………。


【Tips】蜘蛛人《アラクネ》の関節可動域は人類種よりも大きく、洗浄のため自身の下腿全体へ手が届くほどである。

幼年期
十一歳の夏

PL《ピーエル》
【Player】

キャラクターの中のヒト、つまりは遊んでいる「プレイヤー」本人を指す。
どんなキャラであれ中身は一緒のため、そこを読んだPLメタというものも存在する。

何だコイツは。剣を合わせた男は震撼した。

剣撃を受け流《パリイ》されたとしたら不思議ではない。此方《こちら》も小手調べの一撃、取りに行ったわけでもなければ、ましてや全力でもない。

〝ちょっと揉《も》んでやるか〟と軽い気持ちの一撃だった。本気で打てば、ずっと年下の子供を痛めつけることになってしまうから気を遣ったつもりだったのだ。

この年代の子供は調子に乗りやすい。現に彼も若気の至りとして、先輩に恥ずかしい口を利いた覚えがある。そして、競技ではなく痛みを伴う武芸において、その手の思い上がりは時として取り返しのつかない苦痛をもたらすことも珍しくない。

故に彼は人生の先輩として、若い者に教育してやろうと思ったのだ。大人の膂力《りょりょく》がどれほどに子供と差があり、ましてや更なる剽悍《ひょうかん》さを誇る異種族ともなれば如何《いか》ほどに怖《おそ》ろしいものか教えてやろうと。

だが、結果としてきちんと握っていたはずの剣が宙を舞っていた。片や敵手の剣は切っ先が自身の首筋に突きつけられている。

にもかかわらず、剣にも手にも、触れた感覚すら残らぬのがどうにも不気味で仕方がなかった。

まるで妖術《ヘクセライ》にでもかけられたような。薄暗がりに潜む〝よくないもの〟に誑《たぶら》かされたような言い知れぬ不気味さ。

「如何《いかが》か？」

目の前に立っている、細面の少年が〝ヒト種《メンシュ》以外の何か〟に見えるほど、今の一撃は現実感がなかった。

　戦場ならこれで〝おしまい《ゲームオーバー》〟だった。頸動脈《けいどうみゃく》を撫《な》で切りにされ、噴水みたいに血を吹き出して溺れるように死ぬのだ。たとえ首鎧《よろい》や帷子《かたびら》で守っていても、隙間に突き込んでどうにでもできただろう。

「……もう一本」

　しかし彼は納得がいかず、もう一本を望んだ。まるで淡雪の如く掌中から剣が抜け落ちるはずがあるまいと。

　鷹揚《おうよう》に頷《うなず》いてみせる少年は実際に存在している。自分が知らない怖ろしいナニカでも断じてない。単なる農家の末息子でしかない。

　男は拾い上げた木剣の柄《つか》を疑うように二度、三度と握り直す。さっき剣が掌中より消え失《う》せたのは幻覚だったのでは、と訝るように。

　疑いに反し、訓練用の木剣は厳然として手の中に存在しているのであった。

　気合いを入れ直し、しっかと存在する木剣を頼りに不気味さを追い払って男は構えた。

　両者が鏡合わせにとるのは両手で剣をゆるりと握り、腹の前で相手に向ける特徴のない構え。彼等《ら》が修める戦場刀法の構えなき構えだ。

　男からして、泰然として立つ敵手は隙だらけのように見えた。瞳はぼやっと焦点を結んでいるようには思えず、やや半身の体は完全に脱力しているとしかとれない。

だのに違和感だけが強かった。見ているはずなのに見えない、どうにも意識に強く残らないような立ち姿に焦りだけが募る。

だから焦りを打ち消すように打ち込んだ。捻《ひね》りがないが故、幾度となく練習し自信のある雷刀——上段から振り下ろす一撃——は、しかして相手の額に触れることはなかった。

どういうわけか、後から振り上げたはずの敵手の一撃が、これまた触れられたようでもない柔らかさで男から剣を奪い去っていたのだ。そして振り上げた序でとばかりに、紙一重の正確さでぴたりと額の手前で剣先が止まっていた。

真剣であれば、頭が真っ二つに割れていただろう。一刀の鋭さを鑑みれば、仮に兜《かぶと》の守りがあっても、頭が無事であったか定かではない。昏倒《こんとう》してのんびり首を刈られる、あるいは額が割れて流れる血によって視界が潰れ同様に軽々と殺《や》られる。

自分は今、確実に殺されていた。

ごくりと唾を飲み込み、男は負け死を認めた。

しかし、何だコイツはと最初に抱いた感慨は強まるばかりだ。

別に彼は自分を最強だなどと驕《おご》ったことはない。剣の師であり上司たるランベルトに七年やって一度も勝てず、乱取り稽古の際に三人がかりでも駄目だった時に諦めはついていた。戦士として、自警団員として、自分は精々並でしかないのだと。

だとしても異様だった。七年研鑽《けんさん》し、何度となく荘の脅威に立ちはだかって生き延び、二度は領主の呼びかけに応えて軍にも参集した力量と経験は決して安くはない。

俄《にわか》仕込みで武器を担ぐ一山いくらの野盗共であれば、数人がかりでも切り伏せる自分が〝たかが十一のガキ〟相手に完敗するとは。

しかも、男の感性をしてこれは尋常なる立合ではなかった。あり得るのだろうか、一撃で相手の手指を痛めることなく武器を剝奪せしめるなど。

しかし、何度見ても敵手の剣は自分の顔面に突きつけられ、自身のそれは撥ね上げられて背後に転がっている。

「ま、参った」

奇妙な感覚と怖気《おぞけ》に囚われながら、男は汗一つ掻《か》かぬ細面の少年を見て冷や汗を掻いた。

ヨハネスの四子エーリヒ。なにくれとなく理由をつけ、ランベルトだけが彼に稽古をつけ、他に手合わせを許さない理由が分かる気がした。

要は今まで気遣われていたのだ。七年も積み重ねた自警団員のプライドを。

「……怪物かよ」

しかし、いっちょ揉んでやるかと自主練習していた少年に絡んだのが運の尽きだった。

彼は自分で自分の師からの気遣いを無駄にしたのだ。

もしもコレが剣だけの立合ではなく、盾を持ち、或《ある》いは互いに槍《やり》だったらどうだったかと思案を巡らせてみるものの、彼は想像の中でさえ一本が取れぬほどに心を打ちのめされてしまった。最早《もはや》、新人を相手に指導しようなどという気は欠片《かけら》も湧いてこない。

男は悔しさをもみ消すように悪態を口にし、空恐ろしい強さを誇る子供に背を向けた…………。

【Tips】戦場刀法。戦場で磨かれた流派に依らない闘争術《バーリトゥード》であり、剣術をベースとしつつ戦場で運用されるあらゆる武器の運用を想定する。同時に組み討ち、投げ、投擲《とうてき》武器の使用なども念頭に置いた、正しく何でもありの剣術カテゴリスキル。剣以外にも多くの武器の仮使用適性を与える。

データマンチ最上の瞬間とは何か。

そりゃ鍛えたデータを叩《たた》き付け、相手の「何コイツ」という顔を見た時ですよ。

自警団の訓練に参加するようになって二年ほど。自警団員候補として家業の空いた時間でランベルト氏に相手をして貰《もら》っているが、これが中々驚くべきことに戦うという行為は凄《すさ》まじい勢いで熟練度が溜《た》まるものだった。

色々なリスクを呑《の》み込み、複雑に考え自分の持てる全てを出し尽くすからだろうか。攻撃、回避、防御、被弾したら受け流すか被害が少ない場所で受ける。無数の判断と推察を繰り返し、その中から結果だけが抽出される命の時間が瞬きの時間に濃縮されてゆく。

今までと比べ物にならない速度で私の熟練度はストックされ、そして毎度の如《ごと》く膨らんだ財布を見て私の悪い癖が顔を出してしまっていた。

未《いま》だ進路は決まっていないというのに、ここ二年で氏から教わった〈戦場刀法〉は

〈円熟《スケール》Ⅵ〉にまで極まっていた。

うん、またなんだ、すまない自分。でも、こんなご時世に身を守る手段があって無駄にはならないから、かっこ震え声。

意志の弱さはともあれ、乱戦で振るわれる戦場の剣は粗雑ながら実直で扱いやすい。見栄え云々《うんぬん》ではなく、如何にシンプルに敵を斬り殺して次に行くかがメインに据えられた術理なのだ。

基本の構えは片手でも両手でも扱える長さの長剣を右に担い、左手に盾を持つアクのないものだが、その実体は虚飾の一切をそぎ落とした蛮族めいたものである。

攻撃は素早くコンパクトに致命の一撃を狙うのが基本であるが、剣先を握り込んで――勿論《もちろん》、手袋で手を守る必要がある――柄を鈍器として使うのは上品な方で、盾でブン殴るのは当然、防御をこじ開けるためなら蹴りも見舞うわ、必要とあれば絞め技すら選ぶ戦場での戦い方は〝剣術〟とはなんぞやと言いたくなる。

まぁ、その名の如く戦場で発展した技術であり、混戦乱戦上等の傭兵《ようへい》――彼等は農民兵と違い、混戦こそ活躍の場である――があらゆる武器を使い捨てながら斬った張ったするものと考えればおかしくもないか。

何より集団戦、一対多や多対多も念頭に置いているところがありがたい。守るための戦いや、仲間と共に戦う位置取りなども含むので、実につぶしが利くのだ。

また、それに合わせて色々と特性やスキルも取得した。

これからがマンチの真骨頂、色々組み合わせることで悪さをするのが我らの領分である。それこそ文句はつまみ食いができるキマイラ的なシステムをマンチに与えた神に言えという話だ。

特に私が目を付け、これは絶対に悪さしかしないなと思ったのがこれだ。

〈艶麗繊巧《えんれいせんこう》〉優れた器用さを他の技術に流用する特性。〈器用〉ステータスを用いる判定に補正。また他のステータスを用いる判定を〈器用〉判定に変更可能。

色々なシステムにおいて一点秀でたステータスを別の判定に流用することはままあるが、これはちょっと趣が違った。というのも、剣術や武術においては他の特性やスキルを見たところ、〈膂力〉や〈瞬発力〉など幾つかのステータスを組み合わせた計算式が存在しているようだが、どうやら〈艶麗繊巧《えんれいせんこう》〉はそれを全て〈器用〉に変換できるらしい。

もし仮に上段からの一撃の命中計算式が〈器用〉と〈瞬発力〉を元に算出され、ダメージが〈膂力〉と〈器用〉によって導き出されるなら、その〈瞬発力〉と〈膂力〉が入る所を全部〈器用〉に入れ替える。

つまり〝私の最強のステータス〟を二乗にできるというクソ効率スキルだ。

理屈としては、磨き上げた技術さえあれば力も速度も最低限で十分とする、柔らの極意的な発想であろうか。とはいえ、流石《さすが》にやり過ぎだとは思うが。

現状、私の〈器用〉値は内職で小銭を稼ぐために膨大な熟練度をブチ込んで〈優等《スケールⅦ》〉にまで高めている。これより上が二つしかない高位の評価だが、更なる発展を狙うと現状ではソシャゲの周回も真っ青な熟練度を要求され、将来に備えた貯蓄をまるごと吹っ飛ばす規模なので育成は保留中である。

生きて行く上で細々したスキルや特性が欲しくなることはあるから、あまり一点豪華主義というわけにもいかないのである。この手のゲームでは経験点を余らせず、最短でレベルを上げきってしまうのが一番ではあるけれど、幕間《まくあい》をきっちり生きて行かねばならぬ難儀さがあるなら我慢もやむなし。

人の間で生きるなら、ただヤットウの腕前だけが優れた戦闘マシーンみたいな生き方は受け容《い》れられない。何より、私自身が斯様《かよう》な生き方は好みではないのだ。

適度に遊びを持ち、サブ技能で道中を彩るのもＴＲＰＧの本義。私の人生はゲームではないからこそ、道中を楽しむ心意気は尚更《なおさら》大事にしなければ。冒険が終わったら即次の冒険に機械的に出て行くなんて、面白みに欠け過ぎるだろう？

話がずれたが、〈艶麗繊巧《えんれいせんこう》〉には、もう一つの壊れ要素が存在する。

他の元々〈器用〉判定を用いるスキルを一つ、他種カテゴリのスキルに組み合わせることができるのだ。

最初からコンボゲーの趣があったシステムだが、これで益々《ますます》コンボが加速する。そして、コンボを重視するシステムで他のジョブやクラスのスキルをつまみ食いしてくるヤツは、どんなシステムでも悪さしかしないのはお約束。間違ってもキメラクラスをプレイアブルにするなと言われる理由は、正しく今の私が体現しているといえた。

私は本来体術カテゴリの格闘スキルに存在する〈奪刀〉を攻撃に絡めて使うことで、武器を奪い取って敵手を無力化するコンボを愛用している。

無手による基本的な護身系の術が並ぶツリー中、〈奪刀〉は基本カテゴリに属するお安い部類なので、下手なカウンターを取るより節約ができる点が魅力だ。ついでもって欠点である、本来難易度が高いそれを〈艶麗繊巧《えんれいせんこう》〉に絡めて無理矢理高い数値をはじき出した判定に放り込めるために成功率も高いとくればもうね。

力量が逼迫《ひっぱく》した相手には通じにくいという問題こそあれ、戦場で武器を喪《うしな》うというデバフはあまりに大きい。武器を絡めた武芸ばかり修めていたなら、後はなんとでも料理できる雑魚に成り果てるのだから。

将来的には他にもデバフを押しつけられるスキルを絡めて……。

などと考えていると、背後に気配を感じた。恐ろしく薄い気配は、風に乗って漂う微《かす》かな匂いがなければ完全に気付けなかっただろう。

私はそれを回避すべく半歩体をずらそうと試み……背後の気配がフェイントをかけていたことに遅れて気付かされた。敢《あ》えて私に接近を気付かせ、回避行動を取らせることで行動の選択肢を狭めたのだ。

小さなフェイントの跳躍から本命の跳躍に移り、気配は私の首に手をかけた。そして……。

「ごきげんよう？」

握った首を軸に小さな体がくるんと体の前に回り込んできた。痛みを感じないのは絶妙な握力コントロールのせいか、それとも彼女の体捌《さば》きが上手《うま》いからか。二年経《た》っても未だ愛らしさに陰りのないマルギットの目映《まばゆ》い笑顔が、背後からスライドするように現れた。

「だから、普通に来てよ……」

「お約束ですもの。これで一三四勝一四〇敗ですから、少し黒星を返せましたわ」

首飾りのようにぶら下がるマルギットは、私の育ってきた胸板に猫のように頭を擦りつけながら笑った。

この関係は相も変わらずだった。幼なじみというのもあって、何処《どこ》かで立ったらしいフラグは今尚《いまなお》健在だ。いやまぁ、荘《しょう》全体が幼なじみだといえば幼なじみなのだが。

私だって前世からトータルで四〇年近く生きているのだ。男女づきあいだってしたこともあるし、機微も多少は分かるので、彼女が自分をどう見ているか推察することくらいはできる。

好かれていることに違いはなかろう。リュックサックの如く背中に張り付いて移動したり、こんなバックアタックをしかけたりするのは私に対してだけなのだから。彼女は私をからかうのを趣味にしている節こそあれ、大勢の男に気がある振りをして弄ぶ類いの悪女ではないからな。

ただ、見た目が幼いこと、それに反した謎の妖艶さがあるせいで感情のベクトルが制御し辛《づら》いのだ。私が彼女をどう見るのが正解なのか、答えを出せないでいる。

未だ彼女を図りかねている私を置き去りに、マルギットは楽しそうに笑いながら口を開いた。流暢《りゅうちょう》な宮廷語は、既に彼女の口にすっかりとなじんでいる。

「ねぇねぇ、ご存じ？」

「何を？」

具体的な中身のない問い掛けに乗ってみれば……。

「貴方《あなた》の兄君、ご婚約なさったそうよ？」

思わずむせて吹き出すという回答をするはめになった。

「ちょっ、きったなぁい!?」

思わず普通の帝国語に戻るマルギット。位置的に私の噴出を顔面で受けるしかない位置で、両手を首に回していたため直撃させてしまった。そのまま胸に顔を埋《うず》めて拭かれたとして、文句は何も言えまい。

「ご、ごめっ……でもハインツ兄さんが婚約!?」

初耳にも程がある。いや、狭い荘の中で家を繋《つな》げるため、成人が近くなったら親同士が云々決めるのは良くある話だ。私が十一なので兄のハインツは十四歳。来年には成人を迎え、正式に結婚が許される歳《とし》だから、そんな話が出て来ても不思議ではあるまい。

だが、なんで家のことを当事者である私じゃなくて彼女が先に知っているのか。

「そーよぉ。ミナと婚約するんですって」

ミナは数年前まで一緒に遊んでいた面子《メンツ》の一人だ。流石に花嫁としての修業だとか、家の用事を更に手伝うようになって去年から遊びには来ていなかったが、兄とそんな気配はなかったはずである。

つまりは家同士で決めたってアレか……。

「やっぱり、こういうのって女の子の方が耳が早いんだね」

「まぁね。それもあるけど、ハインツって結構人気だったから」

ほう？　家の兄が人気があったとは初耳である。とはいえ言われてみれば、弟としての贔屓目《ひいきめ》もあるが兄は父に似て結構精悍《せいかん》な顔つきだ。成長期を迎えてガタイもガッシリしてきて、かなり頼りがいがある雰囲気になりつつある。知らない内に男女の付き合いで話題があがったとしても……。

「結構しっかりしたお家の長男だし、お金もある方だからね」

そっちかい。

思わず首に彼女をぶら下げたまま転《こ》けそうになった。世の侘《わび》しさに膝から力が抜ける思いである。

確かに家は自作農家として小規模だが豊かな方だ。少し遅れて次兄のミハイルも私塾に通わせられた程度には稼ぎがあるのだから。またも私はマルギットからもう習ったことを口実に譲ったが、多少無理をすればお前も一緒に行かせてやれるのだと父から迫られた辺り、かなり裕福と言って良い方なのだと思う。

六年前から広げ始めた畑は豊かで実りも安定し、農耕馬も立派なのが一頭いれば、オリーブ畑も順調に収穫可能本数を伸ばしている。

そういえば、熟練度稼ぎの内職で量産した盤上遊戯の駒だとか、勝手なイメージで彫った神像シリーズが結構良い値で捌けているとも父は言っていたな。その還元も含めて提案してくれたのだろうか。

しかし、婚約、婚約かぁ……。

実に重い課題が目の前にぶら下がっているのだった………。

思わず項垂《うなだ》れてしまう私と、その顔を覗《のぞ》き込みながら問うてくるマルギット。何と答えたものか悩ましいが、黙っていても仕方がないので内心をそのまま吐き出した。

「どうかしたのかしら？」

「身の振り《成長方針》を考えないといけないなぁと……」


【Tips】ライン三重帝国において家の継承、公職への就任、正式な就労は十五歳の成人を迎えてから行える。ただし就労においては丁稚《でっち》奉公や助手という抜け道が存在する。


人生には猶予期間《モラトリアム》がある。最も自由に振る舞えて、背負う物も責任もない気楽な時間。

私にとってそれは部室に入り浸って賽子《さいころ》やルールブックと戯れる大学生時代であった。

適度に大人で都合のよい時は子供として振る舞える時間は、多くの日本人にとって上手く使えば最も自由な時間と言えるだろう。

ただ、猶予期間はただ穏やかに過ごすだけの時間ではない。

人生の進路を決める時間でもあるのだ。

そして、今生においての猶予期間は、正しく今なのかもしれない。

実際問題、この世界で将来を選択するのは難しい。

というのも、帝国法において就労制限が存在するからだ。

農家の子は農家に。猟師の子は猟師に。鍛冶屋の子は鍛冶屋に。前の世界で薄れつつあった認識は、この世界ではしっかり現役で、法律で定められるくらい当然のことなのだ。

それも無理のない話である。機械が発達していない以上、多くの仕事はマンパワーで解決することが前提となっている。国家にとって重要な仕事には、大勢が就いていて貰《もら》わないと困るのだ。

対して前の世界では、デスクワークに人が流れて、農業や建築業の人的需要が全く満たされない状態になったことから明らかなように、誰だって機械で効率化されていようと、楽で金を稼げる職業に就きたいものだ。

そして、下手に識字率を上げる施策をしているライン三重帝国においても、同じ現象が発生しかねなかった。

考えれば難しくない話である。私塾があっても通えない人間の方が多い以上、代書人なんぞの頭脳労働の需要がつきることはない。それこそこんな田舎荘で代書人をやっているグラント氏でさえ、月に数枚の手紙や陳情書を書くだけで生計が成り立つのだから。

だが輸入によって食料を賄うこともできない今の社会システムで、それをやって土木や農業から人が流れると非常に困る。そんな事態を防ぐフェイルセーフとして、帝国法が就労に規制をかけているのだった。

婿入りだとか届け出制の丁稚奉公なんぞで流動性はあれど、働き口は前世の過疎地のバイト並みに希少で伝手《つて》がなければ潜り込むのは難しい。実質、私に許された選択肢というのは数えるほどしかないのだ。

帝国法において農民から就労の規制が存在しないのは、冒険者《根無し草のチンピラ》か傭兵《ヤクザ》と兵士に自警団員くらいのもの。それ以外は日雇いの人足や炭鉱夫、あとは人不足の領地で農民をやるくらいか。

ただ正規兵の募兵がないので近所で兵隊になる口はないし、残念ながら自警団も訓練をつけてもらってはいても〝候補〟止まりだ。今のところ、リュッケ氏が抜けてしまった穴も補充が来てしまい、空き枠もないので専任になるのは難しい。近代国家ではない三重帝国において、軍というのは精々人口の五％が扶養の限界だそうなので、特に戦争をしていない今は需要がないので仕方ないね。

じゃあ農夫として独立するといっても、一から農地を起こすには元手が必要だ。元手なしで別の荘に赴いて農民をやるなんてのは、基本自分から農奴になるに近いと聞くし、手段としては〝ない〟な。未成年だと日雇いの人足になることさえ困難だとか。むしろ、日雇いやるくらいなら最初から私塾に行って家を継ぐ方がよほど生産的だろうに。

となると、やりがいがあって心躍る選択肢となると、冒険者一択になるのが悲しい現実である。

裏技として養子にしてもらって家業を変更するという手もあるが、流石《さすが》に狭い荘の中でやろうとは思わない。そもそも、それを考慮しても選択肢が殆《ほとん》ど増えないからな。

難儀なものだ。作家や劇作家に工房に属さない芸術家、吟遊詩人や役者のような名乗るのが自由な実質無職もままあるが、流石にそれで生計を立てられると思うほど暢気《のんき》でもないし、前提として憧れがないからなぁ。熟練度をそっちに割り振って興業に出たところで、長続きする気がしなかった。

「……なってみるか、冒険者」

自分の考えをよく咀嚼《そしゃく》するため、言葉にして吐き出すと妙にすとんと心の奥に落ちていくのが分かった。言葉自体は短絡そのもの、農家のありふれた雰囲気を嫌った子共が吐き出すそれと大差ない。前世で言えば俺、音楽で食ってくからと衝動的に学校を辞めるのと似ているかもな。

ただ、この考え自体は思い返せばずっと心の中にあったのだ。折角、菩薩《ぼさつ》より好きに振る舞うよう許しを与えられ、好きに振る舞うための福音まで授けられた。私は〝為《な》すべきこと〟を与えられてこの世に生まれ出たのではなく〝為したいこと〟を為せるように生まれ変わったのである。

なら、前世から耽溺《たんでき》し続けた要素に浸ろうとして何がおかしかろう。

全てのシステムで冒険者をやっていたわけではないとも。救世主になったこともあれば、超常能力を操る異能者や怪異に巻き込まれただけの学生だったこともある。

だけど思うのだ。

きっと私はどんな世界に生まれたとしても、似たような要素があれば〝そっち〟の方へと迷わず走っていたに違いないと。

なんとも簡単な話だった。〝冒険者くらいしかない〟ではなく……私は〝冒険者になりたかった〟だけのこと。

ほんと、総計で四〇年以上生きた人間の思考かね、これが。なる方法も親からの許しをもぎ取る手段も、問題として山積してるってのに。

「おなやみぃ？」

いつも通りのぞわっとくる声が顎の下から響いた。人が考え込んでいようと首からぶら下がり続けるマルギットだ。ヘーゼルの瞳と頭を飾る単眼達に見つめられると、動きが止まってしまうのは何故《なぜ》だろうか。

いや、最近彼女の瞳がヘーゼルから、より深い色になっているように思えてきた。淡い褐色の色味が変わり、琥珀色《こはくいろ》ではなく……金属のような質感になっているような。

「私もねぇ……長女だから……色々考えるのよ……」

じわっと嫌な汗が滲《にじ》んだ。気配察知が何かを報《しら》せているようだが、上手《うま》く脳味噌《のうみそ》が処理できていない。この目にじっと見られると駄目なのだ。

視線が形を保って私の目を触り、そこから脳味噌に触れようとしているような所以《ゆえん》の分からぬ妄想。しかし、とりとめのないはずのそれは、なぜだか妙に現実味がある思考に思えてくるのが不思議だ。

まるで、妄想などではなく実際に触れられて歪《ゆが》んだ脳が発した思考であるかのように。

「だから、悩んでいるなら頼ってちょうだいな……」

体を固定するため胴体に回された八本の下腿《かたい》が、強く腹を締め付けてきた。落ちないようにするように、というよりも〝逃がさない〟という意思が感じられた。

ふと、一部の蜘蛛《くも》には性的共食の習性があることを思い出した。

そして、彼女は蜘蛛である。

蠅捕蜘蛛《はえとりぐも》にその習慣がある種がいるかは忘れたが、彼女はもしかして……。

「なにか、助けになれるかも……ねぇ？」

耳元に幼い顔が寄せられ、囁《ささや》くような声が届いた。

そして、嘘《うそ》のような唐突さで重圧が抜け、圧迫感が失《う》せる。

彼女が拘束を解いたのだ。

「ふふ、どうなさいました？　昼間に幽霊でも見たような顔」

地面に降り立って低い目線で見上げてくる彼女は、いつも通りの悪戯《いたずら》っぽい笑みを浮かべていた。陽光を反射して輝く瞳も淡いヘーゼルのままで、愛らしく笑みに撓《たわ》んでいる。

錯覚、だったのだろうか。

「さ、行きましょ？　お稽古なさってたんでしょ？　汗を流さなければ、お風邪を召してしまいますわよ？」

からかうように宮廷語で誘い、彼女は私の手を取った。人と、最近周りをうろちょろできるようになった妹のエリザとは違い、彼女の小さな手は柔らかく冷たかった。

ひんやりした心地好い手触りに、少しだけざわついた心が落ち着く。

こうしてみると、さっきの感覚が本当に嘘のようだ。振り返ってみても、気のせいだったかのように感じるので不思議なものである。

まぁ、それに焦るほどでもないか……。家を出ろと言われるにしても、十五を過ぎてからだろうし。流石に新婚夫婦が〝仲良く〟してる現場に出くわさないよう注意も要るだろうが、そこは両親も色々考えてるだろうから大丈夫だと思いたい。

離れを作るか増築するか。奮発して一軒建てるかもしれない。どうせ、誰かが部屋住みとして家に残るのだから、何も変わらんだろう。

さっきの感覚を振りほどくように、私は小さな彼女の掌《てのひら》を握った…………。

【Tips】部屋住み。長男に何かあった時のため、大抵は一人家に残って部屋住みになる。後継がきちんと生まれた後は、荘内《しょうない》で何処《どこ》かの家で養子になるなどの身の振りが考えられる。

獲物を確実に手に入れる方法、というものをマルギットは母から教わっていた。

巣を張らない蠅捕蜘蛛の蜘蛛人《アラクネ》が行う狩りは、巣を張って捕らえる女郎蜘蛛種族《じょろうぐも》、巨体と身体能力に物を言わせた大土蜘蛛種《おおつちぐも》や脚高蜘蛛種系列《あしだかぐも》とはまた違った趣を持つ。

静かに近づき、一気に飛びついて反応する間もなく命を刈り取るのだ。

死角から息を潜めて察知もさせず間合いに入る。そして、飛びついたが最後、急所に短刀か短弓を叩《たた》き込んで命を奪う。毒を持たず、捕獲用の巣も作らない蜘蛛人《アラクネ》の狩りは、正に一瞬で終わらせることが要訣《ようけつ》だ。小柄でウェイトがない彼女達は、この方向に進化することで生き延びてきたのだから。

それも相まって、彼女の母は獲物を学ぶように教え込んだ。

どこに弱点があるか。短刀や短弓の矢を叩き込んで殺せる場所は存外と少ないものだ。失血の末に死ぬ場所は多くとも、即死を狙える弱点は数えるほどもない。

どこが死角か。幾ら小柄でも体高一メートル少しの物体が動けば目立つ。視界を読み、外し、五感の範囲外から近寄らねば勝ち目はない。

どこが恐ろしいか。その獲物の強みを知れば、同時に攻めるべき隙も見つかるもの。剣を持つ者が剣に頼るように、弓を持つ者が矢を頼みとするように。

何度となく連れ出されて行った講釈の中、最後に母は締めくくった。

これらは全て男にもいえること。

男にも弱点がある。首を落とせば死ぬとかそういう血生臭い話ではなく、何をされると弱いかというのがあるのだ。

残念ながら蝿捕蜘蛛種の蜘蛛人《アラクネ》は、人類種における普遍的価値観での成熟や豊満さとは無縁だ。

生態に見合った体はデッドウェイトが極限まで削られているせいで総じて矮軀《わいく》であり、希《まれ》に女性の象徴が豊かに育っても結果的にアンバランスなことになるほど。ほど良い意味で〝老けて〟いくことができない。

彼女の母も数人産んでいるとは信じられないくらいの外見的な幼さで、上体だけ見せられて的確に年齢を当てられる者は希であろう。ヒト種《メンシュ》の父と並んだ姿を見れば、祖父と孫と名乗ればともすれば納得されるほどだ。中には外見と所作のギャップに当てられて、良からぬ趣味に転ぶ人間がいるという噂《うわさ》も納得がいく。

ただ、幸いなことにマルギットが目を付けた獲物は大丈夫だった。少し年下だからか、まだ外見と年齢に大きなギャップがないこともあって十分に弱点を突けている。幾つか会心の手応えを覚える一撃もあったのだ。

どうやら彼は囁かれるのに弱いらしい。その度にぞくぞくしているのを、密着している彼女が逃すはずもない。

恋愛もまた狩りなのだ。特に本能が亜人よりも魔種寄りで、狂気に親しみ易《やす》い蜘蛛人《アラクネ》にとっては。

だから〝これは私の獲物〟と示すように彼女はエーリヒに飛びつくのだ。彼の体温が心地好く、キトンブルーの澄んだ目が驚くのが楽しいのもあるが、一番はその充足感と安心感を得るために。

そんな彼が悩んでいるのだから、手助けしてやろうと彼女は決めていた。

彼は四男だ。部屋住みをするには下過ぎるし、かといって他の仕事にアテもなさそうだった。自警団の枠が自然と空くのはまだまだ先だろうし——他にも順番を待っている予備自警団員が沢山いる——そもそも、彼は他を押しのけられるような気質ではない。

ただ、方々からの覚えは大変よかった。聖句も聖歌も殆ど暗唱でき、祈る姿は熱心な彼が出家するというなら聖堂は快く受け容《い》れるだろうし、あれほど宮廷語と読み書きが達者で気が利くなら代官への仕官だって適《かな》うかもしれない。推挙してくれる大人を数え上げれば、両手の指でも余るほどいる。

それにもし望むなら、婿入りして別の家を継ぐ手もある。むしろ、これが一番手っ取り早いだろう。

実は彼自身も、同胞《はらから》と同じく荘の女性の目を多分に集めているのだから。文に優れ武も達者にこなし、仕事は人よりやって小銭を稼げる特技を持ち、尚且《なおか》つ細面で帝国人が好む金髪碧眼《へきがん》。幼い少女から適齢期の乙女、あとは寡婦になってしまい夫を迎え入れる必要のある妙齢女性が熱っぽい視線を向ける対象としては十分過ぎた。成人が近づけば、激しい鞘当《さやあ》てが彼の周りで繰り広げられる光景が容易に想像できるほど。

彼女はふと自分が樹上に作る狩猟小屋に彼をしまい込む妄想をし、胸に高鳴りを覚えた。

同時に腹の奥に熱を帯びることも。

ああ、それと彼は冒険者も視野に入れていたことを思い出した。

マルギットは冒険者という仕事の実態を知っていた。なにせ母親は、荘園の猟師に一目《ひとめ》惚《ぼ》れして引退するまで、世界を巡る冒険者だったのだから。斥候として一党に属し、諸国を旅した思い出話を聞かせてくれる母の語りは、決して寝しなに聞かされて心地好いものばかりでなかったことは確かだ。

だからこそ、彼が冒険者になるというのなら、それについていってやろうと彼女は決めていた。目と耳の良い斥候は何があっても不要になることはない。彼自身が如何《いか》に聡《さと》くとも、所詮は〝ヒトの可聴域と可視範囲〟しか持っていないのだから。

幼い、しかし既に完成された女は自分をぶら下げて歩く少年を観察して、細い笑みを形作った。

彼は〝躍って〟くれるのだろうか。それとも、組み伏すことになるのだろうか。

それがただただ楽しみだった…………。


【Tips】荘や集落の価値観は、その集団の最も有力な種族の者に左右される傾向にある。

少年期
十二歳の秋

セッション
【Session】
TRPGの一話。会合という意味だが、文字通り全員で集まって遊び、進行するためこう呼ばれる。

人から褒められて調子に乗ったことがない人間だけが私に石を投げよ。

「大したもんだなぁ、オイ」

「そうですか？」

村唯一の鍛冶場の主人、時折ドワーフと呼びそうになる坑道種《ドヴェルク》のスミス親方から賞賛を受け、私は面映《おもは》ゆくなって頬を掻《か》いた。

「器用だってのぁよく知ってっが、まさかこの短期間で一揃《ひとそろ》い仕上げてくるたぁな……」

豊かな髭《ひげ》を撫《な》でながら感嘆する親方の眼前、木製のカウンターには私が作った木型がずらりと並んでいた。盤上遊戯に用いる多彩な駒が二五種の揃い踏みだ。

これはライン三重帝国とその周辺諸国で人気の〝兵演棋〟と呼ばれるボードゲームの駒で、一二×一二マスの盤上で皇帝と皇太子を取り合う将棋の親戚だ。

駒ごとに固有の挙動とルールがあるところは本将棋と同じだが、最大の特徴は二五種の駒から皇帝と皇太子だけが固定で選出され、自由に二八個の駒を選び三〇個の駒を手前四段の自陣へ自由に配置して戦うことだろう。

駒の豊富さからカードゲームじみた様相を呈するこの遊戯は、戦術が複雑に絡み合って実に奥深いため人気が高い。複雑なように見えて駒の動きと、幾つかの特殊ルールを書いたサマリーだけあればなんとか遊べるので、比較的識字率が高いライン三重帝国と衛星諸国家においてはメジャーな競技でもあった。

一個から十二個の間で選べる駒を自由に並べて——当然、一個しかおけない飛車じみた強駒から、十二個おける歩のような駒の格差で調整される——軍を構築し陣形を組めるため定石の陣形《アーキタイプ》こそあれ〝これが最強《これって壊れてる》〟という最適解が存在しないこともあり、のめり込んで数世紀になる長命種《メトシエラ》もいると聞いたことがある。それくらい、この辺では人気のゲームなのだ。

それに一四四マスに五六個の駒となると長期戦になるのではと思うが、雑に強い駒と普通の駒が作る絶妙なバランスも相まって、決まる時はさっさと決まるから規模の割にはお手軽でもあるのだ。

さて、人気ゲームとなれば、当然に駒の需要は高くなるもの。需要が高い物は何処に行っても売れるから、安くても高くても買い手が付くから売り手としてはやりやすいことこの上ないね。

何せ一陣営二五種、総計一四〇個の駒を作る必要があるから、兎角《とかく》数を作らねばならないし、供給する種類を選びやすいのが有り難かった。貧乏人向けにも富裕層向けにも同じ物で商売できる商材なんて、そう滅多にない。

略号だけ書いた板を使った安物なら一揃いでも実に安価なれど、貴族向けの役職に見合った外観の立体駒はクオリティ次第で一つでも結構な値が付き、素材と作り手によってはセットで所領一つに値する価値の代物も存在するそうな。

私が内職で十一歳の一夏を丸まる投じて仕上げたのは、そんな駒の鋳造用木型一式であった。

「一夏でこの出来映えか……お前さんを徒弟にしちゃ、嫉妬で鑿《のみ》を突き立てる親方が出て来そうだな」

「いやいや、褒め過ぎですよ親方」

「……ああ、うん、まぁよかったな、田舎の息子でよ。この界隈《かいわい》、空気が読めなきゃしんどいところがあるからな」

ん？　何か今、凄《すご》く失礼なこと言われなかった？

疑問は一旦置くとして、私の腰元までしか上背のない短軀《たんく》のスミス氏は、しげしげと皇帝の駒を取り上げて唸《うな》りを上げた。旗を掲げつつ堂々と立つ壮年男性の姿は、一二〇年以上前に数カ国の連合軍がしかけてきた侵略戦争を若き太子と連携して撃退したことで今なお人気を誇る皇帝をモチーフとしている。

風に靡《なび》く様を表現した旗を眺めながら、空いた手で坑道種《ドヴェルク》が誇りとする豊かな髭を撫でているので本当に感心してくれているのだろう。

「それは自信作なんですよ。聖堂で見た黒旗帝の肖像をモチーフにしてるんです」

「まぁ、人気の皇帝だからなぁ。確かに黒旗帝と銀太子の親子の皇帝と皇太子駒は売れそうだ」

所領一つといかなくとも、できの良い駒は結構な値段で取引されるのだ。揃いでも良いし、気に入った作風の駒をバラで買っていく客も多いから。だからこそ、各国の人気がある王家や皇帝家をモチーフにした駒はゲームに必須な駒というのも相まって特に需要が高い。そう教えて貰《もら》ったからこそ、この皇帝と皇太子の駒に一番の時間と気合いを注ぎ込んだのである。

　大駒は人差し指ほどの背の高さで、小駒は小指程度に成形してある。集会場においてある盤の升に台座込みで収まる大きさに収めつつ、格好良いポーズを取らせるのには苦労した。

「で、どうです親方、これで……」

「そうさな……ま、ええだろ」

　全部の駒を見定めるのを待って声をかけると、スミス親方は納得したのか頷《うなず》いて腕組みをし……。

「鎧《よろい》一式、仕立ててやらぁ」

「ありがとうございます!!」

　鷹揚《おうよう》に頷いて報酬を確約してくれた。

「本当に作ってくるた思ってなかったし、作ったとしても半年はかかると思ってたが、まぁお前さんはよくやったよ」

「いやぁ……」

　自分の仕事が認められるのはうれしいものだ。それで依頼の報酬として受け容れて貰い、欲しい物が手に入るとなれば一入《ひとしお》である。

「よっしゃ、じゃあ採寸すっか。おめぇらヒトは、まだ伸びんだっけか……調整できるよう仕立ててやらぁ」

カウンターの椅子から飛び降り、気合いを入れるために肩を回す親方の後を追って工房に入りながら、私は一ヶ月の努力が報われた喜びに打ち震える。

全ては今年の夏、一二歳を目前に思い立って始めたことだった。

金が要るのだ。

冒険者といえば装備一式と武器が必要だ。しかし、残念ながらこの世界の武器や防具は目玉が飛び出るほどお高い。どれくらい高いかと言えば、基本的な鎧下と帷子《かたびら》、そして硬革鎧の一式だけでも我が家が一月食っていけるだけである。

それもそうだろう。大量の硬革や金属鋲《びょう》だの金属板が必要になるのだから、原料の時点で安い訳がない。私はＴＲＰＧのシステムで動いていても、経済までがＴＲＰＧのシステムで動いていないから物価が違うのだ。それこそ宿屋数泊分の金で鎧だの剣が買えるほど、この世界は冒険者にお優しくないのである。

懐かしい冒険の世界では、冒険に出るという前提でシステムが組まれているので安い武器は子供の小遣いでも買えるような設定であるが、残念なことにこの地では銅の剣でも一財産。

言うまでもなく四男の私がねだれるような代物ではない。何より、つい先般に兄の婚姻に備えて離れを建ててしまったので、我が家は緊縮財政に突入中だ。来年には正式にお嫁さんを迎え入れることもあり、結納金と結婚式の宴会費用を考えると……如何に可愛《かわい》がって貰っていようが、斯様《かよう》な贅沢《ぜいたく》の通る余地はなかった。

なれば自弁するしか術《すべ》はない。

流石《さすが》に私はどっかのハンターみたいに戦車、もとい武器を求めて手ぶらで遺跡に潜るほど阿呆《あほう》ではないし、原料も金がかかって仕方ないから短絡的に鍛冶技能を習得したりもしなかった。

私には内職があるのだ。将来的に家を出やすくするためという名目――あるいは自分への言い訳――で木工作業を繰り返し、結果的に〈妙技《スケールⅦ》〉まで高まった〈木工彫刻〉スキルと、駒を作るための造詣を伸ばす〈熟達《スケールⅤ》〉の〈絵心〉や、組み合わせた〈写実的技法〉のスキル補助特性《アドオン》があれば金を稼ぐことくらいちょろいもの。

さて、自分への言い訳はさておいて、見本として彫った歩卒の木型を持ち込んでみたところ、スミス親方は出来映えに感嘆し、兵演棋の駒を作る木型一式で鎧一式を用意してくれると提案してくれた。

買い取って貰い、その金で工面しようとしていた私には望外の提案であった。一も二もなく飛びついたとも。

そりゃあ駒二五種の図案を考えて彫り上げるのは骨だったが、自分の鎧が手に入るとくれば気合いも入ろう。普段の内職を控えめにし、空いた時間をブチ込むのに迷いはなかった。流石に構え構えとうるさいマルギットを背中に貼り付けながらの作業は肩が凝ったが、後でマッサージ――卑猥《ひわい》はない、イイネ？――してくれたのでそこは良しとするが。

自分の鎧というファンタジー好きであれば確実に興奮する要素への情熱と、少なくともあと二年ちょいで家を出る時期が来るという現実的な焦燥に駆られ、かつてないほどの素早さで駒達《たち》は完成した。

そして、念願叶《かな》って採寸して貰っているというわけだ。

「ふむ、お前さんアレだな、タッパは伸びそうだな」

採寸のためにメジャーで体の各所を測ってくれている親方が、肩を軽く摑《つか》みながらそういった。確かにステータスの潜在値は結構振ったので、百八〇㎝くらいにはなると思うのだが。

「分かるんですか？」

「これでも若い頃ぁインネンシュタットの工房で荒くれの冒険者や傭兵《ようへい》相手に仕事してたもんよ。素人ん内からベテランになるまでガキ共を何人も見送ってりゃ、触るだけで分かるようになるもんさね」

肩幅の広さや腕の長さを測りながら、親方はメモを取りつつ感心したように頷く。たしかインネンシュタットというのは、荘《しょう》の西方に位置する川沿いの大都市だ。数万人が暮らしており、父が金納分の年貢を工面するために作物を卸す都市だったと記憶している。兄は仕事を覚えるために何度か隊商に相乗りして行ったことがあるのだが、残念ながら私は行ったことがなかった。

しかし、そんな大都市の工房で働いていたなら、なんだってこんな所に流れてきたのだろうか。

「きちんと鍛えた剣士の肉だな……ただ、ちと背と胸に偏りがあんな。これは……短弓か何かか？」

「おお、ご明察です」

触れただけで分かるとは、本当に凄い人だ。

実は剣術と並行してマルギットに短弓の扱いを教えて貰っているのだ。

なにせ私は魔法使いの老翁から指輪を貰うという素晴らしいイベントを経験したのに、いまだ次のイベントに発展していないせいで遠距離攻撃の選択肢《オプション》を持っていない。

だが、それでは何かと不便だと考えていた時、幼なじみが猟師だということを思い出した。家業故に教えて貰えないかなと思ったが、杞憂《きゆう》だったのか二つ返事で了承を得られ、空いた時間に簡単に稽古をつけてくれている。

おかげで弓術に関する各種スキルや、オマケで猟師としての森や山岳でのスニーキング・ストーキング関係スキルまでアンロックされた。方々を駆け回る冒険者になるなら、持っていて絶対損はしないスキルだ。

うん、損はしない、損はしないから。別に減った熟練度から目を背けてはいないとも。練習で稼いで結構取り戻せてるから。うん。

「そうか、弓か……だが、俺ぁ弓は専門外だから、悪いが何か持ってきても仕立ててはやれんぞ」

「そうなんですか？」

「俺も一応は親方として板金以外の鎧、剣に槍《やり》の穂先の鍛造は許されてるが、弓矢は領分の外だ。鍛冶屋だからつってなんでも作っていい訳じゃねぇのさ」

私のイメージの中では、村の鍛冶屋は武器から鎧に飛び道具まで全部作るオールラウンダーなのだが、どうやらこの世界では違うらしい。採寸がてらの雑談で聞いたところによると、スミス親方はインネンシュタットの同業者組合――いわゆるギルド――に所属していて、そこから免状を得て正式に鍛冶屋として開業しているそうだ。

国策で精錬法や鋳造法の国外流出を防ぐため、全ての鍛冶工房は同業者組合の登録が必要で、鍛冶屋も許可登録制。その上で何を作っていいかまで決まっているのは堅苦しく思えど、情報が流出したら軍事力の低下に繋《つな》がるのでやむないのかもしれない。

つまり鍛冶屋は国家資格なのか……。村で釘《くぎ》だの桶《おけ》や樽《たる》の箍《たが》を作っている人は、よくよく考えたら凄い立場にあるのだなぁ。

私、スミス氏を結構長い間、釘と包丁職人と思っていたのだ。ランベルト氏に教えて貰わなかったら、きっと鎧だのを入手する伝手《つて》で悶々《もんもん》としていたことだろう。

「じゃあ、剣は……」

「自警団がぶら下げてんのは、全部俺が打ったモンだぜ」

欲しけりゃもう一揃《ひとそろ》い別の図案で用意しな、と言われて軽く驚いた。

だが、戦場での実用に耐えうる武器は、治安維持のために〝最低公定価格〟が領主によって決められていて、領主の依頼以外で新造し、卸す時はとんでもない高額にせざるを得ないそうなのだ。

それもそうか。そこら辺で気軽に武器が買えたなら、それで盗賊団結成の下準備とかされかねないし、治安を思えば当然とも言える。やはり、ファンタジーっぽい世界とはいえ、全てが憧れのまんまではないのだなぁ……。

しかも、剣一本一本にシリアルを刻印し、証明書まで交付すると聞いて猟銃か何か？と困惑させられた。すると、人間一人殺せる代物なんだから、そりゃ慎重に扱うに決まってんだろ、と現代人的な私の感性でも至極当然のお叱りをいただいてしまった。

「ま、ここまで厳重にやんのはこの辺だけらしいがな」

採寸を終えた親方はメモを畳むと、設計用に使っているらしい背の低い机に座って薄い繊維製の紙を取り出した。さも当然のように製紙技術が確立していることには、もう慣れてきた。とはいえ、目も粗く質も良くない紙しか作れていないらしく、長期保存が前提の本は羊皮紙が主流であるが。

「そうさな、今んところ、結構釘だのなんだのの注文が来てっから……」

指折り数えてスケジュールの計算をするスミス氏。そういや、一個はお前さんの兄貴ん離れだったかと呟《つぶや》いた。

「まぁ春には仕上がるか」

大体半年。フルオーダーするなら妥当なのだろうか。前世ではスーツをちょくちょくオーダーしてはいたが、鎧なんて初めてなので――逆にあったら何者だという話だ――相場が分からん。そもそも、作った兵演棋の価格が妥当かも微妙だからな。

ま、小さな荘の内輪だ、阿漕《あこぎ》なレートではあるまいて。坑道種《ドヴェルク》、TRPGで言えばドワーフじみた彼等《ら》は平均で三〇〇年ほど生きると言うし、それに見合った長さをここで生きるなら処世にも気を遣おう。私は何も疑問を差し挟むことなく、お願いしますと頭を下げた……。


【Tips】坑道種《ドヴェルク》。ヒトの半分に満たない矮軀《わいく》が特徴。金属の骨格を有し、赤く滾《たぎ》る血液が体を巡る人類種。鉱脈を持つ山に端を発する種族であり、膂力《りょりょく》に優れ高温への耐性と暗視などの特性を持つ。男性は筋骨逞《たくま》しい体軀《たいく》と豊かな髭《ひげ》が、女性は童女のような顔付きと豊かな肉付きで他の種族と見分けやすい。


私はスミス親方の工房で鎧を注文した後、淡々と自宅の納屋で収穫の準備を進めていた。

鎌や鍬《くわ》などの農具を研いでおくのだ。保存用に塗った油を落として磨き上げ、丁寧に砥《と》石《いし》で刃を削って立たせる。こうしておくことで、簡単に育てたライ麦やカラス麦を刈り入れることができる。

農具が研ぎ上がり、刃が剣呑《けんのん》な光を帯びるにつれて鎧を注文した経緯が独りでに想起された。

結局、あれから随分と悩んでみたものの、現実的に私が目指す先というのは明確になっていない。

信仰にはやるせなさで手を出しづらく、魔法はフラグが立っていないせいで習得できておらず、慎重を期すなら独り立ちまでに習得フラグが立つという楽観はしない方が良いだろう。

となると、今の手札で見える冒険者らしい仕事は剣士か斥候くらいのものだ。

そして、その二つはこの世界だと同居させることは難しくない。

TRPGの斥候は基本的に小柄で敏捷《びんしょう》なキャラが向いており――それこそマルギットのような――紙装甲で低攻撃力という欠点を抱えている。

しかしながら、私は人より熟練度を稼ぎ、更にシステム的に選べと言われていないため斥候と剣士としての技能を十分に同居させられる。

その上で装備を軽装にしておけば、どちらでもやっていけるのだ。

諸般の事情を鑑みて、私が立てた第二の仮目標は魔法剣士か神官剣士にシフトする余地を残しつつ、剣士としての技能を磨くこととなった。

だから態々《わざわざ》時間を割いて木型を作り、鎧《よろい》を買い求めたのである。

装甲点《AP》を持っていない前衛なんて格好が付かないだろう？　平服《ぬののふく》に棒きれだけ《ひのきのぼう》ぶら下げて「剣士です」なんていって冒険の一党を立ち上げようとしたところで、誰も加わってはくれないだろうし、どこかの一党に入ろうとしても門前払いされるだろう。

これが一番現実的で潰しが利くと思ったから、私は将来を決める第一歩として鎧を求めた。剣や槍が扱えて困ることはなく、何処《どこ》に行くにしても自衛の術があって困ることはない。

そして、魔法を習得できるようになる幸運に恵まれる、あるいは私が信仰に対する踏ん切りが付いたら魔法剣士か神官戦士にシフトすればいいし、どっちも駄目なら剣を突き詰めて行けばいいのだ。幸い、私の戦場刀法は武器を選ばないで割と何でもなる流派だから十分に潰しも利く。

……結局今までとあまり変わっていない、日和《ひよ》った方針だが仕方ないじゃないか。だって、私も魔法使えるなら使ってみたいし。

格好良く魔法をぶっ放しながら斬り込んで暴れ回り、戦闘以外の多方面でも活躍する魔法剣士に憧れない男がいるだろうか。いや、いまい。

研ぎ上げた刃の美しさに、私は将来のビジョンを重ねて軽く笑った。顔が反射するくらい丁寧に研がれた剣、そんな男になれたら格好良いなと。

さて、必要がある物は研ぎ終わった。次は大忙しになるだろう我が家の輓馬《ばんば》、ホルターの世話をしてやらねば。収穫期の輓馬はとにかく運ぶ物だらけで、私達と変わらないくらい忙しいのだから。

納屋の道具を調えて、厩《うまや》に向かっていると家から一つの気配が飛び出してくるのが〈気配探知〉に引っかかって分かった。そして、私の後に続くのも。

後ろをちょこちょこついてくるものは全部可愛《かわい》い。

それが妹であるなら尚更《なおさら》。

「あにさま、あにさま」

「ああ、エリザ。どうしたんだい」

倒れ込むように腰のベルトにしがみついてきたのは、六つになってようやく家の外に出られるようになった我が最愛の妹である。

彼女の病弱さは初めて大きな熱で病臥した頃から変わっていない。故にか未《いま》だに成長が遅く、食の細さも相まって実に幼げな見た目をしている。外見だけで年齢を推察するなら、やっと四つかそこらに見えなくもないってところだろう。

まぁ無理もなかろう。一度も風邪を引かずに過ごせる季節がなく、ともすれば一冬ずっと寝台に転がっているような状態なのだから。

こうやって暖かい時期であれば、外に出られるようになっただけでも奇跡に近しい。

母をそのまま小さくしたような愛らしい彼女は、本当によく風邪を引いていた。

風邪と侮るなかれ。この世界には抗生物質なんてものはなく、医者や癒者《ヒーラー》――治癒の魔法や奇跡を使える者の総称――にかかるには大金が必要ということもあって、体力の乏しい子供では普通に死ぬこともある病だ。現実に荘では立つこともできぬままに死ぬ赤子もおり、年に何人か病弱な子が死んでもいるし、大人でも拗《こじ》らせればあっさり逝ってしまうことは珍しくもない。

生きていること、健康であることは前世とは比べ物にならぬ財産なのである。そして、その財を持っていない者が生き延びようと願うなら、金という別の財で贖《あがな》う他に術《すべ》はない。

ただ、幸いにも我が家には私の内職という副収入がある。

父が街に持っていったり、通りかかった隊商に木工細工を売ればいい薬が買えるし、気合いを入れた神像を持ち込めば〝喜捨〟の見返りに司祭が〈奇跡〉を使ってくれることもある。馬車が壊れて立ち往生した旅商人の車軸と車輪を一から作ってやった時は、結構な儲《もう》けになって、肺炎を起こしかけていたエリザを癒者に見せてやれるくらい儲かったっけな。

元より他家より大目の収入と副収入のおかげで、普通なら何年も前に死んでしまっているはずのエリザは生きている。皆が看病などで頑張っているおかげで、今の小さな奇跡があるのだ。

だのにどういうわけが我が父と母は、都度都度エリザに対して私のことばかりを持ち上げる。

苦い薬にむずがる度に「お兄ちゃんが頑張って用意したお薬だ。苦いけど我慢して飲みなさい」と言い聞かせていたこともあり、なんでだか妹の中で私は相当頼れる人間ということになってしまった。

なればこそ、このカルガモの親子みたいな有様なのだ。

実際の私は、大した人間ではないのだがね。そんな内心を隠しつつ、幼子の幻想を傷つけないよう優しい兄の笑顔を作って跪《ひざまず》き、優しく頭を撫《な》でてやった。

「かかさまがね、はりしごとばっかりなの」

そうやってむくれる妹を見ていると、可愛くて目尻が垂れ下がる思いだ。

「そうだなぁ、もう直にハインツ兄様の結婚式だからね。お忙しくて仕方ないんだろ」

長兄も今秋で一五歳、つまりは私が一二歳になるのと同じくして結婚できる年齢だ。既に二人の新居となる離れの小屋――小屋というには立派だが――も完成し、同じく婚姻する二組のカップルと共に晩秋の収穫祭で結婚式を挙げる予定になっている。

この荘《しょう》、というよりもライン三重帝国において結婚式のシーズンは秋だ。豊穣《ほうじょう》神は作物の実りや自然の循環だけを司《つかさど》る神格だけではなく、婚姻も司っているからである。

作物が実るのも全部生殖が上手《うま》く行っているからであり、結果として人間もやっていることは一緒だとして、各地の荘園では豊穣神の神格が最も強まる秋に婚姻を行うようになったそうな。

そして、式は狭い村だけあって一大イベントだ。それなら何回もやるのは大変だし、荘全体で金を出し合う収穫祭を兼ねて一緒にやっちまえばリーズナブルじゃない、という実務的な理由もある。何より代官から婚姻の祝いが来るので――結婚税という、前世では正気を疑う税金もあるのでプラマイゼロだが――より盛大に祝えるとくれば最早、何も言う必要はない。

そんなビッグイベントを控えた我が家は、最後の追い込みで大忙しなのだ。

まず晴れ着。一番大変な花嫁衣装は向こうが用意するからいいが、こっちもこっちで礼装を仕立てねばならない。古いのを使い回すと家の〝格〟が荘の中で落ちるとかで、どこも長男の式となると必死だ。

逆に次男のだと、古着の丈を合わせるだけとかの等閑《なおざり》なものも多いが。

ついで、列席する我々の礼装も必要になる。新郎が着る立派なプールポワン調の礼服ほどでなくとも、新しい服にしたり刺繡《ししゅう》を入れたりとオシャレは必要だ。これもまた、子供故に関わっていない荘園での政治に影響があるのだろう。

子供として振る舞っていても分かるのだ。教会の礼拝で座る順番だとか、代官に挨拶に行く順番なんぞに露骨に現れるので。

「けっこんしき？」

「そう、結婚式。おめでたいことなんだよ」

ま、小さな子供であり嫁に出される側のエリザだとか、将来的に家を出ることが確定している四男の私には関係のないことだが。

「ご馳走《ちそう》が沢山出るんだ。エリザも収穫祭に参加した時、綺麗《きれい》なお嫁さんを見たりしただろう？」

「まっしろなふく？」

「ああ、真っ白な服の花嫁さんだ」

不思議とこの世界でも婚姻に伴って結婚式を挙げ、ウエディングドレスを着る文化がある。ただ不思議なのは、結婚式自体が宗教的な秘蹟《ひせき》として扱われているわけではなく――進行こそ司祭が行い、祝福もされるけれど――私的契約として代官に届け出られるあたり、古代ローマ的要素から中世ヨーロッパ式な要素が混濁していて実に不思議である。

　更に不思議なのは、女性の礼装でバッスルスタイルやアールデコといった近世英国調の代物が飛び出したかと思えば、キルト調の古式ゆかしいものやら、急にオリエントっぽい風情の代物がまろび出るなど様式が入り乱れ過ぎて混沌《こんとん》極まる状態である。

　以前から疑っているとおり、私みたいな境遇のヤツがボチボチいたんじゃなかろうか。紀元前から一九世紀までのファッションが混在し、しれっと製紙法や近代的行政モデルなどが存在する我が祖国の有様を知れば知るほど、近代から古代のキメラ過ぎてそうとしか思えないようになってきた。

　別に悪いことではないのだけどね。やはり普段の素っ気ない無地よりも色とりどりに――染料は高価なのだ――飾ったご婦人方の姿は、男として見ていて楽しいし。

「……じゃ、エリザもきる」

「エリザもかい？」

「うん」

　小さな女の子がドレスに憧れるのも当然か。普段は質素を心がける荘園であっても、この時ばかりはみんな着飾るからな。ふわふわのフリルやレースは、さぞ乙女心を擽《くすぐ》ることだろう。

「そっかぁ。でもエリザは御相手《おあいて》がいないからなぁ」

「じゃ、あにさま」

「ん？」

「エーリヒあにさまとけっこんしきする」

可愛いことを言ってくれるものだ。私は前世では末っ子だったこともあり、兄としての喜びを知らなかったが……これは癖になるな。全国の兄貴が大抵は一時期シスコンを煩うのも理解できる気がした。

「ははは、エリザが私のお嫁さんか」

「うん」

よくも分かっていなかろうに宣《のたま》う妹を抱き上げ、広くなってきた肩に座らせてやった。秋口とはいえまだ暑い。あまり陽《ひ》の下にいない方がいいだろう。冷え過ぎると風邪を引くのは当然だが、暑過ぎても駄目なのでこまめに注意を払ってやらなければ。

「そうか。じゃあ綺麗な服を着せて貰《もら》わないとな」

「ん」

小さく頷《うなず》く姿は実に愛らしい。男衆の針仕事は随分急いだ手付きでやっているのを見かけたし、母もきっとエリザの礼服には気合いを入れているはず。何より、使い終わったら古着として街に持っていけば金にもなるのだし、作る以上手を抜く理由がない。家の家族はみんなエリザが大好きだからな。

きっと、花嫁に負けぬ素晴らしい晴れ姿になるだろう。

兄馬鹿を炸裂《さくれつ》させている自分をどこか冷静に俯瞰《ふかん》しつつ、これも一つの楽しみとしてみとめていいものかと小首を傾《かし》げる自分が存在していたが……これはこれで幸せなのでいいだろう………。


【Tips】ライン三重帝国の基幹法に含まれる戸籍法において、ヒト種《メンシュ》は近親婚――直系及び二親等以内――が禁止されている。


あっと言う間に晩秋が訪れた。収穫期の忙しさには一〇年近く農民をやり、色々な農民系スキルに〈熟練《スケールⅣ》〉以上の熟練度を割り振っても慣れないものだ。なにより、流石《さすが》にルーチンとして体に染みついたと認識されたのか、熟練度の上がり幅が殆《ほとん》ど止まってしまったので、これ以上の投資は将来的にも効率的にも打ち止めといったところか。

目が回るような忙しさを凌《しの》ぎ、今年も年貢をキチンと納められてよかったねという安堵《あんど》と共に迎える収穫祭の喜びといえば喩えようもない。既に薄れつつある前世の記憶で、大きな案件を片付けて昇進した時とどっちが上だろうか。

ともあれ、今日という日を迎えられたことをこの世界の神格に強く感謝せねば。前世と違い、見てるだけではなく強い信仰心があれば請願に応えたもう神々の勤勉さあってこその世界だ、祈りの一つも捧《ささ》げておかねば不敬にあたろう。

さて、今日は晴れの日と豊穣神へ感謝を捧げる祭りの日というだけあって良い天気だ。

荘の集会場、顔役の家付近に設けられた広場が祭りの場であった。

無数の机が並べられ、荘の女衆が腕を奮った料理の数々が湯気を立てて勢揃《せいぞろ》いだ。今日この日だけは神々のご加護《えこひいき》により出来たての料理は冷めることがなく、井戸で冷やした酒も温《ぬる》まないというのだから実に粋なことをしてくれる。きっと豊穣神も感謝されて悪い気はしないからこそ、これだけ奇跡を大盤振る舞いしてくれるのだろう。

荘内では既に男女共に色めき立って、浮ついた空気が立ち込めている。

結婚式の晴れ姿を心待ちにしたり、ご馳走に心躍らせたり、隊商が祭りの時期を見越して露店を出していたりするから……ではない。

この桃色の靄《もや》さえ幻視する空気が立ち込める理由は、単純にここも出会いの場だからだ。楽器ができる勢が集まり、荘のそこら中で弾きまくるから荘園の誰もが踊り倒す。娯楽の少ない時代、音楽と踊りが最上の娯楽になるのだ。

そして、踊ってテンションが上がって来て、日が沈めば……あとは分かるな？

品種改良が進んでおらず、麦穂の背がまだまだ高い今、こういった祭りで御相手を見つけて〝仲良く〟してしまうことはよくある。そのまま正式なカップルが生まれることはままあるし、家を継げない男と女がひっそり付き合い続けることもある。ライ麦畑で出会ったら、という民謡はここからきているそうな。

つまりは、それを楽しみにしてる年頃勢が多いのだ。

うん、家の次男と三男の話だ。準備の手伝いもほっぽって何処《どこ》行きやがった。

半ギレで準備のために持ち込まれた料理を並べているが、本来なら他にももっと面子《メンツ》がいるはずだった。しかし、成人が近くとも遊びたい盛りの子供が真面目に仕事をしないのはよくあることで、結局私を含めた数人が学園祭目前で損する真面目君みたいな様を晒《さら》しているのだから、世界というのは変わっても人間の本質とやらは変わらないらしい。

大量のほかほか料理を運んで浮かんだ汗を拭って、下生えが枯れてきたせいで金色の絨《じゆう》毯《たん》が敷き詰められたような広場を見回した。皆忙しそうに汗を流しているが、その顔は実に幸せそうだ。労働は辛《つら》いが、楽しいことのために苦労していると思えば辛さも紛れるものだ。

懐かしい感覚が沸き上がってきた。大学生の頃、TRPGをやる部室を維持するためにバイトをし、少人数故に高価だった部費を捻出する労働は辛くもあった。だが、苦労して転がす賽子《さいころ》は喩えようもない楽しさがあったものだ。そして、そうやって苦労したからこそ、下手な教科書より高価なルルブも深く読み込めたのだろう。

まぁ、その反動でシステムとしてロールでわちゃわちゃすることを重視したシステムになじめなかったこともあるが、そこは自分の〝業〟として受け止めるべきなのだろうか。

また皆でテーブルを囲って賽子を転がしたいものだと強く思う。ああ、クソGM《ゲームマスター》と罵られようと、ナチュラル二〇や六ゾロの暴力で殴るのも、それはそれで楽しかったからなぁ……。

大きな歓声が何処からか聞こえてきた。そっちを見やれば、小さな子供の群れ……失礼、マルギットの血族が大きな荷車を牽《ひ》いているところだった。数人の狩人達《かりゅうどたち》が引っ張る荷車には、体長二m弱の巨大な猪《いのしし》が皮を剝いだ状態で横たえられていた。

そういえば、ご馳走用意するから楽しみにしててねと言っていたが、アレのことだったのか。

あの小さな身体《からだ》の狩人達が、一体どうやってアレを仕留めたのか実に気になるな。巨大な猪は五・五六㎜の小銃弾のヘッドショットでも死なないことがあると聞いたことがあるのだが。祝い事で出してくるなら毒を使ったわけでもなかろうし……。

「なぁ、聞いたか？　代官様が祝いで花火上げてくれんだってさ」

「本当か？ってこたぁ、魔術師を招聘《しょうへい》なさったのか。すげぇな」

巨大な猪と比べたら豆粒のように錯覚する蜘蛛人《アラクネ》達を眺めていると、別のテーブルの準備を進める若衆の雑談が聞こえてきた。ちょっと最近、〈聞き耳〉とか〈気配探知〉に振り過ぎて過敏になっているような気がする。

花火か。いいな、豪勢で。夜の花火も良いが、景気づけに上げられる昼の花火もいいものだ。

何より、あの老翁を思い出す。首にぶら下げた指輪を思うと、このアイテムがいつ頃キーアイテムに化けるのか楽しみで仕方がなかった。

近づく祭りの気配に浸りつつ、私は高くなった秋空を眺めて祭りの気配に胸を高鳴らせた…………。

【Tips】催事に神の加護はつきもので、特に自分を讃《たた》える祝祭に神は大変な便宜を図る。中には化身を降ろして楽しむ者もいるくらいに。


太陽が中天に達する頃、祭りの場は大いに盛り上がっていた。

朝方に行われた代官の祝いの言葉はシンプルなもので、例年通りにものの数分で終わった。

ケーニヒスシュトゥール城塞を預かる代官のエッケハルト・テューリンゲン卿《きょう》は、胸甲を纏《まと》った堂々たる武者姿で数名の騎手を伴って現れると、今年の豊作、そして冬の安寧を祈る数言だけを馬上より告げて去ってしまわれた。きっと、他の管轄の荘《しょう》でも似たような行事を抱えているからに違いない。

因《ちな》みに礼拝代わりの説教も手短であった。そも、この祭りそのものが豊穣《ほうじょう》神への聖句にして聖歌であり祝詞。無駄に飾る必要がないのだ。断じて「なんでこの人、酒精神の司祭じゃねぇんだろ」と言われるほど酒好きで有名な司祭が、さっさと呑《の》みたいがために「以下省略！」と叫んだからではないと思う。思いたい。多分そうなんじゃないかな……。

そういうことにしておこう。

なればこそ、祭りより僅か数時間で民達はみな結構できあがっていた。

「んへ、呑んでるぅ？」

「ああ、呑んでる呑んでる……」

いつも通り首からネックレスみたいにぶら下がっているマルギットも、中々立派な酔っ払いっぷりであった。

童女が顔を真っ赤に蕩《とろ》けさせて呂律《ろれつ》が回っていない様は実に犯罪的だが、この世界においては合法だ。簡易濾過器《ろかき》――砂利や木炭と布でできた品――を使用した水や煮沸した水を飲む文化がある三重帝国であるが、やはり濾過器も煮沸もコストが高いので普段の飲用水は酒精によって消毒するのが殆どだ。

何よりここ帝国南方は領土の中では比較的温暖な葡萄《ぶどう》の産地。南内海に面した南方小国家群と比べると寒いが、十分に葡萄が育つこともあって葡萄酒が大変手頃に手に入る。今の時期は街道に出れば、酒精神の聖堂が管理する醸造所に運び込む葡萄を満載した馬車や牛車が幾らでも見られることだろう。

そして、今日は祝いの日だけあって聖堂の酒蔵から大量の酒樽《さかだる》が運び出されている。きつい酒精の葡萄酒を割らずに飲み、勢いの儘《まま》に騒げばこうなるのも無理はない。広場から離れた木立より〝酸っぱい臭い〟が漂ってきている理由は、見に行って確かめるまでもなかろうて。

まだ昼をちょっと回った時間でこの出来上がりっぷり。今からお式なのに大丈夫かこの荘園。

まぁ、今まで何度もあった結婚式もなんとか回ってたし、大丈夫だとは思うが。一番最悪のケースを想定するなら、盛り上がった新婚がはやし立てられるがままに広場で〝おっぱじめて〟しまうくらいだからな。

いや、大惨事ではあるとも。ただ、これだけ酒が回ってると大半は覚えていないから、相対的に被害が軽微ですむだけで。

「むぅ、無視しないでよぉ……」

久しぶりにマルギットの宮廷語ではない帝国語を聞いた。見下ろしてみれば、ぶらんと垂れ下がったままで不満げに頰を膨らませている。

「だから呑み過ぎだって言ったのに……」

「ちょっとよぉ、ちょっとしか呑んでないわぁ……」

たしかに彼女の言葉に嘘《うそ》はない。酒杯の二～三杯はちょっとだろう。だが、残念ながら蜘蛛人《アラクネ》には当てはまらない。彼女らは消化器系がヒトより頑丈な代わりに、アルコールの分解能力がどうしようもないほど低いのだ。

だからこそ、何を思って呑んだのやら。

「屋台回らないでいいの？　これじゃ回れないよ」

「だいじょぶよぉ、エーリヒが連れてってくれるんでしょぉ？」

甘える猫のように胸板に頰を擦りつけてくるマルギット。桜色に染まった頰から頰紅が移るのではと心配したが、いつもの服が化粧で染まることはなかった。……これですっぴんなのか、おっかないな蜘蛛人《アラクネ》。

だが、残念ながら連れて行ってやれんのだ。私は今からお色直しである。

「無理だよ、今からハインツ兄さんの式なんだから。着替えてこなきゃ」

「ええ～？」

この子はここ暫《しばら》く私にべったりな妹がいない理由を忘れているのだろう。小難しいことは全部アルコールに溶けて、脳味噌《のうみそ》から揮発してしまったに違いない。

「はいはい、離れてね。もう着替えに行かなきゃいけないから」

「やだぁ～！」

やだぁ、じゃねぇよ。君はもう一四歳で、次の夏が来たら成人でしょうが。まぁ、見た目はエリザよりちょっと上くらいにしか見えないが、私は君が二つ年上という事実を忘れていないからな。

たとえ可愛《かわい》くだだをこねられても……こね……られて……も……。

「はい、離して離して」

「エーリヒのいけずぅ～!!」

鋼の意志で「このまま一緒に遊ぶか！」という邪念をねじ伏せ、脇を持ち上げて首を手の間から引っこ抜いた。背が伸びてきた今ではもう腰より下の大きさになってしまった彼女を降ろすも、涙目で見上げられながら詰《なじ》られるとなんだか本当に私が悪いことをしているような気になって大いに困るのだが。

その上、ここは衆目のある広場だ。周りにはぐでんぐでんになった男衆がおり、彼等《ら》の中には幼い頃の遊び仲間も混じっている。

「おっ、なんだエーリヒつれねぇじゃねぇか！」

「折角だから散歩でも連れてってやれよ！」

「羨ましいぞ生命礼賛主義者め！」

本当に酔っ払い共は口さがない。そして、そんな連中に優しい言葉で言っても通じるわけがないのだ。

「たたっ殺すぞ酔っ払い共!!」

酷《ひど》い煽《あお》りに腕を振り上げるも、返ってくるのは冷やかしの口笛くらい。因みに、この場で言う〝散歩〟は目隠しがある林あたりに連れ立って姿を消すことで、実際気が早いことに幾つかのカップルが出かけていくのを私は目撃していた。

なお、余談として生命礼賛主義とはロリコンの迂遠《うえん》な言い方である。大昔にどっかの聖職者《薄い本の主役の常連》がヒト種《メンシュ》判定では〝幼い〟としか言えぬ容姿の魔種や亜人種を偏愛していた批判に対して、若さ溢《あふ》れる瑞々《みずみず》しい生命力を礼賛する純粋な気持ちだと言い訳した故事が今に伝わっているとか。

え？　その聖職者？　普通に歳《とし》いった亜人種も対象にしてたから、全方面からタコ殴りにされて破門だよ。皇統家の親類縁者でも平然と破門にするあたり、この国の僧会は過激派の集まりであることに疑いの余地はないな。

　涙目になるだけで私に〝社会判定〟の攻撃を仕掛けられる幼なじみはさておき、要らん称号《ロリコン呼ばわり》を手に入れないためさっさと家に向かった。流石《さすが》にこの年齢で――この世界では半分大人だが――家族のコネクションをアイテムシートに記入する予定はない。

　……まぁ、流石にこれだけ長く付き合うと、満更でもないと思う私が存在することを否定はしないがね。

「おう、遅いぞエーリヒ」

　我が家の居間では、既に兄の支度が調っていた。

　白染めのプールポワンは、益々《ますます》父に似てきた厳《いか》めしい顔にあんまり似合っていないが、珍しく髪油で栗毛《くりげ》を後ろに撫《な》でつけているると少しは様になっているように思えた。

　日焼けした顔とゴツゴツした手のせいで、お世辞にも貴族様の子弟のようには見えないが、堂々たる我が兄の晴れ姿であった。

「どうだ、似合うか？」

「ええ、お似合いですよ兄上」

　そうか、と言って気恥ずかしげに鼻の下を擦る姿は、幼き日に木剣をあげた兄から変わっていないように思えたが、それでも立派になったものだとトータルでアラフィフが近づきかけた精神で感心していた。

　私手製の武器を手に妖精のコインを求めて林をかけずり回ったり、カマ言葉を矯正するため並んで宮廷語を仕込まれたりした日々が懐かしい。後者は自分も含めた全員の記憶から可及的速やかに削除したい過去ではあるが。

なにはともあれ、洟を垂らしながら冒険者に憧れて、冒険譚《たん》の英雄になりきっていた時から比べて大人になったものだ。今では苦手だった算術も覚え、つまりつつも宮廷語できちんと話せるようになったのだから。

これで我が家も安泰だな。

しばし目出度《めでた》いだの子供は何時《いつ》だのと微笑《ほほえ》ましい煽り合いを兄としつつ、私も用意されていた礼服――明らかに古着の上に兄達のお下がりで少し草臥《くたび》れている――を着込んだのだが、そういえば残りの兄二人がいないことに気付いた。

「ああ、ベロンベロンに酔ってたんでな……今、親父《おやじ》と井戸ん方だ。エリザは教育に悪いってんで、ミナん家《ち》の方で着替えさせてもらってんだ」

あの愚兄二人は本当に……サボったと思えば、今度は痛飲してベロンベロンとは。今頃、親父殿がカンカンになりながら、対照的に冷え切った井戸の水を手押しポンプで――これも実用化されていることに大変驚いた――盛大に浴びせかけていることだろう。

収穫も終わった晩秋故、風邪を引かねばいいのだがと二人で呆《あき》れていたが、裏手の庭から二つの大きなくしゃみが連続して聞こえてきたので望み薄だろう………。


【Tips】酒精は水の消毒に役立つため、全国で呑まれる。しかし、泥水でも平然と活動できる種には、酒精の耐性がない者も珍しくはない。

結婚式は壮麗な儀式というよりも、ただただ賑《にぎ》やかな催しだった。

荘園で庶民が行う式は、それこそ高貴さとは無縁の騒がしく行うものが相場である。酔っ払った参列者がヤジと煽りを飛ばし、新郎がそれに下品な返しをして新婦や親族、行き過ぎると司祭にぶん殴られるのがお約束。

花びらに混じってヤジが飛び交うバージンロードを歩み、豊穣神の司祭に祈りを捧《ささ》げて貰《もら》って誓約を交わすシンプルな式。

その後？　ただの宴会だとも。古来より結婚式は酒を飲んで騒ぐ口実であり、この世界でも例に漏れず新郎と新婦に混ざって荘民全員が滅茶苦茶《めちゃくちゃ》に踊り倒し、歌いまくり、呑み狂う。

曲を次々と入れ替え相手やステップも入れ替え、疲れたらメシを摘《つ》まみ、喉が渇いたら酒を呑む。そして、日が暮れる頃には全員で新婦と新郎を抱え、村を練り歩いた後に下品な野次と一緒に寝所へ放り込むのだ。

そして、散々周囲で煽った後に去って行き、二次会――厳密には朝・昼の部を考えて三次会だろうか――に突入する。

かなり乱暴だし、見る者が見れば野蛮と思うかもしれないが、変なスピーチや余興が行われる式より私はこっちの方が楽しい気がしていた。まぁ、三〇歳になっても一人身で、祝儀が出て行くばかりの良い思い出がなかった前世の式と比べて僻《ひが》んでいるだけと指摘されれば、ぐうの音も出ないのだが。

ともあれ、良い式なのは事実だ。

花嫁の腕を引いて歩く兄は誇らしげだったし、兄と並べば私とマルギットとは違う意味で犯罪臭い儚《はかな》げなミナ嬢——ぱっと見で拉致か脅迫のどちらかである——も頬を染めて幸せそうにしていた。

家の関係や金が絡む即物的な婚姻も多々存在するが、かといって当人達《たち》に幸せがないかと言われれば違うのだ。

「あにさま」

「ん?」

広場の隅で腰を下ろしてのんびりしていると、膝の上に座っていたエリザが私の服を引っ張った。あの激しい踊りに巻き込まれたら倒れるのでは、と心配されたため、私がお守りをしているのだ。

「あにさまは、おどらないの?」

「まぁ、趣味じゃないからね」

半分嘘で半分ほんとだ。剣術の動きを流用できるので、あの中できちんとステップを踏む自信はあるが……相手がいないのである。式の最中までマルギットも元気だったが、ついさっき蜂蜜酒——薬草入りで蒸留もしたヒト種《メンシュ》向けの強いヤツだったはず——を一気して轟沈《ごうちん》したため踊る相手がいない。

勿論《もちろん》、あれだけ水をぶっかけられても元気にくしゃみをしつつダンスに加わっているミハイル兄《にい》やハンス兄《にい》のように、代わる代わる相手を選ばず踊ることはできるが、何故《なぜ》かこご暫く同年代の少女達が踊ってくれなくなったのだ。

今頃は家の寝床に叩《たた》き込まれ、翌日は桶《おけ》が親友になっているだろうマルギットが水面下でなにかしでかしてくれたに違いない。

どのみち、四男だから嫁のなり手がいないのだから、何を心配しているかは知らんが。

「エリザとおどるのはよかったの？」

「エリザは特別だ」

だから、さっき隅っこの方でエリザを相手に少し踊っただけで今日はおしまいだ。踊ったといっても、ねだられたので抱きかかえてゆっくり回ってやるだけで、ステップの一つも踏ませていないけども。本人は楽しそうだったのでいいだろう。

「とくべつ」

むふー、と嬉《うれ》しそうに吐息し、可愛い妹は胸板に後頭部を預けて足をぱたつかせた。かわいい。

しかし、実の妹だからな……あと四～五年もしたら「兄貴ウザい」に変わるのかと思うと今から泣きそうだ。多分、そんな風に振る舞われたら私は臆面もなく泣くだろう。考えるだけで心臓がぎゅっとしまる気がした。

「あー、そうだエリザ、露店を見に行かないか？」

「ろてん？」

「そうだ。珍しい食べ物とか、詩人も来てるぞー」

切なさを誤魔化すように提案すると、あまり外を彷徨《うろつ》かないために好奇心を満足させる機会に乏しい妹は、大変惹《ひ》かれたようで元気よく行きたいと答えた。

祭りの日だからと、父から小遣いを持たせてもらっているので何か一つ二つ買うことくらいできるだろう。収穫を終えた時期だから、みんな大好きな氷菓子があるかは微妙だが、買ってやれば兄貴としての株も上がるだろうか。

テンションを上げる妹を抱え、私は隊商達が店を構える一画に足を向けた………。


【Tips】荘園《しょうえん》において祝祭と享楽を司《つかさど》る酒精神は豊穣《ほうじょう》神と並んで盛んに信仰されるが、彼《か》の神格曰《いわ》く「宿酔《ふつかよい》の苦痛も酒の醍醐味《だいごみ》」として二日酔いを癒やす奇跡は存在していない。そこまで愛して一人前の酒好きと言いたいのだろう。


祭りは大人の時よりも子供の時の方が楽しいのは何故だろう。

財布に万札ねじ込んで行けば何だって、それこそ子供の時に憧れた数字合わせの籤《くじ》を引ききる暴挙だってできるのに、百円玉を何枚か握りしめていくお祭りの方がずっとワクワクしていたっけ。

そんな懐かしい心地を楽しみながら、私は小さな露店の集団を眺めていた。

彼等《ら》は隊商の一団だ。移動しながら物を仕入れ、催事とあらばテキ屋の真似事《まねごと》もする商売人達である。

「北方人達が作る黒曜石のナイフだよ！　薬草採取にはうってつけ！」

「東方交易路から渡ってきた漆器はどうだい？　この艶は、到底この辺じゃ出せない一級品揃《ぞろ》いだ！　祝いに贈り物になんでもござれ！　晴れの日にお一つどうだい!!」

「西端半島の薬草はぁ～いかが～。打ち身、擦り傷、切り傷にあかぎれぇ～なんにでも効くよぉ～」

茣蓙《ござ》を敷き、あるいは側面が開く特殊な荷台を店にして、商売人達が少なくなった客足を引き留めるように口上を上げていく。荘民達が昼前に酔ってぶっ倒れたり、ダンスに参加するのに忙しくなったりする前は賑わっていたが、式が終わると毎回こんなものだ。

それでも空《す》いてからのんびり見たい性分の人や、残り物に福があると遅れてやってくる荘民もぼちぼちいるのだが。

さて、色々興味を惹かれるが、今日は家のお姫様のご意向に従うか。

何処《どこ》に行きたい？　と聞くまでもなく、エリザの爛々《らんらん》と輝く目が向けられた先は分かった。

ご婦人向けの貴金属商だ。見るからに位の高そうな商人が折りたたみの椅子に腰を下ろし、見上げるほどの巨軀《きょく》を誇る巨鬼《オーガ》が護衛についているが、疎《まば》らで暢気《のんき》な客達に気を緩めているようだ。

「あにさま、きれい！　きれい！」

「ああ、そうだな」

　ぱたぱた駆け寄って目を輝かせるエリザだが、無遠慮に追い払われるということはなかった。忙しい時なら客になり得ない子供は鬱陶しかろうが、暇な時なら微笑ましいなと言わんばかりに店主が声をかけてくれた。

「小さなお嬢様、お目が高い！　これはですな、蒼《あお》き南の内海で人魚達が丁寧に探してきた真珠でして。ほら、傷一つなくこの丸さ！　もちろん、磨いたわけではありません、最初からこの美しさです」

　恰幅《かっぷく》がよく美事《みごと》な仕立ての服を着た店主は子供好きなのだろうか。如何《いか》にもお高そうな真珠を丁寧な手付きで、それこそ本当に買ってくれそうなご婦人相手に紹介するように見せてくれている。どれどれ値段は……うぇ、三ドラクマ……？

　帝国においては一〇進法が基本で、一ドラクマが一〇〇リブラ。一リブラが一〇〇アスと実に分かりやすい調整がされている。貨幣は上から金貨、銀貨、銅貨が割り当てられており、ざっくりとした自作農の平均年収が大体五ドラクマである。

　そこから平均的な税率だと金納課税で一ドラクマほど持って行かれて、物納品を買い足すために――農作物以外にも生糸などの納税品が多いのだ――五〇リブラほど必要になり、生活費と農業諸経費で二ドラクマくらいかかるので、可処分所得は約一ドラクマ五〇リブラといったところ。割合にすると大体四公六民なので、この辺の税制は大分緩い方だった。

我が家の可処分所得は私の内職と、余所《よそ》より幾らか畑が広いとしても精々が三ドラクマ……つまり、我が家の必要最低限の金以外全部ブチ込んでのお値段というわけだ。

それもたった一粒で、である。

「み、見事なお品ですね、店主様……」

思わず声と顔が引きつる。こんな荘の広場で広げていい代物じゃねぇぞオッサン。

「これはこれは、お若い紳士もお目が高い。勿論、帝都の大店《おおだな》に仕入れる品でございますれば。ご機会があればと思い並べておりますが、本来は貴族のご婦人方の首を飾り立てるものですからなぁ」

たっぷり蓄えた髭《ひげ》を撫《な》でながら、店主は肩を揺らして笑った。ということは、立派な印章指輪——印鑑にもなる指輪——を嵌《は》めているあたり、大店の仕入担当……超絶大物じゃねぇか。暇にしても、こんな田舎で店を広げないでいただきたい。心臓に悪いではないか。

「ははは、なるほど、見事なわけです。私達では到底手が届きませんな」

「いやいや、輿入《こしい》れに備えて一つずつ買って、ご成婚の折に首飾りを仕立てる人魚や水棲《すいせい》人の風習が最近はヒト種《メンシュ》界隈《かいわい》でも流行《はや》っているそうな！　どうです？　御母堂に相談なさって、妹君にもお一つ」

ソレは一体どこの富農や豪商の文化だ、言ってみろ。私が頼んだ鎧《よろい》を買ったとしても結構な釣りが出る額だぞ。

「いやぁ……兄が結婚したばかりでして。流石《さすが》にこれほど立派な品は、我が家の財布から溢《あふ》れてしまいますよ」

　謙遜して笑うと、店主は驚いたとばかりに目を見開く。

「おや、ご長男ではない？」

「ええ、四男でして」

「ほほぉ！　それにしてはきちんとした宮廷語、いやいや私も御身に教わりたいくらいですなぁ」

　ああ、言葉遣いから長男と勘違いされていたのか。

　あ、いかん、四男まで教育を施せる立派な富農だと勘違いされたっぽい。本気で親を捜し始めたら困る……。

「いやいや、この身も私塾に通う友や父から教えて貰っただけで、とてもとても。それは妹に買ってやれるなら買ってやりたいものですが、流石に私では……」

「なら坊主、あれはどうか？」

　上手《うま》いこと言って逃げようとしていると、上から声が降ってきた。

　見上げれば、そこにはぞろりと伸びる犬歯が威圧的な、蒼い肌をした巨鬼の姿があった。

　三ｍほどもある上背。硬質な金属を含むため青い肌は、しかして生物の柔らかさを持つため並大抵の刃を弾《はじ》くという。巨軀を鎧《よろ》う筋肉は装甲板のごとく隆起し、鍛え上げられた四肢は一本一本が柱の威容を誇る。

「褒賞は五ドラクマだそうだ」

人の肉なら気軽に抉《えぐ》れそうな爪が指し示すは、刀剣商が商売の傍らに催す腕試しの看板であった。

据物斬り。当方自慢の兜《かぶと》、一刀にて断ち割れたならば金貨五枚。挑戦料は五〇アス。

ミミズがのたくったような字の傍らで、暇を持て余しているであろう店主が等閑《なおざり》に声を上げながら煙管《きせる》をふかしていた。特徴的な頭頂部の主耳と、枯れ枝のような矮軀《わいく》からして鼠人《スチュアーツ》だろうか。

これも祭りには付きものの腕試し。要は前世の高額商品を目玉にしつつ絶対落とせない射的とか、当たりが入ってるか怪しいくじ引きみたいなものだ。子にせがまれた親、恋人に煽《あお》られた阿呆《あほう》なんぞが嵌まり、あたら小遣いを無駄にする罠《わな》の一つである。

「これ、ローレン……」

店主が護衛の巨鬼を窘《たしな》めるが、巨鬼は子供が見れば泣き出しそうな貫禄《かんろく》のある笑みを作って、私の肩に手を添えた。よかった、妹が大粒の真珠を眺めるのに夢中で。

「結構使う体をしてましてね。あの小物、小銭を稼いでましたし、面白いでしょう？」

ふむ。置かれているのはありふれた鉄兜に見えるが、傍らに置いてある見るからになまくらな剣でやらされるのか。

そして、小遣いは丁度五〇アス。珍しい菓子を二人で食うか、二つ三つは小物が買える額だが、さて。

「……面白そうですね」

「なっ!?」

ま、妹に格好付けてみせるのも兄貴の仕事か。

私は小銭を懐から引っ張り出し、空中で弄びながら刀剣商の前に立った。

「おっ、未来の大剣豪、挑戦するかい？」

「ええ、一回五〇アスでしたね？」

人好きのする、しかし小ずるさの隠せない笑みを浮かべて手を出し出す商人の掌《てのひら》に小銭を載せてやった。しかし、不揃《ふぞろ》いな大銅貨を見て彼は眉根を寄せる。

「んー、ベイトン大銅貨か……質が悪いから普通なら二枚でも四五アスってところだが……」

大判銅貨《クオーター》は通常銅貨二五枚分の価値を持つとされているが、通貨が本位通貨ではないこの世界では、貨幣の質によって実質の価値が変わるのは珍しくない話だ。酷《ひど》い話だと吝《りん》嗇《しょく》帝と言われるジョゼ一世の即位記念や在位N周年を記念として改鋳された貨幣は、ジョゼ銭と呼ばれてドラクマ金貨でも三分の二ほどの価値しか無いと言われるほど混ぜ物が多い。

そのせいで色々と面倒臭いことが起こるのだが……。

「ま、おぼっちゃんの挑戦だ、収穫祭のお祝いってことでおまけしとくぜ」

「どうも」

よく言ったもんだな、との皮肉は心の中に飲み込んでおいた。

さて、置いてある剣は鋼鉄製の数打ち、有り体に言って安物だ。対して兜は将来必要になるかと思って養った、〈社会〉カテゴリの〈審美眼〉によって身についた感性で調べれば、造りは素っ気ないが鋼の本体に薄く伸ばした神銀《ミスタリレ》を塗布した実用品であることが分かった。

神銀《ミスタリレ》は吟遊詩人のサーガにも頻出する特殊な合金だ。見た目は青みがかった銀色をしており、闇夜で薄く輝くため大抵は表面に塗装が施される。

しかし、最大の特徴は〝金属〟からの物理的な干渉を撥《は》ね除《の》ける性質を持つことだ。

それこそ、これを加工するには特殊な魔法で物を作り替える技術が必要で、さもなくば同じ神銀《ミスタリレ》製の道具でなくては成形すらできないという。英雄が纏《まと》うに相応《ふさわ》しい防御力を誇る金属であり、不屈の象徴として王侯が装身具の基部として好むほどだ。

この兜にはこまかな傷こそ目立てど、塗装表面を傷つける以外に目立った傷が見受けられないのが店主の自信を裏付けているのだろう。様々な塗装面の傷やへこみが見受けられるので、一体何年間これで稼いできたことやら。小銭でも積み上げれば大したモンだろうに。

とはいえ、やってやれないことはない。

見た目に薄い塗膜だと分かるし、装飾の多くが壊れているところからして新しい品でもなかろう。これが兜全部が神銀《ミスタリレ》製なら私も匙《さじ》を投げるが……スミス親方曰く、うっすい塗膜だけなら頑丈ではあるが〝不壊《ふえ》〟にはほど遠いのだ。

だったら、勝負が成り立つなら自分の〝こわれ〟度合いを試したいのがマンチというもの。では、一丁やってみましょうか。

安物の剣を握り、感覚を確かめた後に大きく振り上げた。動かない的を全力で叩っ切るなら、これ以外に最適解はあるまいて。

「あにさま、がんばって!!」

いつの間にか宝石に捕まっていた注意が私に返ってきたのか、宝石商に見守られながらエリザが声援を送ってくれた。

ありがとう、お兄ちゃんそれだけでバフが何重にもかかった気分だわ。

「ふっ……!」

小さな呼気と共に送り出した裂帛《れっぱく》の一撃は……地面の薄紙一枚手前でぴたりと止まった。

「え、あ、なっ!?」

兜を頭頂部から両断し、台座諸共《もろとも》に斬り伏せて。

「美事!」

「やったぁ!!」

感心の歓声は私を嗾《けしか》けた巨鬼のものだろう。刀剣商は椅子に座ったまま、私と兜の間で啞然《あぜん》とした顔を行き来させている。

誕生日に〈最良《スケールⅧ》〉を目前とした〈器用〉、そして〈円熟《スケールⅥ》〉まで高めた〈戦場刀法〉に

〈艶麗織巧《えんれいせんこう》〉のご加護が加わればこんなもんである。同時に剣術カテゴリの上位スキル〈観見〉の特性があれば〈審美眼〉と合わせて弱点なんぞ丸分かりだ。

〈観見〉とは言わば見て察する技術。五輪書《ごりんのしょ》にも記載のある、焦点を絞らぬ観察によって対手の挙動を読み、剣を正視することなく躱《かわ》す目付《めつけ》の極意。ひいては見る目を養うことで、相手の瑕疵《かし》を突く目に通ずる。つまり攻撃・回避・反撃にボーナスを乗せる特性だが、行為判定にもダメージ判定にも乗る強特性だ。伊達《だて》に鍛錬三ヶ月分の熟練度を要求されていない。

……ちゃうねん、回避に使えるから、剣士主軸でなくても腐らないから。絶対美味《おい》しいからセーフセーフ。

それはさておき……この兜は何年も力自慢達《たち》にぶっ叩かれて来たのだろう。頭頂部の一部が凹《へこ》むとまではいかないが、平らになっていることが見て分かった。流石の神銀《ミスタリレ》も薄い塗膜では全ての衝撃を殺しきれなかったと見える。

そして、兜の防御力は装甲の厚みもあるが、丸みこそが要訣《ようけつ》なのだ。丸みによって刃を反らし、斬り込ませないことによって身を守る。曲面の守りを抜くのが難しかったからこそ、西洋剣術では撲殺する手段として長剣の柄《つか》や鍔《つば》を多用する手法が発達したのである。

平らになることで刃を立てられる所を見抜き、多少切れ味が鈍化していようと後は技量での勝負。長年の酷使に全体的な耐久力も落ちていたのか、兜は期待よりも爽快な真っ二つ具合を見せていた。

うむ、ランベルト氏から「要点が揃《そろ》えば斬鉄もいけそうだな」とお墨付きをいただいた腕前は、収穫期の忙しさでも錆《さ》び付かなかったようで一安心である。

ただ、剣は駄目だなこれは。確かめてみたら完璧に歪《ゆが》んでいることが、わざわざ柄頭《つかがしら》から中心線を眺めないでも分かる。流石にきちんと刃筋を立てても、元がなまくらだとこんなものか。

「ん、では五ドラクマいただこう」

兜を持ち上げてポカンとする刀剣商に手を差し出す。何か言いたそうにしていたが、おっかない見た目の巨鬼が楽しそうに拍手を贈り、周りの商人も大したもんだと褒めてくれているのを見て彼は口を噤《つぐ》んだ。

なんと言っても数段どころか世界が上としか思えない宝石商が素晴らしいと喝采しているのだ。見るからに小心そうな彼にどうすれば異を唱えられよう。

ここでグダグダ言って商売人の間で面子《メンツ》を潰すと今後が拙《まず》いと思ったのだろう。実際、私は別に魔法も奇跡も使わず、ただ技量のみに依《よ》って兜を断ったのだ。いちゃもんを付けられるもんなら付けてみろって具合に真正面から勝利したのだから、どうしようもなかろうよ。

「や、やるなぁ、お、おぼっちゃん……ほら……賞金だ……もってきな」

精々大物ぶっているようだが、金貨を握る手と声が震えていたら様にはならんよ。とはいえ、金は金……。

「ん？　どうした？　嬉《うれ》しくないのか？」

掌で鈍く輝く金貨を見て、思わず渋面を作る私に巨鬼が声をかけた。鎧《よろい》に合わせて帷子《かたびら》を着込んでいるのに音も無く背後に立つ技量は、一体どれはどの高みにあれば手に入るのだろうか。

「……貴様、これは」

「看板をよく見ろよ!?　何も間違っちゃいねぇぞ俺ぁ!?」

何か汚い物でも見るような目で刀剣商を見下ろす巨鬼。そして、私の掌で輝くのは〝ジョゼ一世の在位五年記念金貨〟である。渋い横顔が刻まれたそれは、ジョゼ銭の中でも特に混ぜ物が多く一番安っぽいとされる品だ。

それが五枚、光を反射してぞんざいに輝いている。この手垢《てあか》の付き方を見るに、相当長い間貧民の手を渡ってきたと見える。価値にして精々二ドラクマ五〇リブラってところか。

おのれ、こんな要らんところでケチを付けるのが難しい予防線を張ってやがるとは。

そうだ、よく読んだら看板には〝五ドラクマ〟ではなく〝金貨五枚〟としか書いてない。これが逆なら何処《どこ》が五ドラクマだよおぉん!?　と文句が言えたが、金貨五枚であることに嘘《うそ》はないし……。

なんてしょっぱいことしやがるかな。

明確に肩を落としていると、巨鬼の凶悪な手が掌に伸びてきて、一瞬ビクッとした。

しかし、鋭い爪や節くれ立った指の恐ろしさに反し、繊細な動きのそれは金貨を三枚丁寧につまみ上げるばかり。何事かと思えば、巨鬼は自身の主人に振り返って口上を述べたではないか。

「さて、我が雇用主、この小さな剣豪の絶技をご覧になったか？」

「うむ、グレシャム家の名にかけて確かに」

聞かない家名だが、態々《わざわざ》持ち出してくるあたり立派なご家系と見た。あれだろうか、もしかしてこの隊商の発起人か何かか？

「して、卑小なる金貨とて英雄が手にしたならば、これで三ドラクマの価値があると思うが如何《いか》に？」

「うむ、相違あるまい」

鷹揚《おうよう》に頷《うなず》き、宝石商ことグレシャム氏は大粒の真珠を取り出すと指輪用の小箱に移したではないか。そして、事態を理解しかねてぽかんとしている妹の手に持たせると、相好を崩して頭を撫《な》でてくださった。

「素晴らしい兄君をお持ちになりましたな、お嬢様《フロイライン》」

「……ありがと、ございます」

私が喋《しゃべ》る宮廷語をなんとなくで覚えていたのか、丁寧な挨拶に氏の笑顔は益々《ますます》強まるばかりであった。

ははぁん、分かったぞ。この場を鷹揚に収め、さらに太っ腹な所を見せて隊商に参加した商売人達に名をあげようというのだな？　現代よりも商売人の繋《つな》がりが、契約のような機械的なものではなく生っぽい付き合いに依る時代、評価が高いに越したことはあるまいて。

実に強《したた》かな商売人だ。この噂《うわさ》が広がれば、彼は補塡した一ドラクマ五〇リブラなんてのが屁《へ》でもない名声を得るのだろうから。

しかし、本意はどこにあるにせよ善意は善意だ。私も礼を言おうと思った瞬間……。

「うわっ!?」

急な浮遊感に襲われて困惑した。

巨鬼が私の脇に手を差し込み、持ち上げていたのだ。そして、その顔が今、真ん前にある。

「さて、この身は五ドラクマが手に入ると言って貴殿を駆り立てた」

「はぁ……でも、もう十分なくらい便宜を図って……」

「だが、まだ一ドラクマほど足るまい」

言って、巨鬼の顔が近づいてきた。

青い金属混じりの皮膚、獲物の肉を裂くための獰猛《どうもう》な犬歯、魔種の一派たる鬼族であることを示す黄金の瞳。そして、美しい切れ長の瞳を縁取るまつげは近づけば益々長く、秀でた鼻は見事なバランスで凜々《りり》しい口の上に配されていることが分かった。面長の輪郭を縁取る程度に切りそろえた赤銅色の髪からは、上等な髪油の良い匂いがした。

まっこと美しき巨鬼の美貌が近づき、抗議する間もなく距離がゼロまで詰まる。

私は、巨鬼の美女から接吻《せっぷん》を受けたのだ。触れるだけの優しい接吻を。

「これで納得していただけまいか？」

今生で初の接吻であった。正しく、キスというより接吻と称するに相応しい、儀礼的な口づけ。前世ならばテレビでも中々拝めないだろう美貌の女性からのそれに、私は無意識に頷いていていた。

「結構。ガルガンテュワ部族のローレン、その名を伝えれば我が同胞から便宜を図れるよう伝えておこう。面白いヒト種《メンシュ》の男の子がいると」

彼女、麗しき巨鬼の武人ローレンは堂々たる笑みを形作り、私をそっと地面に降ろすと優しく頭を撫でてくれた。

「いずれ汝《なんじ》が一端の剣豪になり、この身に挑んでくるのを楽しみにしている」

妙なフラグが立ったことを、私は甘い痺《しび》れと一緒に実感していた…………。


【Tips】巨鬼。合金の骨格と皮膚を持つ中央大陸中西部から西端部に分布する魔種。武の種族と知られ、国家を持たず部族単位で生活する。特に雌性体の巨鬼は体躯《たいく》が三mを上回ることも珍しくなく、その武威は国から直々に食客として抱えられることもあるほど。対比して雄性体は二mほどで比較的小柄であり、女性優位の社会で労働と雑役を担うことが多い。

荘《しょう》という閉鎖社会では、噂が回るのは速い。

「大剣豪を祝してぇ!!」

「「「かんぱぁーい!!」」」

かといってものの半時間で行き渡るのは勘弁願えまいか。

夕暮れの赤い日差しで優しい朱に染め上げられた広場にて、酔っ払い共がアルコール臭い吐息と共に乾杯の喝采を挙げた。

因《ちな》みに何度目になるかも分からぬ音頭を取っていやがるのは、さっきまで主賓の一人だったはずである我が愚兄であった。端でその嫁御が呆《あき》れた顔をしているのを、酒に浸った脳味噌《のうみそ》では視認できなくなってしまったらしい。

私はその酔っ払い共の間で、差し出される酒杯を淡々と呷っている。冒険者と言えばアルコールだと思い、酒精への耐性はきっちり〈うわばみ《ヘビードランカー》〉特性を取得することで確保しているので安心だ。酔っ払って変なことしたり、意識失って路上で寝たり、知らない内に変な契約交わしたくないからね。

寄越《よこ》されたゴブレットの中身を呷ると、強い甘味と子供の舌にはきつい香草のえぐみを帯びた酒精の味が突き刺さった。って、これ割ってない上に蒸留してある蜂蜜酒《ミード》じゃないか。殺す気かよ。

水で薄めるか牛乳をいただきたい。この若い舌には、どうにも酒の味がまだ美味《うま》く感じられないのだ。前世では洋酒を結構嗜《たしな》んだものだが、その味が分かったのも二〇代の半ばを過ぎた頃だったからなぁ。

「おお！　剣が強いと酒も強いのか！」

「おし、もっぱいいけ！　もっぱい!!」

しかも分かってやってやがるか……恨むぞ親父《おやじ》殿。

囲いの外の方で、疲れて寝入ったエリザを抱きかかえる父を見やると、彼はすまなそうな顔をしてからそっぽを向いた。この地獄を作った張本人の癖をして、酔っ払いの檻《おり》から哀れな息子を救い出す気はないらしい。

あれから私は巨鬼のお姉さん――珍しく精神年齢で計算してもお姉さんと呼べる御仁であった――と別れ、流石《さすが》にデカイ買い物と収入を手に入れてしまった以上、父に黙っているわけにはいかんなと皆の所に戻ってこっそり報告したのだ。

しかし、酒が入って気が大きくなっていた父は、何を思ったか盛大に自慢しはじめた。あまつさえ、私が冬支度に活用してくれと全て渡した金を、あぶく銭だからと母を納得させて「息子からの奢《おご》りだ！」と司祭に渡し酒の追加をせしめたのである。

私は結婚した経験も子を持った経験もないので分からないが、親とは息子が何かしたら自慢したいものなのだろうか？

とはいえ、これだけ盛り上がったのだ。後でエリザが子供の身に余るからと真珠を取り上げられる心配はなさそうだな。家の両親はお年玉を着服する親の如《ごと》き小心さを持ち合わせてはいないが、持ち歩くとなくしかねないとして宝物を預かっておく位には心配性なのだ。

　その心配は子供を思ってこそとは分かっても、子供の頃は分かりづらいものだ。可愛《かわい》い妹が臍《へそ》を曲げて親と喧嘩《けんか》をする様は、兄としては見たくないからな。

　私は空になった酒杯にお代わりが注がれるのに対する嘆息に、微《かす》かな安堵《あんど》の吐息を混ぜた。

　今度は蜂蜜水で割った葡萄酒《ぶどうしゅ》だった。これは子供舌でも美味《おい》しくいただけてありがたい。

　しかし……もうぼちぼち日が暮れるぞ。そろそろ新郎新婦を寝床に叩《たた》き込むイベントに移るべきではないか？

「やっぱりなぁ、おりゃおもってたんだ！　あのくんれんにのこったおまえだから、いつかけんででかいことをするって！」

　しかし、ぐでんぐでんに出来上がった兄が花嫁を抱き上げに行く気配はない。私の肩を抱き、自分も酒杯を抱えながら、呂律《ろれつ》の回らない言葉を上機嫌に吐き散らしている。その内に別の物を吐き散らさねばいいのだが。

「いいかエーリヒ、据物斬りは自信を付けるにゃいいが、実際の敵はよく動くもんでだな……」

　その上、真正面でこれまた出来上がったランベルト氏の凶相が付き合わされてるんだから、滅茶苦茶《めちゃくちゃ》に始末が悪い。酒で酔ってるなら酔ってるで、きちんと聞き流してよさそうな話をしてくれ。普通に役に立ちそうな話をされると、酔っ払い相手だからと軽くあしらえなくなる。

　これ、このまま全員潰れたら相当拙《まず》いんじゃなかろうか。初夜をアレにしたといったら、私はきっと荘の女衆からずっと白い目で見られることになるぞ。

「あのですね、兄上……」

「わぁってる、わぁってる！　おれがおやじにくちをきいてやる！　しっかりぼうけんしゃになれるよぉ、ようせいのこいんをさがしにだな」

　妖精のコインはもういいから。結局見つからなかったのが、やっぱり悔しかったのか。気持ちは分からんでもないが、もういい歳《とし》だぞアンタは。

　畜生、どうして野郎はみんな剣が大好きなんだ。いや、私だって大好きだ。だが、かといってここまで盛り上がり、大事な脱童貞イベントをふいにする必要はないだろう？

　人生に一回ぞ？　一生のことぞ？

　そろそろガチで〈肉体《こぶし》〉判定で交渉を行い、正気に戻させる必要があるかと思ったが……。

「ちょっと、ハインツ!!」

「なんだぁ、ミナァ！　おりゃな、おとーとのしょーらいを……」

「まずは、あたし達《たち》の将来でしょうが!!」

　顔を真っ赤にして嫁さんが突っ込んで来て、どかんと響く大声を上げた。あまりの大きさに酔っ払い共も押し黙り、広場全体が静寂に包まれるほどだ。

「ほら、行くわよ！　あんた達も！　今日何の日か忘れたんじゃないでしょうね!?」

儚《はかな》げに見えたはずの乙女は、気付とばかりに私の手からゴブレットを奪い――中身は申し訳程度に牛乳で割られた蜂蜜酒だった――一息に呷ってから、夫の耳を遠慮なく摑《つか》み上げた。摘《つ》まむのではない、摑み上げるのだ。

「あだだだ!?　ミナァ!?　いってぇ!?　ちょっ、いてぇって!?」

夫婦間の序列が明確に決まった瞬間であった。多分、我が愚兄は一生この日をネタにして嫁からチクチクせめられ、子供達にかっこ悪いところを晒《さら》されて手綱にされるのだろう。いいぞもっとやれ。

「うるさい！　ほら！　立ちなさいよアホ共!!　今日が何の日か思い出せぇ!!」

蚊帳の外に置かれたせいで激怒した花嫁の怒号に酔っ払い共は慌てて立ち上がり、結婚式のシメがなんだったか思い出したように動き出した。酒で濁った頭と狂った体を必死に動かし、三組の新婚を持ち上げて村を練り歩くのだ。

さて、一体何人が生きて帰って来られるのか。

私はそっと気配を消して人混みから離れ、奇跡的に机の上に取り残されていた水差しを手に取った。

「……下手に目立つことするもんじゃないな」

豊穣《ほうじょう》神のご加護で汲《く》み立てのように冷たい水は喉に優しく、酒精でたぷんたぷんになった胃を休めるように啜《すす》った、これまたホカホカの麦粥《むぎかゆ》は何よりも優しい味がした…………。

【Tips】荘の酒類は醸造所を抱える酒精神の聖堂か酒蔵を有する他の神の聖堂が管理しており、必要に応じて管理・売買がなされる。また、国策によって酒にも公定価格が定められており、収穫が多かった年は安価になるなど基本的には手に入りやすいよう調整される。

酒は単なる嗜好品《しこうひん》にあらず。鬱憤を晴らす経済的な戦略物資であると共に水を浄化する衛生物資でもあり、精神的な安定をもたらす医薬品でもある。

朝日が煌《きら》めく中、私は寝床から這《は》いだして大きく深呼吸し……吐きかけた。別に酒精神の長居――宿酔の慣用表現――に苛《さいな》まれたわけではない。開け放した窓から盛大に酸っぱい臭いが漂ってきたからだ。

恙《つつが》なくとは到底言えない展開の後に三組の新婚カップルは各々の寝床に叩き込まれ、他の面々は臨時収入によってもたらされた酒を抱えて三次会へと突入する。まだ冷めやらぬ料理を食い、歌い、踊り、気が向いたら取っ組み合いやら力試しやらで盛り上がる大騒ぎは夜半まで続いただろう。

推測なのは、私が気配を消してさっさと引き上げたからだ。もう酔っ払いに絡まれるのには疲れたし、如何《いか》に〈うわばみ〉だったとしても胃の容量に限界があったからだ。酔いではなく過積載によってポンプ芸を披露するのは、何があっても避けたかった。

だからいつも通り寝たのだが、寝起きがこれというのは結構辛《つら》いものがあるな。

臭いは窓の近くにある木立から漂っていた。振り返れば、少し広くなった兄妹の寝室に次兄と三男がいることからして下手人は確実だろう。

衝動的に井戸水をぶっかけてやりたい気になるが、私は大人だ、我慢我慢。ただ、報復として父に進言して暫《しばら》くは断酒させよう。それがいい。

とりあえず顔を洗おうと思ってキッチンへ向かうと、既に起き出した母が――たしか父よりお酒を召していたと思うが――いつも通りにキッチンで鍋をかき混ぜていた。

「あら、おはようエーリヒ」

「おはようございます、母上」

「ふふ、昨日はご活躍だったわね、我が家の剣士様？」

据物斬りの件で父と兄からは嫌と言うほど褒められたが、母から褒めて貰《もら》ったのは今のが初めてなので気恥ずかしかった。

「それで、お酒は抜けたかしら？」

「ああ、はい、大丈夫です。顔を洗ったらホルターに食事を与えてきます」

「そう、じゃあコレはいらないかしら」

もういい歳なのに童女のような笑みを浮かべる母に促されて覗《のぞ》いた鍋では、甘い匂いがするスープが煮られていた。

「あ、根セロリ……」

　根セロリのスープだ。セロリの変種で根っこの方が大きくなるセロリは、焼いたり煮たりしたら芋のようなホクホクした食感が楽しめる一般的な根菜だが、こうやってポタージュのスープにするのが私のお気に入りだ。

　丁寧におろし金で摩って、生クリームを入れたコンソメで煮込むと優しい甘さのスープになる。体が温まるので風邪にもいいし、固形物が食べづらい二日酔いの朝にも丁度よく、お祭りの後で出される我が家の定番メニューであった。

「宿酔でなくとも是非いただきますとも」

「ふふ、ごめんなさいね？　ついついいじわるしたくなっちゃうわ」

　母はクスクス笑って皿を用意してくれた。

「貴方《あなた》が私を〝かかさま〟じゃなくて〝母上〟と呼ぶようになって、ちょっと寂しかったのよ」

「では、私も〝おふくろ〟とお呼びしましょうか？」

　汲み置いた井戸水を湛《たた》えた瓶から水を掬《すく》い、濡《ぬ》らした布で顔を清めていると母は「いやーよ、田舎の奥様っぽくて」と笑った。ここで田舎の奥様でしょ、と返さない程度に私はウィットに富んでいるつもりだ。

「なら奥様、スープを一杯頂戴したく存じます。もしお慈悲がおありなら、パンも一かけいただければ幸い」

「承りましたわ、我が家の剣士様。チーズもサービスいたしましょう」

慇懃《いんぎん》な宮廷語で腰を折って頼めば、母も丁寧な女宮廷語で返してくれる。そして、私は温かなスープとライ麦のパンで軽い朝食を採るのだ。

「お茶は如何《いかが》？」

そう言って母が饗《きょう》してくれたのは、黒茶と呼ばれる野草の根っこを煎じたお茶。

帝国人はお茶好きでもある。お茶といっても紅茶や緑茶なんぞの茶ノ木から採れるお茶ではなく、香草や野草を煎じたお茶のこと。

水の消毒のために煮沸した水を単に白湯《さゆ》で飲むのは勿体《もったい》ない。煮沸した水を飲む習慣を持つ我々は、自然と薬草《ハーブ》を煮出し、味覚を楽しませながら健康を保つようになっていった。それが今日のお茶好きな国民性を作り、我々は一服の度に野草を煎じたお茶を飲む。

これはチコリの根っこを煎じたお茶で、悪名高い〝代用コーヒー〟といえば分かる人は分かるだろう。

しかし、これは家庭で飲むように丁寧に煎じた物だし、何よりコーヒーとしてではなく〝こういった飲み物だ〟と思えば悪くない味をしている。家では隣家に交換して貰う牛乳ではなく、クリームで割るのが定番だ。

優しく美味しい家庭の味……ただ、これを味わえるのはあと何回くらいだろうか。

兄は結婚し、今頃は離れで妻となったミナ嬢の横で寝息を立てていることだろう。

そして、いつか兄にも子が生まれ、私は叔父になる。

そうなったら、兄夫婦が住むスペースを空けるために家を出なければならない。我が家は貧相ではないが豪邸というには広さが足りず、いつまでも家に残ることはできないのだから。その内に両親も住処《すみか》を今の離れに移し、我が家の当主は完全に兄へと継承される。

上の兄弟二人も暢気《のんき》しつつ自分の行く先くらいは見据えているのだろう。後夫を求めている寡婦もいれば、婿を欲している女腹の家も珍しくはない。その不安を掻《か》き消すように、昨日の痛飲と馬鹿騒ぎがあったのだろうから。

結局、我々農家の息子にできる一番の孝行は、後腐れなくさっさと出て行ってやることなのだ。

香り高い黒茶を楽しみながら、今頃は寝床で呻《うめ》いているだろう父や兄二人に持って行ってやるスープを用意している母の背中を眺めていると無性に悲しい気持ちになった。

別に此処《ここ》に残りたいなんて、甘えたことを言っているわけではない。

私も一度は家を出て働いた男だ。その意味も必要性も分かっている。

だが、それでも……それでも少し寂しく感じてしまう。

多分、あの父の盛り上がりっぷりに水を差さなかったところを見るに、母は私が剣によって生きることに異を唱えるつもりはないのだろう。遊歴の武者修行に出ようが、兵士を募集している遠方に行って兵士になろうが、冒険者や傭兵《ようへい》に身を窶《やつ》そうと何も言われはするまい。

興味が無いから、どうでもいいから何も言わないのではない。そう断じられるほど私は粗末に扱われてこなかった。

　興味がなければ、次兄の代わりに私塾に行きたいかなどと問われはすまい。

　二人は私がしたいようにさせてくれようとしている。この世界に放り込んだ未来仏のように。親として子が〝為《な》したいように為せる〟環境を作ってくれていた。

　二人としては落ち着いて欲しいからこそ、冒険者の現実を語ったようだが、私が剣を持とうが鎧《よろい》を発注しようが苦言が飛んでくることはなかった。

　それは認めてくれていることの証拠。

　私が子として家業の手伝いや内職で孝行するのと同じく、教えはするけど強制はしないことで彼等《ら》は親の愛を私に注いでくれている。

　ああ、子供としてこれほどに有り難いことがあるだろうか？

　ただ、家を出れば軽々に戻ることはできなくなる。

　冒険者は根無し草。仕事が必要になれば方々へ出張る人種だ。電車も飛行機もない中、別の領邦で仕事をするようになれば戻る機会は中々ない。何せここからインネンシュタットに行くだけで、隊商に相乗りして三日だ。往復六日は、休暇だといって顔を出すにはあまりに時間がかかり過ぎる。

　これは期間労働者になろうと変わらないことか。そして私はアホな発想ではあるが、折角なりたいものになる権能があるのだし、かつて愛した遊戯の主人公になりたいと願って権能を行使してきた。

ならば、私は覚悟して口にしなければならない。

「母上」

「あら、なぁに？」

自分の将来を決めたということを…………。

【Tips】この世界の移動手段は多々あるが、最も一般的な手段は乗合馬車に乗ることで、これは子供の小遣い程度で隣の荘《しょう》くらいまでは行ける安定した手段である。欠点は直接行きたい所へ直行できるわけではなく、定期航路をぐるぐる回ることと、季節によっては数が激減することである。それがいやならクツという乗り物に乗り込む他はない。

ヘンダーソンスケール0.1

ヘンダーソンスケール 0.1
【Henderson Scale 0.1】
シナリオに影響を与えない程度の軽い脱線。
NPCとの雑談が盛り上がって時間を食ってしまい、ミドル戦闘を急かされる程度。

巨鬼という生き物にとって、人生の多くの時間は暇潰しに過ぎない。

彼女らは生まれ持っての戦士である。刃を受け止める合金混じりの皮膚、靱性《じんせい》と剛性を兼ね備えた金属の骨格、骨格の強靱《きようじん》さに劣らぬ関節と巨体を躍動させるに十分な筋肉。並び立つ者の希《まれ》なほど恵まれた天与の肉体は、正しく武に用いねば持て余すほどの逸品。

されど、巨鬼が武の種族として知られ、遍歴に出た者が食客として歓待される理由は、肉体の優秀さだけではまだ足りない。

闘争に特化した肉体に見合った闘争本能が彼女達には備わっている。普通の生き物が繁殖を望むように、彼等は当然の本能として武を欲する。

闘争本能なんてものは、全ての種がある程度は持っているものだ。滅ばぬよう、繁栄できるようにと生物としての本能に組み込まれている。

だが、巨鬼のそれは尋常のそれとは比べ物にならない。

尋常の生物にとって闘争とは生存の、ないしは他の者を得る一手段に過ぎない。

されど、巨鬼にとっての闘争とは断じて手段などではなく、生存する上での目的に等しい。

全ては闘争のために。鍛錬はより純度の高い闘争を得るため、飲食は闘争を続けるため、勝利は次の闘争のために。

そう、行動の一切合切が闘争のためにある。

彼女達《たち》は根源から闘争を欲する。それこそ、病や負傷によって戦えぬ身となれば、半年と持たず自裁してしまうほど強く。

闘争のない生など考えられぬほど、巨鬼の戦士は闘志を抱いてこの世に生み落とされる。だが、闘争に最適化され過ぎた肉体は、彼女達に戦い続ける歓喜と共に耐え難い飢餓をもたらした。

あまりに強過ぎて対等な敵手とまみえることが滅多にないのだ。

柔軟にして金属の頑健さを誇る肌は並の剣では毛筋ほどの傷を与えることもできず、平均して三mを超える巨軀《きょく》は小手先の技術を圧倒的な質量だけでなぎ払う。そして、優れた代謝は人類の中でも長い寿命と病に負けぬ肉体を作り出す。

多くの種に羨まれる、依怙《えこ》贔屓《ひいき》されたとしか思えない肉体は、しかして彼女達にとっては悲劇だ。錬磨した敵を未熟であっても簡単に蹴散らせる肉体は、制圧や蹂躙《じゅうりん》ではなく〝心躍る闘争〟を求める種にとって、最早《もはや》過ぎたる道具とさえ言えよう。

巨鬼は武の種族であり、暴力の種族ではない。もしも彼女達が生まれ持った能力《スペック》に驕《おご》り、ただ前進し制圧するだけの蛮人であったなら、態々《わざわざ》〝武の種族〟などという大仰な呼ばれ方はしない。

この世に強者は多い。巨鬼よりも巨大にして強力な肉体を持つ巨人達の脅威は、疫病の蔓延《まんえん》によって数こそ減れども健在。空を舞い、地に降り立てば全てを蹂躙する竜種の暴虐は、天災に等しく恐れられるも……その何《いず》れもが、種としての強みを前面に押しつける原始的な暴力に過ぎない。

別に不思議なことではない。虎は虎だからこそ強く、虎としての強みを生かして君臨すればいい。その強さは嘘《うそ》ではなく、元来〝鍛える〟などと女々しいことをしなくても良いほど強いのだから。

だが、巨鬼は在るだけで圧倒的過ぎる肉体を武によって錬磨する。溢《あふ》れる闘争心が内から沸き上がり、言葉にならぬ意思によってその身を突き動かすのだ。

この肉体を十全に扱い、存在そのものを武器とせよと。

しかれども……錬磨すればするほど充足からは遠ざかる。だが、妥協して戦いに身を投じても純度が低いそれは、却って耐え難い飢えで精神を苛《さいな》む。空腹に悶《もだ》えるとき、半端に一口だけパンを囓《かじ》るようなものだ。

身内同士で滅ぶまで戦いを続けない程度には理性的であった巨鬼達は、小さな流浪の部族社会を作りながら大陸を放浪する。新しい戦場を求めて、更なる闘争を欲して。

部族から離れ、武者修行で遊歴の旅に出る巨鬼もまた同じ。隊商の護衛や武道大会――出場を断られることも多いが――で口に糊《のり》しながら、飢えを癒やしてくれる敵手を求めてさまよい歩く。

隊商に護衛として雇われたガルガンテュワ部族のローレンも同じ宿業を負った巨鬼である。

部族において〝勇猛なる〟と上位の尊称を与えられる彼女は、大陸西部にて活動する部族から離れた遊歴の途上にあった。現在の西方は戦が多いため部族が彼《か》の地を拠点に据えて長いものの、彼女は参集された農民主体の戦に飽いて数年前にこの地を踏んだ。

　大陸西部東方域、こと三重帝国近辺は極めて平和な地域として名高い。野盗や強盗の類いが絶無とはいわぬものの、名を轟《とどろ》かせるような山賊の徒党や山城は殆《ほとん》どなく、勝手に置かれた関もなければ巡察隊の巡回頻度も高い。その上、丁寧に整備された街道は竜騎の巡察吏すら日に何度か通るとくれば、道端での急ぎ働き《強盗》を試みる馬鹿はいよいよ以《もっ》て少なくなる。

　では何《な》故《ぜ》斯《か》様《よう》に平和な地にて武に餓《う》えた鬼が隊商の雇われ護衛なんぞを日当五〇リブラで——尚《なお》、平均的な街道護衛の日当は数リブラといったところである——しているかといえば、三重帝国は平和な分、より錬磨された武と出会う機会が多いからである。

　かつては新参の成り上がり者として周囲の国々と血で血を洗う戦を繰り広げた——そも、三重帝国は成立の過程からして流血の多い国である——三重帝国は、平和な期間を〝戦争準備期間〟と見ている節が強く、平時であっても専業軍人の質は極めて高い。

　街々では近所の腕自慢が集う程度の武道大会から、貴族が臨席するような競技会や模擬戦争会も開かれる。単に栄達の道具や娯楽としてではなく、武という刃を研ぎ上げるが如《ごと》く開催されるのだ。

　戦う場所に苦労せず、練り上げられた武に多く出会える環境であると見てローレンは西方からここまで流れてきた。なんと言っても三重帝国近辺で馴《な》らした傭兵共は、揃《そろ》いも揃って戦場で凄《すさ》まじい戦果を上げていたのだから、本場となれば修羅もかくやの強者がゴロゴロいるのだろうと踏んだのだ。

それに彼女は戦場自体にも飽いていた。どちらかと言えば彼女は闘争中毒者《バトルジャンキー》の気が強く、戦争中毒者《ウォーモンガー》ではなかったからだ。

分かり難《にく》いであろうが、両者の間には明確な差が存在する。一般的な価値観に直すのであれば、美食家と大食いの違いとするのがよいだろうか。

思い返せば戦争《アレ》は実に勿体《もったい》ない行いである。鍛えに鍛えた武篇《ぶへん》者が流れ矢だの農民兵が偶然突き出した長槍《ながやり》で雑草のように果てていき、挙げ句の果ては折角鍛えた武の腕前を振るうことすらできず戦略級の魔法で吹き飛ばされたり、夜襲を受けて寝たまま死に、酷《ひど》い時は籠城戦で一つの首を挙げることなく飢え死にしたりするとくればもう……。

喩えるなら、ちょっと炙《あぶ》るだけで最上の美味を提供するだろう霜降りの肉を、濃い味付けの時雨煮にしてしまうような暴挙。勿論美味《もちろんうま》いといえば美味いのだろうが、なにもそんなことをしなくても……と美食家気質のローレンとしては思ってしまう。

それに比べて三重帝国の近辺は彼女の好みに合っていた。巨鬼が顔を出すだけで不戦敗が山になるようなこともなく、時に腕試しで喧嘩《けんか》さえふっかけられることもある。その上、暇な護衛で得られる金は莫大《ばくだい》で、時折突っかかってくる野盗共は彼等にとって地獄のような環境で尚も商売を続けられる腕っこき揃い。

戦場と違って剣を振るう場所に苦労はしないということはないが、一つ一つの武の質は圧倒的に此方《こちら》が高い。長い長い暇潰しも、なんとか我慢できる程度に彼女は満ち足りていた。

そんな次の美食に備えて腹を空《す》かせるような護衛道中、彼女の雇用主にして隊商の発起人であるグレシャム・ウント・ゲゼル商会の仕入担当、トマーシュ・グレシャムが寒さから逃れるように南内界方面へ向かう仕入れの途上で一つの荘に立ち寄った。

これといって目立つ所のない、似たような荘が三重帝国内にはごまんとあるだろう普通の荘。受け入れに当たって出迎えに来た自警団の長が彼女の目を惹《ひ》くものの、向こうが一銭にもならぬ闘争には興味がないのか素気《すげ》なく振られてしまった以外に変わったことはない。

革袋や樽《たる》に水を足し、屋根や浴場を借りて一休みするついでに収穫の祝宴に乗っかって小銭を稼ぐ。なにくれと理由を付けて市を開きたがる、隊商のいつもの仕事。

今日もそのはずだった。

退屈な時間が過ぎていき、宴《うたげ》の熱が広場で上がるに連れて人気が失《う》せていく市でローレンは大きな欠伸《あくび》を一つ漏らした。

目尻に涙を浮かばせた、鬼種特有の縦に裂けた瞳孔を持つ黄金の瞳が駆け寄ってくるヒトの姿を捉える。たとえ欠伸に撓《たわ》んでいようと、錬磨した武人の目は霞《かす》みに負けることなく正確に来訪者を見定めた。

彼女は護衛だ。なにも雇用主に対しての無体とは暴力だけに限らない。手癖の悪い者はどこにでもいるものだから、全ての客に目を光らせるのも彼女の仕事である。

店に駆け寄るのはヒト種《メンシュ》の童女。若干の違和感を覚えなくもないが、宝石の輝きに目を奪われて頬を染める姿に変わったところは一つもない。覚束《おぼつか》ない足取りと体の大きさからして、年の頃は四つほどといったところか。

「あにさま、きれい！　きれい！」

「ああ、そうだな」

そんな彼女を微笑《ほほえ》ましく見守りながらやってきた、もう一人の人影を捉えた瞬間、彼女の目がすっと細められた。

客ともいえぬ童女に続いて現れた彼は、細面で女顔をしたヒト種《メンシュ》の少年。年の頃は一〇の頭といったところで、身に纏《まと》う継ぎ当てやほつれが目立つ古着からして農民の息子であろう。

絶世の美少年であるとか妙なオーラを放っているわけではなく、余人の目には単なる田舎少年にしか見えまい。だが、垢抜《あかぬ》けぬ彼の立ち姿は酷くローレンの琴線に触れた。

肉体の正中線に沿ってぴたりと通った一本の筋、武を錬磨した人間にしか通らぬ筋が彼には通っていた。

体の軸が歩いてもしゃがんでも全くぶれず、足運びは常に慎重で如何《いか》な事態が起ころうと次の瞬間には動けるよう気が払われている。身体の重心は腰の僅か上、四肢を持ち直立する生物であれば共通される臍《へそ》に重く据えられ、悪戯《いたずら》心を出して軽く突っついたとして転ぶことはないだろう。

生きて行く上で延々と繰り返す所作。彼はその中に噎《む》せ返るほど武の匂いを纏わり付かせていた。

ちらと見えた手にはタコが幾重にも生まれており、それ自体は農具を扱う農民にはありふれたこと。だが武に聡《さと》いローレンの目は、農具を扱っていてできることのない場所にタコができていることをしかと認めていた。

右手の親指と人差し指の合間にできたタコは片手で剣を握る者によく現れるものであるが、左手の薬指と小指の付け根に見られるタコは両手で剣を持つ者によく見られるタコ。その上、手首の発達具合は槍《やり》を扱う者に見られる微《かす》かな歪《いびつ》さを帯びており、手の甲やむき出しの腕に刻まれたタコは盾を扱う者の色。

絵の具を適当に散らしたように賑《にぎ》やかなタコは、戦場では楊枝《ようじ》の如く壊れていく武具を使い捨てながら戦う、彼女にとって懐かしい臭いのする傭兵《ようへい》の色をしていた。

目付《めつけ》もいい。きちんと目を見て話しているようでいて、微かに動く目線は無意識に対手の立ち位置や手、得物を巡り、動作の機転となる腰や肩を視界の端でぼんやりと捉えている。

自分の存在を見て一瞬とも言えぬ間ではあるが硬直して見せたのもローレンとしては実に得点が高かった。

敵手の力量を見るだけの〝感性《センス》〟が備わっている。じりっと足を動かして微妙に間合いを取ったのは、強者をかぎつけた感性が本人も知らぬまま、斬りかかられてもギリギリで間合いの外に脱せる位置を欲したからか。

よい戦士であった。外見は痩せた農民の子に過ぎないが、醸す匂いは上質の料理……いや、彼女が至上に愛する琥珀酒《こはくしゅ》の匂いだ。

北方離島圏が発祥のきつい蒸留酒は巨鬼のお気に入り。甘ったるい蜂蜜酒《ミード》や薄めなくても何処《どこ》か物足りない葡萄酒《ぶどうしゅ》と違い、琥珀酒の酒精は巨鬼でも負かしてしまう魔性の愛撫《あいぶ》だ。代謝がヒト種《メンシュ》とは比べ物にならぬほど高い巨鬼は並の酒精で酔うことができず、相当に強い蒸留酒でなければ顔色が変わりすらしない。その中でも心地よい酩酊《めいてい》に誘ってくれる、時をかけて樽の中で磨き上げられた琥珀色の恋人は巨鬼という種族全体を魅了してやまない。

酒呑《の》みには良い酒が分かるものだ。これはまだ見た目通りに酒としては若い。癖がなく、軽く味わうには丁度よいかもしれないが……それでは面白くない。

やはり酒はよく寝かせた物に限る。好みで言えば燻蒸《くんじょう》しないものより泥炭で燻《いぶ》ったスモーキーで華やかな味わいの物が最高だ。酒精神の僧達《たち》も気に入ったのか三重帝国でも作られているが、やはり一番良いのは本場の泥炭と樽を使って作った古酒。

彼は寝かせ《鍛えれ》ればきっといい酒《敵》になる。

予言に近しい本能の声を飲み下し、しかしてローレンは浅ましい欲望がわき上がることも感じていた。

試し作りの酒をなめるように、一口味見をしてみたいと。

勿論、軽く撫でるような無粋はしない。西方で数多《あまた》屠《ほふ》った徴集兵のように一撃で壊れはしないが、ヒトは脆《もろ》く直《す》ぐに駄目になってしまうことを彼女は知っていた。

だからどうやって試そうかと思って視線を動かし……丁度良い当て馬の存在に気付いた。

鼠人《スチュアーツ》の小物が営む武具商——蛮刀などの庶民でも持てる規制の緩い武器を商っている——で、小銭を絞るために催されている据物斬りの腕試し。一度おもしろ半分で挑もうとしたが、泣きながら断られ、遂《つい》には雇用主にまで泣きつかれたので渋々諦めたことを覚えている。

壊れているとはいえ神銀《ミスタリレ》の塗膜が施された兜《かぶと》なんぞ何処から引っ張り出してきたのかはしれぬが、もう十分にモトはとったろう。ローレンは少年の妹が売り物の真珠に魅入られているのをこれ幸いと利用し、己の企《たくら》みに気づきもしない彼を駆り立てた。

結果は僥倖《ぎょうこう》、神銀《ミスタリレ》が塗布された兜は数打ちのなまくらで両断される。

兜が割断される小気味良い音は巨鬼にとって福音となる。

ああ、この少年の肉体が出来上がり、戦士として経験を積み上げたらどうなるか。

きっと一口含んだだけで忘れられぬ美酒に育つに違いない。

「さて、この身は五ドラクマが手に入ると言って貴殿を駆り立てた」

「はぁ……でも、もう十分なくらい便宜を図って……」

ならば予約をしておかねば。これほど上質な樽ならば、他の無粋な競合《巨鬼》が現れて熟成する前に呑まれてしまってはたまらない。樽の内から買い込んで、熟成を待つのも乙なもの。

待つ時間もまた美味さを引き立てると思えば、他に変えようのないアテとして成立しうるものだから。

「これで納得していただけまいか？」

そして、ローレンは口づけを贈る。時に〝つばつけ〟とも称される、巨鬼の間でだけ通じる〝優先権〟を示す文化のため。

鬼種は滅多に唇を許す種ではない。その女性優位の種から特定の配偶者を持つという観念が薄い彼女達は、繁殖に当たって同種の雄を――時に娯楽としても――組み伏すことはあれど、情意を示す接吻《せっぷん》をすることはない。

唇は巨鬼にとって武具を持つ手と並ぶ神聖な部位だ。名乗りを上げ、鬨《かちどき》を発し、討ち斃《たお》された時は最期の讃辞《さんじ》を贈る場所であるが故、これだけは穢《けが》すことができない。敵手に対して発する言葉は、いつだって綺麗《きれい》なものであるのが巨鬼の誉れなればこそ。

故に唇を与える時は二つだけ。

これは自分の物だと所有権を示す場合と……自分が目を付けた、何《いず》れ討ち果たし討ち果たされるものであるから断じて手を付けるなという意思表示。

「結構。ガルガンテュワ部族のローレン、その名を伝えれば我が同胞から便宜を図れるよう伝えておこう。面白いヒト種の男の子《メンシュ》がいると」

巨鬼の部族はある程度の繋《つな》がりがある。そして誇りを持つ彼等《ら》は同族のお気に入りを横から掻《か》っ攫《さら》うような無粋はしない。自分がやられた時、どれほど怒り狂って復讐《ふくしゅう》に出るかを容易に想像できるのだから。

「いずれ汝《なんじ》が一端の剣豪になり、この身に挑んでくるのを楽しみにしている」

ああ、早くとはいわない。ヒトより長い寿命を持つ身であるのだから、その命を用いて存分に待とう。

ただ美味く熟せば良い。期待を込め、巨鬼は凄絶に美しい笑みを作った…………。


【Tips】つばつけ。巨鬼の部族に見られる伝統的な占有の宣誓。戦いに餓《う》える同種に対し、将来的な敵手であるため手を出すなと示すための儀礼的な接吻。時に強者を求めるために復讐者を好んで残す彼女達の闘争に特化し過ぎた文化が生んだ一つの儀礼。

少年期

十二歳の冬

キャンペーン

【Campaign】

複数のセッションを連続して行う長期シナリオのこと。

主として1回のセッションでは到底片付けられないような、強大な敵を抱えた遠大な謎に挑む。

弓弦から手を離す時に響く音は、命が消える音なのだと思った。

イチイ材を動物の腱で強化した複合短弓は引き絞るのに要求される力こそ強いが、短いストロークで威力を発揮するため狩りでは非常に役に立つ。

「お美事《みごと》」

そして持久力にこそ乏しいが、ヒトなど比べ物にならない瞬発力を持つ小型の蜘蛛人《アラクネ》にとっては、抱いて生まれてきたかの如《ごと》く似合いの武器と言えた。

自分の弓矢を貸してくれたマルギットは、私が身を隠した木の幹にへばり付きながら小さく賞賛の言葉を贈ってくれる。こうやって彼女が下肢の力だけで木に張り付き、地面と同じ気軽さで歩いている姿を見ると「本当にヒトとは違う生き物なのだなぁ」と今更ながらに実感させられる。

「慣れてきましたわね。この距離で当てるなら立派なもの、誇って良いかと思いますわ」

マルギットは音もなく私の背より高い所から飛び降り、ちょっと不気味なくらいの素早さで駆けると獲物を取り上げた。

私が放った矢が射貫《いぬ》いたのは、二〇mばかし先に潜んでいた一羽の兎《うさぎ》だった。ブラウンヘアーと呼ばれる大型の兎で、前世で愛玩用にされていた種とは違った鼠《ねずみ》っぽく可愛《かわい》げに乏しい顔をしている。

大きくて立派な個体だった。体長は七〇㎝くらいだろうか？　冬場でも然程《さほど》に雪が降らないこの辺の森でよく紛れる天然の迷彩をした茶褐色の毛皮が血で濡《ぬ》れていた。

矢は目に突き立っている。確かに頭を狙っていたが、よくぞここまで綺麗に当たったものだ。

それもこれも〈熟練《スケールⅣ》〉まで引っ張った〈短弓術〉のおかげだろう。〈器用〉を地道に磨いた結果、〈艶麗繊巧《えんれいせんこう》〉も相まって〈器用〉判定の行為判定は面白いくらいに成功する。

本当に一つ持ってるだけで潰しが利く特性というのは、何においても代えがたいものである。

「これは大きくて美味《うま》そうだ」

「よかったですわね、豪勢な御夕飯《おゆうはん》になって」

私は今、荘《しょう》の近場に広がっている森に来ていた。幼い頃遊んだ、あの保護林だ。

ここでマルギットに弓術を教わると共に――やはり、先達に教わると熟練度の蓄積も大きくて早い――独り立ちする予算を貯《た》めているのだ。

「先にバラしてしまいましょうか？」

「ん、そうだな」

こうやって解体し、御夕飯にしようとしている兎だが、実は懸賞金がかかっている。一羽につき二五アスと子供のポケットには中々の金額で、公式にハイデルベルグの行政府がお触れを出しているのだ。

というのも、この兎は冬場になると木の芽や若木を食べて飢えを凌《しの》ぐ習性がある。当然、林業のために植えている苗木だって容赦なく囓《かじ》っていくわけだ。

そうなると都市の発展と維持に必要不可欠な森が伐採のサイクルに間に合わなくなり、木材や薪《まき》の供給が滞ることとなる。

ついでに兎というのは鋭敏な感覚に優れた運動能力を持つため簡単に捕らえることはできず、さりとて林業従事者が頻繁に出入りする保護林へ野放図に罠《わな》を仕掛けることもできない事情が相まって実に始末が悪い。大型の獣は直ぐに狩り払われることもあり、彼等はこの辺りで伸び伸びと繁殖していた。

それ故、食害を引き起こす兎や鹿を積極的に狩るよう、行政府は猟師達に懸賞金をかけたという寸法だ。

そして私は、その懸賞金を目当てにして、マルギットにくっついて狩猟に精を出している。

全ては独り立ちする予算のために。

家を出ると言うのは簡単だが、実際やるのは困難だ。思い立って賃貸屋に駆け込めば、上手《うま》く行けば翌月には移住ができる現代日本とは比較するのが馬鹿らしいほど。

祭りの翌日、私は両親に冒険者になろうと思っていると打ち明け、異様に熱心な援護射撃をしてくれる兄のおかげもあってか了承を取り付けることができた。うん、なくても普通にいけそうだったがね。

ただ、その時に分かったのだが、父母は私の成人に備えて方々に手を回してくれていたようだ。

荘の中でも私なら是非婿に欲しいという家を幾つか目星をつけて話を通し、遠方の親戚に安くない手紙も出して養子の話を持ちかけてくれた。また、荘の顔役に話を通して、代官に推挙する準備まで整えてくれていたというのだ。

その全ての準備を無にする提案をして尚《なお》、両親は溜息《ためいき》一つ吐かずに受け容《い》れてくれた。冒険者などというヤクザな仕事に就くことを、お前がやりたいことなら好きにしろと。

決して投げやりではない好きにしろ、という赦《ゆる》しが何より嬉《うれ》しく……心に痛くて、思わず泣いてしまったことは生涯忘れられまい。

しかし、両親は単にミュージシャンになりたいと宣《のたま》って仕送りを蕩尽《とうじん》する馬鹿を甘やかす阿呆《あほう》とは違い、私に課題を用意した。

冒険者のようなバイタリティが必要な仕事をやるなら、独り立ちの予算をきちんと用立てなさいと言われたのだ。それができないなら、どう足掻《あが》いたって冒険者として生活していくことなんてできないだろうから。

これは多方面での予算を含んでいる。最初の拠点となる街までの路銀は言うまでもなく、既に確保した鎧《よろい》以外にも必要な装備は幾らでもある。これら全部を成人するまでに十分集めることができたら、私は晴れて冒険者として独り立ちができるのだ。

ありがたい話ではないか。達成可能であろう課題を用意し、そのために私の内職のお金は家に入れないでいいとまで言ってくれたのだから。

それならば、私がするのは全力で課題に取り組むこと。だからこうやって、冬場の暇な時間を使って熟練度を稼ぎ、経験を積み、小銭も得て、夕飯の確保もしようとしているのである。

「しかし、エーリヒは上手くなりましたわね」

「そうかな？」

解体した兎の肉を袋にしまっていると、毛皮から余分な脂を剝がしていたマルギットに褒められた。この毛皮も一枚一五アスくらいで捌《さば》けるので貴重な収入だ。一〇アスもあれば木賃宿の雑魚寝部屋に泊まれることを考えると、安いような高いような……。

「狙いを付け終わる速さとか、殺気の殺し方など課題は多いとして……精密性においては、もう私から文句を付けられることはありませんわねぇ」

教え甲斐《がい》がないと言わんばかりに彼女は肩を竦《すく》め、簡単になめし終わった革を背嚢《はいのう》へとしまった。捌く段階である程度でも油を刮《こそ》いでおかないと後で面倒臭いらしい。

「そういっても距離がね。これ以上遠かったら……」

「これ以上は狙って撃つ距離でなくってよ？」

そんなことを言いつつ、しれっと私の倍の距離で鹿にヘッドショットを決める君はなんなんですかねぇ……。

「密《ひそ》かに近づいて逃げられないよう一撃で仕留める。これが要訣《ようけつ》ですわ。これは結構強い弓ですけれど、大きなシシなら何本も撃たないといけないことはザラですし」

たしかに獣の表皮を甘く見てはいけない。下手な角度で当てれば、きちんと刺さらないくらい柔軟で頑丈なのだ。その上、猪《いのしし》のような発情期の縄張り争いで喧嘩《けんか》する習性がある動物は、同種での突き合いに備えて皮下の脂肪が鎧のように硬化するという。猟銃が一般化しようと、事故死するハンターが出るのも頷《うなず》ける戦闘力を彼等《ら》は生まれながらにして持っているのだ。

それに弓と短刀で突っ込んで行く猟師の胆《きも》といったら……。うん、ほんと凄《すご》いね。

「まぁ、先生に見捨てられないよう頑張りますよ」

「あら、殊勝な心がけですわね？　それじゃあ、次を探しに行きましょうか」

私達《たち》は血と臓物の処理を済ませると、次の獲物を求めて森を徘徊《はいかい》する。鍛錬のために弓を取るのは専ら私の仕事だが、獲物を探す〝目の良さ〟では蜘蛛人《アラクネ》のマルギットには到底勝てないので、ストーキングは彼女任せだ。

私も〈獣知識〉や〈獣追跡〉に少しは熟練度を振ってはみたのだが、少なくとも〈円熟《スケールVI》〉に達しているだろう彼女の領域に辿《たど》り着くには、膨大な出費が伴うことは明白なので素直に諦めた。

全部自分でやるのは間違いだと、最初の指針を決めた時に分かっていたからな。あれもこれもと手を伸ばした器用貧乏キャラの虚《むな》しさは思い返すだけでも辛《つら》いのに、自分の身で噛《か》み締めたくはないものだ。

だから斥候技能は対人で振っていこうと思う。デカイし不用心だから、獣よりはずっと見つけやすいからな。冒険者といえば、山中に潜む野盗の討伐もよくあることだし。

蜘蛛人《アラクネ》の特性に驕《おご》ることなく技量を磨いたこともあり、驚くほど獲物を見つけるのが上手いマルギットのおかげで今日は朝から夕方までかけて兎が三羽とれた。ミスショットは悪戯《いたずら》心を出して私の首筋をマルギットが舐《な》め上げた時の一度きりだから、まぁ大したものなんじゃないかな?

うん、如何《いか》なる状況でも狙いを外さない訓練という彼女の言い訳は、断固として認めないけどね。

ああ、あとはマルギットが木を無音で登り、枝に止まる山鳥へ奇襲をかけて手づかみにしたのが今日のハイライトだろうか。こんなもん相手に割とバックアタックを防げているところを鑑みるに、自分は結構強いのではなかろうかと自信を持てる出来事であった。

「さて、そろそろいい時間になりましたわね」

日が傾き、森の中は早くも薄暗くなりつつある。保護林故に密度が高くなくとも、背が高い木ばかりなので冬の短い陽《ひ》は直《す》ぐに勢いが衰えてゆき、淡い緋色《ひいろ》の趣を楽しむ間もなく暗くなるだろう。

「じゃあ、野営の準備をしようか」

だから、今日はここで野営《キャンプ》を張る。

これも冒険者になるための訓練だ。我々はコンシューマのＲＰＧに現れる、テメー等山を舐めてんのかと言いたくなる格好にもかかわらず、不眠不休で走れる人外ほど人間を辞めていないので色々と備えが必要となる。

それにTRPGでもキャンプは重要な要素だから心躍らせずにいられるだろうか。妙に濃密な描写とロールをして時間を潰したことのないプレイヤーがどれほどいるだろう。

思い出話はさておくとして、冒険者は領邦を跨《また》いで仕事をすることは珍しくなく、旅程によって野宿は当たり前、適当な隊商と相乗りできねば単独行での野営も普通だと聞いた。故に今から安全な森の中で野営の先輩を伴って慣れておくのである。

「それじゃあ寝床の準備をお願いしてもよくって？　火の用意は私がしておきますわ」

「ありがたいよ。実はこれだけ暗いともう手元が不安でさ」

「少し熱中し過ぎましたわね。明日はもっと気を付けましょうか」

担いだ背嚢の中からロープとタープを取りだし、木々の合間を通して簡易に屋根を張った。急に雨が降ってきた時の備えだ。

その合間にマルギットは乾いた枝を集め、火口箱を使って焚《た》き火《び》を起こしてくれる。彼女は種族柄〈暗視〉が備わっているため煮炊きをしないのなら明かりは特段必要にはならないが、私の〈猫の目〉は流石《さすが》に新月や夜間の森でまで使えるほどの性能ではないので明かりは必須である。

夜の森は本当に暗いのだ。それこそ、ヒト種《メンシュ》程度が習得できる暗視技能でどうこうできないくらいに。

彼女は猟師の家系で、幼い頃からこうやって野営をしていたそうだ。親に連れられ、妹を率い、そして一人で。成人を前に一人で狩りを許される腕前を得た彼女の教えがなければ、私は下手すると死んでいただろう。

この暗さも、昼とは比べ物にならぬ寒さも、ヒト種《メンシュ》という知性体の中では酷《ひど》く脆弱《ぜいじゃく》な種族には大きな脅威として立ちはだかるものだから。

今では手慣れてきた野営地の準備も第一回目では散々だった。何せヒト種《メンシュ》の鳥目具合をきちんとマルギットが把握していなかったこともあって、完全に日暮れを迎えてから始めてしまったからだ。

もう月明かりさえ木々に遮られて〈猫の目〉が機能しないから、火を熾《おこ》すのにも大騒ぎだ。着火剤を作るために木を削ろうとして指をけずるわ、火打ち石で自分の指を打つわと良い思い出が全くない。一人だったらどうなっていたことか。

マルギットから後で謝られたが、油断して明るい内に準備出来なかった〝悪い例〟を安全に体験できたし、私は別に気にしてはいない。人間、どうしたって自分が当たり前にできることに対しては認識が甘くなるものだ。

むしろ、木の上で身じろぎもせず眠れる彼女達からしたら、地べたで眠る私に合わさせているのがなんだか悪い気がするくらいだった。

パチパチと愉快な音を立てる焚き火を囲い、簡単な御夕飯の支度をした。設備もないので簡単に塩や香草をすり込み、丁寧に炙《あぶ》るだけの簡単な野営料理。ただ馬鹿にするなかれ、これだけでも結構野趣ある良い味がするのだ。

「そういえば、ご存じ？」

焦がさないように肉の位置を調整しつつ、マルギットが不意に言った。

「なんでも都会の方で流行《はや》ってる、こしょう、とかいうのが美味《おい》しいらしくてよ？」

「へぇ、こしょうか……」

都会の方だと胡椒《こしょう》が出回っているのか。確かに畜産技術が未熟な今、肉の臭みを消す胡椒は大切だよな。私は慣れているが、多分前世の人間が急に来て私達と同じ食事をしたら獣臭くて腰を抜かすんじゃなかろうか。

「海の向こうから運んでくるみたいで、それを使った料理を食べたと私塾の子が自慢しておりましたわ」

「海かぁ……さぞお高いんだろうなぁ」

「一粒一リブラ、とも聞きましたわ」

海運コストの高さに度肝を抜かれた。そりゃまぁ、海の上を数ヶ月かけてえっちらおっちら運ぶんだから、高価なのは当たり前か。新大陸的な所から運んでいるのだとしたら、実にご苦労なお話である。

「そういうのを運ぶ商人というのも、楽しそうと思いませんこと？」

「そうだね。異国の食べ物はちょっと興味があるかな」

「素敵な反物や宝石も心が躍りましてよ？　ああ、どなたか素敵な贈り物で身を飾ってくれないものでしょうか」

「月並みだけど、飾らない君が好きっていうべき？」

「この場面だとケチな言い逃れにしか聞こえなくってよ?」

他愛のない話をしながら、じっくり焼いた脂の滴る肉をいただいた。この時期の動物は粗食に備えて食い溜《だ》めし肥えていることもあって、脂が乗ってて美味《うま》いのだ。

食事をしてから、細かく粉砕した黒茶の粉末で食後の一服をマルギットが用意してくれた。私はそれを横目に見ながら寝る準備だ。

寝る準備と言っても、分厚い皮に綿を詰めたグランドシートを広げ、大判の毛布を用意するだけだが。後はしこたま薪を積み上げて、できるだけ長く燃え続けるようにするくらいか。

「準備はできまして?」

「ん、終わったよ」

黒茶のカップを手にしたマルギットが急《せ》かしに来たので、私は毛布を肩から被《かぶ》ってシートに腰を下ろして木に背中を預ける。

「では、お邪魔しますわ」

そして、さも当然のように膝の上に乗ってくるマルギットを受け容れた。形としては、私をポールとした毛布のテントにくるまっているかのようだ。

「ふぅ……あったかい」

野営と言えば不寝番だが、この辺は危険な獣は殆《ほとん》どいないし、人も猟のためにやってくる狩人《かりゅうど》くらいのもの。こうやって子供二人が寝入ったところで危険はない。

優先だが。

まぁ、私は警戒しながらの入眠なら〈熟達《スケールV》〉の〈気配探知〉で誰か来ても分かるし、蜘蛛人《アラクネ》のマルギットも似たことができる上に種族柄ショートスリーパーだからこその睡眠優先だが。

カップを受け取り、二人でぽつぽつと話をする。

眠るまでの手慰みのような、本当に他愛のない話だ。さっきみたいな、商人になれば楽しそうとか、いつか海を見に行ってみたいとか、それならついでに海の向こうも行ってみようなんて、他愛のない夢の話。

いつの間にやら雑談は言葉遊びに変わっていた。昔、宮廷語のイントネーションを覚えるためにやった、単語と単語を繋《つな》げて作る即興詩を唄《うた》い、返歌し合うだけの単純な遊びだ。韻を踏むだの季節ごとの単語がどうこうを考えぬ気軽な〝遊び〟として知られているが……。

「こだちよ、われを、かくせ。ねむる、このみを、だくように」

静かに歌い上げれば、ややあって彼女は返歌を口にした。

「にほんの、とうかが、まわる。やきを、はらい、こごえを、さます」

小難しいルールがない分、率直に思ったことを唄えるのだ。二本の灯火、とは私の腕のことだろうか。私から熱を受け取って、彼女はそれをどう思っているのだろう。

いや、うん、この期に及んで野暮か。こうやって、所以《ゆえん》もないのに独り立ちの準備に付き合ってくれているのだから私も察するべきだろうさ。命にも等しい家業の技術を教えてくれるのは、〝そういうこと〟に違いないのだから。

「ほのおよ、うちに、おこれ。ろうげつが、われを、みつけぬように」

唄にマルギットは私の服を摑《つか》んでみせた。

「みえぬ、かげは、つきずよりそう。うしろ、かたわら、みえぬとも」

正しく彼女は私の内側で影を落とさず燃える、優しい炎のようだった。冷たいはずの蜘蛛人《アラクネ》の体も、外がこれだけ寒いと懐炉のように温かい。

黒茶の香りを帯びて、優しい言葉の残響を抱きながら私達は眠りに落ちた…………。


【Tips】三重帝国においては〝航海魔導師〟という職が存在し、水を生成したりすることによって航海の安全性を高めており、我々が知る中世初期から末期にかけてと比べると、航海の安全性はかなり異なる。

少年期

十二歳の春

クライマックス

【Climax】

セッションの終着点。

往々にして物語の区切りとなる大きな戦闘を表す。

コスプレをする人を前世で尊敬していたが、よもや今世の体験で尊敬がより深まるとは思わなかった。

ほら、いらっしゃるじゃない。自前で帷子《かたびら》まで編んで、フルプレートの鎧《よろい》を仕立てる人。あの格好で夏の祭典に参加する根性を賞賛していたが……。

「う、動きづらっ!?」

一二歳の春、仕上がった鎧を着てみて、想像以上の苦行だったのだなと実感した。

「そりゃまぁな。鎧なんざそんなもんよ」

鎧を仕立てたスミス親方は、出来映えには納得しているのか四苦八苦している私を見て満足そうに笑っていた。

私としても、木型に着せられていた姿に文句の一つもない。革の鎧と言えば格好悪い印象があったのに、仕上がったそれは暗色に染められており、十分にヒロイックな見た目をしていて印象を完全に覆す仕上がりだったのだ。

独立し薄い金属を貼り付けた胸甲、帯状の硬革を筒形に成形して重ねた胴部は可動に易《やす》く、編んである部分を調整することで簡単に成長に合わせられる仕組みになっていた。肩口には袈裟《けさ》懸《が》けの斬撃から命を守る流線形のパッドが入っているのが頼もしく、二の腕を守る腕鎧にも胴と同じ構造が採用されているのが嬉《うれ》しい。

前腕を守る腕甲は外側に鋲《びょう》が打たれて防御力を高めてあり、内側は短冊状の革を締め上げて固定する形なので、これも成長に合わせて調整が可能になっている。蝶番《ちょうつがい》で留められた手甲部分も、剣を握りやすくするために手の甲のみの覆いになっているのが有り難い。この構造なら、冷え込む冬場に厚手のグローブで手を保護することもできれば、金属の手甲だけを調達して付け替えることも可能なのだから。

腰を守るベルトにも規則的に据えられた鋲が煌《きら》めいており、刃を受け止めるのに不足はない。そして、腿《もも》や股間を守る垂れには帷子が縫い付けてあるため、下肢の守りも安心して預けることができる。

最後の砲弾形に成形された兜《かぶと》は視界を広く確保してあるが、鼻覆いのおかげで万一の守りがあるのも心強い。マスクのように薄く編んだ帷子で顔の下部が覆えるのも、破片などからの防御を考慮したよい工夫だ。一番嬉しいのは、背後からの攻撃から首を守る魚鱗《ぎょりん》形の垂れであろうか。前は涙形の首鎧を巻くことで攻撃を防げるが、背後を守る工夫だって重要なのだから。

これにすね当てを巻いて、鋲を打った革製の長靴を履けば、冒険者と名乗ってなんら恥ずかしくない威容だ。本当に格好良く、暫《しばら》く見惚《みと》れるような出来だったが……。

喜び勇んで着てみたものの、残念ながら服のような着心地とはいかなかった。

当たり前である。然《さ》もなくば鎧を着て動く訓練なんてもの、軍隊には必要ないだろうから。

硬革は革を何枚も重ねて圧着して叩《たた》き伸ばし、更にワックスで煮固めたものであるため見た目に反して柔らかさは皆無だ。薄い皮や布と違って体に合わせて撓《たわ》んでくれないので、思うように体を曲げることができない。

アームホールや関節の構造、隙間を守るために重ね着した帷子と鎧下、それらの存在も相まって実に動きづらい。身動きが取れないというほどでもなければ、困難な動作があるというわけでもないが、一事が万事普段通りに運ばない。

なんというか、動作がワンテンポ遅れるというか、違和感があるというか。何をするにも微妙にぎこちないのだ。できなくもないが、スムーズではない、この歯痒《はがゆ》さをどう伝えればいいのやら。

アレかね、分厚い手袋をして字を書くようなものだろうか。書けなくもないが違和感があるし、感覚が鈍くなって普段通りの筆致では書けない……そんな感じ。

「ま、慣れだな、慣れ。硬革は曲がらんから、軽い板金鎧みたいなもんよ。転んだりつっかえたりして、体で覚えてくもんさ」

元も子もないことを言い親方は笑った。そうですね、仰《おっしゃ》る通りです。

が、私は別の努力を必要な結果に転移させるという、大変狡《ずる》い能力の持ち主だ。早速、権能の神通力に頼るとしよう。これを着て軽快に動けないなら、森林や遺跡に踏み込んで冒険家業なんてできようはずもない。

だから、私は〈体術〉カテゴリで予《あらかじ》め目を付けていた〈軽鎧体術〉に熟練度を振り分けた。手始めに〈基礎《スケールⅢ》〉まで取ってみると、コツが分かって気持ち悪さが減ってきた。もうちょっとと欲張って〈熟練《スケールⅣ》〉まで伸ばしてみると、かなり改善されて形容し難い違和感が失《う》せてくる。

　なるほど、同じ動作にしても関節の可動範囲と鎧の干渉を意識すればいいのだな。意識して動くと、鎧を着た動作の最適化と熟練度稼ぎが同時に行われて良い感じだ。後で慣らすために森にも繰り出してみるか。

「おいおい……」

　軽く飛んだり跳ねたりしてから構えを幾らか試し、無手のまま素振りをしているとスミス親方が驚いていた。うん、さっきまでの油が切れたロボットのようなぎこちなさから、普段通りの動きへ数秒で変わっていったら驚くわな。

「こいつぁ……すげぇな。おめぇ、実は武神の現《うつ》し身《み》だったりしねぇよな？」

「そんな大した生まれだったら、とっくに武芸大会なりなんなり荒らしに行ってますよ」

　まぁ、私は普通の生活を心がけている節があるから違うが、前世で嗜《たしな》んだ転生物だと二歳頃から無茶苦茶する話もあったか。そんな大層な生まれだったら苦労も多そうだな。

　生んでくれた両親のこともあるし、そこまで生き急ぐ必要もあるまいてと開き直り、私は鎧の仕上がりと動きに満足した。今度ランベルト氏に頼んで、着た状態で稽古を付けて貰《もら》うとしよう。熟練度稼ぎにも丁度良いし、受け身と合わせてどこまでダメージ軽減できるかの調査が必要だ。

　私の視界にはヒットポイントゲージもなければ、ステータスにも記載はないからな。どれだけダメージを受ければ動きが鈍り、斃《たお》れるかは実地で摑むしかない。土壇場で肉体判定とか生死判定を試すのは、小心な私には恐ろし過ぎた。

判定で思い出したが、鎧を着た時に結構なスキルがアンロックされた。

〈剣士〉カテゴリでは鎧を着たまま柔軟な斬撃を繰り出す体術、〈騎士〉カテゴリには〈重装鎧体術〉を始めとする高級な鎧の習熟などが詰まっており、〈斥候〉に目をやれば〈静音加工〉といった鎧の静粛性を高めるスキルが見つかる。

やはり鎧一つといっても、着込む職業によって色々あるな。今はこれで不自由していないが、その内に安価なスキルを組み合わせて強そうな構築を考えてみよう。

これを手に入れるのには苦労したのだ。長い付き合いで大切に使っていきたいしな。

「おし、じゃあ未来の冒険者に俺から一個プレゼントだ」

「え？」

一旦脱いで着脱にも慣れておかねばと思っていると、スミス親方は唐突に言い放ってカウンターに一つの箱を置いた。背負うための紐《ひも》がついたそれは鎧櫃《よろいびつ》、つまりは鎧専用の収納ケースだ。

「鎧櫃が必要だろ。ソレ着てずっと歩き回るわけにゃいかんからな」

「ええ!?　いいんですか!?」

鎧櫃は簡素ながら構えはしっかりしており、一目で安物ではないと分かる。確かに長距離行軍では鎧は脱いでおくし、その内に用立てる必要がある物リストにピックアップはしていたが……。

「勿論《もちろん》プレゼントつったって、まったくの無料じゃねぇぞ。将来有名んなったら、精々俺ん名前を出してくれ。そうすりゃ、一門の名も高まるってもんさ」

　職工の同業者組合には作風による門派があると仰っていたが、それは殆《ほとん》ど恥ずかしさを紛らわすための言い訳なのだろう。似合わないウインクをして、親方は鎧櫃を私に握らせた。

「さって、しまい方を指導してやっかね」

「……ありがとうございます」

　ここで固辞するのは失礼にあたる。私は年長者の――スミス氏は珍しくトータルで年長と敬って問題のない御仁であった――好意に甘えさせてもらい、丁寧な指導を受けた…………。

【Tips】鎧はスタミナを大きく消耗させる。また、環境によっては鎧を着ていることが大きなデバフに繋《つな》がることもある。凍えるほどの寒さの中、プレートメイルは防御力以上に危険な凶器と化すだろう。

　雪が解け、春の訪れを皆が言祝《ことほ》ぎ服から綿を抜く中、幼い少女が小道を歩いていた。

　唇をとがらせ、両足を投げ出すように歩く様は、見るからに「私は不機嫌です」と主張するかのよう。

事実として少女、ケーニヒスシュトゥール荘《しょう》のヨハネスが長女エリザは大変に不機嫌であった。

長く病に臥した冬が明けたのは喜ばしいことだ。一番大好きな末の兄が世話を焼きながら、春になったらお祭りに連れて行ってあげるからねと約束してくれたからこそ、エリザは苦い薬も何もかもが嫌になる熱にも耐えられた。

だから今日だって本当はご機嫌で一日を過ごせるはずだったのだ。

母親によく似た顔を丁寧に洗ってもらい、同じく母譲りの長く整えた金色の髪には兄が櫛《くし》を通してくれた。そして初めての娘だからとただ甘の父が、秋に街で買ってきた小綺麗《こぎれい》なお洋服を着せて貰っておめかしもしたのだから、気分はとっても良かったのだ。

大好きだけど滅多に食べられない氷菓子も食べさせてもらえる、素敵な一日になるはずだったのに。

だけど、全部をあの〝蜘蛛《くも》〟が台無しにしてしまった。

エリザはあの蜘蛛が好きではなかった。エーリヒは自分の兄なのにべったりとくっついて、酷《ひど》い時はエリザの前から攫《さら》っていってしまうからだ。

優しい兄はへばり付く蜘蛛を引っぺがさず、仕方ないなと笑って行ってしまう。

自分の兄なのに。いっつも助けてくれる、自分だけの兄様《あにさま》なのに。

今日もそうだ。おめかししたのをみんなから褒めてもらって上機嫌だったのに、お出かけする少し前にあの蜘蛛は約束もないのにひょっこりとやってきた。

そして悪びれもなく、さも当然の権利であると言わんばかりに兄の背中に陣取って宣《のたま》うのだ。

「あら、露店を巡るの？　いいわね、ご一緒させていただいてもよろしくて？」

何がよろしくて？　だとエリザは憤った。声は出せなかったけれど、兄の袖を引いて言外に断ってくれと頼むほど。

ただ、あの蜘蛛が作る笑みが恐《こわ》くて声には出せなかっただけで、彼女はとても怒っているのだ。形だけは笑みに歪《ゆが》んだヘーゼルの目が、どうしても彼女には恐かった。あれは巣を張る蜘蛛じゃないけれど、見ていると取り込まれてしまうような底知れ無さが、どうしたって恐かったのだ。

彼女の乏しい語彙では言語化できない感情が内側で荒れ狂い表に出せないままコトが進み、結局兄はあの蜘蛛を肩に乗っけて「一緒に行こうか」と折れてしまった。

二人で春のお祭りを回るはずだったのに。二人だけで。

だからエリザは臍《へそ》を完全に曲げてしまい、兄が出かける準備をしている間に家を抜け出した。普段自分では履いたことのない靴へ苛立《いらだ》ちと一緒に脚をねじ込み、換気のために開けてあった戸からこっそりと抜け出す。

一人で外になんて出たことはないから恐いはずなのに、自分との約束を優先してくれない兄への憤りが全てを塗りつぶしていた。

周りを漂うお友達が危ないからお止《や》めよと窘《たしな》めてくれるけれど、彼女はそれを聞き入れるつもりはなかった。

子供特有の考え無しの無軌道さが短かな足を動かし続け、家からずいぶんと離れてしまった。

とはいえ、その随分は小さな小さな八つになる女の子のスケールでの遠さ。兄達《たち》の足なら瞬きの間の距離でしかないのだが、家が見えなくなるような場所まで一人で出たことのない彼女にはとてもとても遠くに来たようにしか思えない。

地形の起伏で家が見えなくなって漸《よう》く不安が憤りに勝利し、エリザは心細くなって振り返った。

今頃、兄は自分の姿が家にないことに気付いて慌てているだろうかと。

そして、いつものように「駄目じゃないかエリザ、私の側《そば》から離れたら」と困った顔で駆け寄って助けてくれるのを期待する。

それは的外れな願望ではない。彼女の兄はおっとりとした母親似の外見に反して実に目《め》敏《ざと》く、肩に乗せた幼なじみの助けもあれば幼子の無遠慮な足跡なんてあっと言う間に見つけて追いかけられる。

あと数分もすれば心配性で、妹に愛されているのに負けぬほど妹を溺愛している兄が迎えにやってきたはずだ。そうして臍を曲げて抜け出した妹が悪いのに、自分から謝って氷菓子を譲りご機嫌を取って三人でお祭りを回れたはず。

「おやおや、随分と綺麗《きれい》なおべべで何処《どこ》へお出かけだい」

ただ、その数分が彼女には与えられなかった。

不意に背後へ誰かが立ったせいで日の光が遮られ、エリザは影の中に突き落とされた。怖《おそ》ろしくなって振り向けば、逆光の中には大柄な男の姿が。

怪しげな風体の男ではなかった。日に焼けて黒さが抜けなくなった顔や、擦り切れたリネンの旅装はありふれた旅商人の装い。お祭りの広場や露店を広げている一画では何度も見てきたもの。

そういえば兄が言っていたっけ。今回はタイミング良く隊商が幾つも立ち寄っているから、露天市は普段より豪華になっているよと。

男の姿におかしな所はなかった。腰に短剣を帯びているけれど、それくらいは旅の商人であれば当たり前の備え。別に見た目もたまにやってくる吟遊詩人の唄に出てくる悪漢のように見窄《みすぼ》らしくはないし、ずっと風呂に入っていなくて汚らしいなんてこともない。

それでも由来の分からぬ怯《おび》えがエリザの背筋を冷たい感覚に変わって駆け抜けた。ナニカが語りかけてくる。この人はよくない人だと。早く逃げて、兄の側に行かねばならないと。

彼女の本能は間違っていなかった。悪人が悪人らしい風体をしているのは物語の中だけなのだから。

ふわりと体から力が抜ける。体の芯が抜け落ちたように立っていられなくなって、エリザは地面に膝を突いてしまった。視界がぶれて、熱に苛《さいな》まれている時のように世界が滲《にじ》んでいく。

喩えようもない気持ち悪さより、折角着せて貰った綺麗な服が汚れてしまうことが少女には気掛かりだった。

それに何より彼女には想像できなかったのだ。悪意に触れず、家族の優しさに包まれて育ってきた彼女には、世界に悪人がおり、悪人の手にかかるという事態が発想の内にない。

エリザが地面に倒れ伏す前に旅装の男が上体を受け止める。そして、それまでの僅かな間に少女は深い眠りに落ちていた。

「やっぱ効くなぁ、旦那の薬は。さて、この上玉の娘さんには、どれほどの値段がつくかしらねっと」

男はポーチから折り畳んだ麻袋を取り出すと、実に手慣れた手付きで寝入る少女を放り込んで口を緩く縛った。口には木製の筒がそれと知れぬよう噛《か》まされており、内部の通気が断たれぬような構造になっている。

「よっこらせっと」

麦の大袋でも担ぐような気軽さで持ち歩けば、そこには怪しい〝人さらい〟の姿はどこにもない。ただ商売気を求め、商品を持って荘の中を移動している旅商人が一人いるばかり。

ライン三重帝国において年季奉公としての奴隷制度は存在するが、地位身分としての奴隷は存在せず、人身売買も公的には禁止されている。秘密法典とされる三重帝国刑事法典において人身売買は軒並み肉刑――骨を抜く、四肢を断つなどの肉体的な罰則――以上の刑が設定されているため軽い罪というわけでもない。

だが重罪であっても強姦《ごうかん》や殺人の類いが世から絶えないように、利益となるのであれば手を出す輩《やから》が尽きることはない。薬物が厳しく取り締まられていた日本でも逮捕者が年に何人も現れるのと変わらず、どれほどの業者が街道に吊《つ》るされようが子供を拐《かどわ》かし売り飛ばす奴隷商は現れる。

軽快に口笛を吹きながら男は塒《ねぐら》を目指した。コソコソと如何《いか》にもな悪党として振る舞うのではなく、堂々と何食わぬ顔で荷を変哲も無い雑嚢《ざつのう》であると主張するように歩けなければ、活計《たずき》の道として人さらいなどやっていられない。

これはありふれた光景。荘で赤子が病に倒れるように、一人で出歩いた子供が姿を消すことは何年に一度かはあること。

拐かされて、獣に襲われて、或《ある》いは〝もっと怖ろしいもの〟に気に入られて。

どれほど自警団が出張ったところで全ての犯罪を潰すことは難しい。領邦を跨《また》ぎ、巡察吏に縄を打たれることなく商売を続ける者達の狡猾《こうかつ》さは並ではないのだ。

この手の商売、顧客さえも敵ということは珍しくないとくれば、狡猾でなければ生きていけないのだから。

斯《か》くして一人の少女が荘から姿を消そうとしていた。

普通ならばありふれた悲劇として夫婦が悲鳴を上げ、荘がざわついておしまいといったところだろう。交通網も情報網も未発達の時代、誰が攫ったか分からぬまま荘を離れてしまえば、最早《もはや》見つける手段はない。

ただ、この少女は普通ではなかった。

よい意味でも悪い意味でも………。

【Tips】人身売買。三重帝国では建国よりずっと禁止されているが、法律で禁止すれば誰しもが禁を守るわけでもない。さすれば全ての国家に警吏は不要となるだろう。

「って、あれ……エリザは？」

随分と準備に手間取ってしまった私が荷物の確認を終えると、いつの間にやら居間の椅子に腰掛けて大人しくしていたエリザの姿が消えていた。

「そういえば見かけないわね」

無駄話を振ってきて――律儀に応じてしまった私も私だが――支度の時間を無駄にとらせた彼女が言うのもなんだとは思うが、それよりも妹の行方の方が大切である。

人捜しはＴＲＰＧにおける三大ミッション――あとの二つにはダンジョン探索と押し込み強盗《押し込み強盗》――として親しんできたが頻発されると実に困る。

「靴がないな」

軽く見回してみれば靴がなかった。エリザは寝台で過ごす時間が長いせいで靴を履くのが嫌いだから、椅子に座っている時はいつも脱いで待っている。素足を見せるのは淑女としてよろしくない振る舞いであるが、きついとむずがって涙目になられるとどうにも弱いのでつい脱がせてやってしまう。

となると自分で履いて出て行ったのだろうか。靴紐《くつひも》すら満足に結べないのだけれども。

しゃがみ込んで靴を置いていた椅子の辺りを観察する。こういった細かな判定の積み重ねで目標に辿《たど》り着くのはよくあること。さて、GM《ゲームマスター》なにか分かります？

と冗談めかしてやってみるものの、私の目では何も分からない。我が母は勤労志向の持ち主で、家が泥で汚れていることに我慢ならないという主婦の鑑《かがみ》である。今日も家族が団らんしていた居間は綺麗に掃き清められており、靴跡が残るほど埃《ほこり》や泥が堆積しているようなこともないと来た。

因《ちな》みに我が家では上がる前にキチンと靴の泥を落とさないと滅茶苦茶《めちゃくちゃ》怒られる。この辺の衛生観念の高さは、日本で暮らしてきた自分には実にありがたくもあったが、推理となると途端に厄介になるから困るね。

「あっちの方かしらね」

が、私よりも数段目星の付け方が上手《うま》い斥候候補が今日は肩の上に乗っていた。

「分かるの？」

「まぁね。獣に比べれば人なんて歌いながら隠れているようなものですもの」

戯曲がかった台詞《せりふ》も神がかり的にガチョウを狩る狐《きつね》としての手腕を何年も見ていると全

く嫌味ではない。この手の大仰な台詞、若い頃は好きだったけど歳《とし》をとってから鼻につくようになったけれど……実力が伴った者が口にすると重みが違うなと今になって感じ入る。

「おかあさまは大変きれい好きですけど、吹き込む埃まではキリがないから仕方ないですわね。勝手口の方から出て行ったのかしら」

おかあさまの呼び方にちょっと引っかかりを感じたが置いて行こう。おかしいな、帝国語では他人の母に対する呼びかけと義母という単語は明確に違うはずなのに。

「あー……最初は二人で行くつもりだったからな。それで臍を曲げてしまったか」

「あら、そうでしたの？　そう仰《おつしや》ってくれたら、出直しましたのに」

「それも君に悪いだろう？」

「別に小さなお姫様が疲れてお休みになられるまで、余所《よそ》で暇を潰すこともできないほど友達が少ないわけではなくってよ？」

くすくすと冗談めかして耳元で笑われるとすごくゾクゾクするのでやめてもらっていいですかね。

「それにしても、本当にべったりですわね妹君は」

「ああ。去年のアレがあったろう？」

私が苦々しげに口にする代名詞にすぐ思い当たったのか、マルギットはまた笑って私の背筋を震え上がらせた。

「更に勇名を馳《は》せましたものね、剣士様」

「やめてくれないかな、それ……こっぱずかしい」

　去年の秋祭り、親父《おやじ》殿が盛大にやらかして悪目立ちした一件は我が愛《いと》しの妹によくない印象をすり込んでいた。私と二人でお祭りに行けば、何か素敵なことが起こると思っているのだ。

「ともかく、アレで望外の宝物を得たから、私といればいいことがあると思い込んでいるみたいでね」

　普通にしていたら一生縁がないかもしれない宝物が手に入ったのだから無理もないだろうけど、どうにもエリザは私と二人でいると良いことがあると思っている節がある。だから二人になろうとするし、遊びに行く時も大抵はべったりで背中にくっついてくる。

　一度、その設定を拾われてごっこ遊びの際に――流石《さすが》に兄弟とではなく、荘《しょう》のちまっこい子供達の相手をしてやっただけだ――冒険者ではなく、魔法使いの役を仰せつかった私の〝使い魔〟役をやったほどだったな。

　普通なら嫌がりそうな配役を喜んでやったあたり、私の妹はニッチなロールに適性があるのかもしれない。

　かく言う私も王道主人公ムーブを魅せたら「え、お前そんなんできたん?」と卓の面々に素で驚かれる程度にはニッチな所を攻めるプレイスタイルだったから、血の宿業という可能性もあるな。

「ふふ、じゃあそういうことにしておきましょう」

「なんだか含みのある言い方だなぁ……」

「別になぁんにもなくってよ。ふふふふ」

おっかない笑みを後ろからビシバシ当てられながら勝手口から出ると、そこから先は〈対人追跡《ストーキング》〉を〈基礎《スケールⅢ》〉で取得した私にも読むことができた。下生えを刈っただけの道には、子供の無遠慮な足跡がきちんと残されている。

当然といえば当然か。追跡されることを日頃から意識して歩いているわけでもなし、跡が普通に残る土の地面なら足跡を読むことは比較的容易だ。意識しなければ分からない程度の痕跡なれど、一応の知識が身についていれば追うことくらいできる。

「んー……そこそこ時間が経《た》っているようね」

うん、専門家を前にすると霞《かす》んでしまうどころか無いも同じだけどね。

「そんなことまで読めるものなのかい？」

「追跡する対象の目方や身長を知ってれば、土の雰囲気と合わせてざっくりとね」

彼女はひらりと私から降りると、多脚を器用に動かして全く足跡を付けずにエリザの靴跡へと寄る。よくよく観察してみれば、軽量故に微《かす》かな足跡を次に繰り出す別の足で均《なら》しながら歩いているではないか。多脚だからこそできる器用な芸当に思わず吐息が溢《こぼ》れた。

「お母様はもっと凄《すご》いわ。足跡一つで獣の種類は勿論《もちろん》、雌雄や年齢、目方に美味《うま》いか不味《まず》いかまで言い当ててしまうんですもの」

「……そりゃおっかない」

ううむ、都市での冒険《シティシナリオ》に備えて取ってみた〈対人追跡〉だけど、無駄になりそうな気がしてきた。獣の追跡技術を〝援用〟してここまで分かるなら、もうこれ私が無理に伸ばす必要ないんじゃない？　パーティー内で同じ技能を被《かぶ》らせないのは基本的なお約束だし。

ちゃかちゃか歩く幼なじみの背を追って行けば、彼女は小道の途中で止まってしまった。丁度家からは死角となる辺りで私程度に追える足跡が途絶えてしまっていたからだ。

小道の左右は草が生えるに任せており、雪が去った今では青々とした下生えが生命を謳《おう》歌《か》しているためどうしても足跡が読めない。このレベルとなるとGM《ゲームマスター》も余程の理由がなければ、賽子《さいころ》さえ転がせてくれなそうだ。

「林にでも遊びに行ってしまったのかな。まいった、一人で家が見えなくなる所まで行ってはいけないと言い聞かせていたのに。そんなに怒ってしまって……」

「待ってちょうだいな」

私の言葉を遮ったマルギットは真剣そのものの目で、なんの変化も見られない下草を見つめていた。そうして、脳裏に賽子が転がる幻聴が響く。

見えない痕跡を捜し求めるように草に触れ、若き斥候は確信を呟《つぶや》きに変えた。

「……二つ足、歩幅と重さは……ヒト……かしら。乱れが少ないから多分若くて……戦い方を知っている」

「マルギット？」

顔を上げることなく彼女は指一本立てた右手を突き出してくる。二人で狩りをする時に使っている〝静かに〟のハンドサインだ。

この手の無音でやりとりする手法は猟師の間では一般的らしく、色々なサインを教えて貰《もら》ったが、敢《あ》えて口にせずサインを使ったということは……彼女の脳が狩りへと転舵《てんだ》されたということか？

「ヒトだとすると軽装……だけど、向こうで急に重さが増えている……」

立ち上がって尚《なお》も低い背で、私には見通せない物を見通す狩人《かりゆうど》は暫《しば》し口の中で形にならぬ思考をこねくり回した後、一度大きく目を見開いた。

そうして、私を見上げ、初めて聞く震えた声を上げた。

「……ど、どうしましょう」

「ど、どうしたんだ？」

「ああ、エーリヒ、いけない、いけないわ、だめよ」

聞いたことのない、怯《おび》えた少女の声音。近寄ってしゃがみ、目線を合わせれば彼女は私に縋《すが》り付いてきた。こなれてきて滅多に崩れることのなかった宮廷語が乱れ、下層階級の者が話す砕けたイントネーションに立ち返る。

「ど、どうしよう、嘘《うそ》よね、これ……」

「落ち着け、落ち着くんだ。何があったんだマルギット。それじゃあ何が起こったか分からないよ」

宥《なだ》めようと背中を叩《たた》いてやれば、背に回された手がぎゅっと服と肉を摑《つか》んでくる。震えを帯びた指から言葉以上の困惑と怖《おそ》れが伝わってきた。こんな童女のような反応を見せることは、初めて出会ったより幼い時分でもあり得なかった。

一体何が……。

「エリザ、さらわれちゃったかもしれない！」

「……あ？」

脳が一瞬で冷え切った。混乱する幼なじみを見て揺れる脳味噌《のうみそ》へ液体窒素じみた事態が振りかけられ瞬く間に凍り付く。あまりに突飛で、普通ならばなんの冗談だろうと思う発言も嫌というほど見せられた彼女の実力を前にしては否定する要素が足りていない。

何より彼女の呟きは、草に残された第三者の痕跡を見ていたからではなかろうか。ヒト種《メンシュ》の若い男性が残した足跡があり、近くではエリザの足跡が途絶えている。そして、急に重さが増えたとなると考えられることは二つ。

一つ目は幼子一人で彷徨《さまよ》っている姿を心配した誰かがエリザを担ぎ上げ、親の下まで連れて行こうとしてくれたという優しい発想。だが、それも家から歩いてすぐそこという立地に否定される。どれほどエリザが世間慣れしていなくとも、一本の小道を歩いてやってきた家を見失うなどあり得ない。

可能性の高い二つ目はエリザを担ぎ上げて何処《どこ》かへ連れ去ってしまったということ。目的は考えるまでもない、家の妹は世界一可愛《かわい》いのだから。

「ねぇ、どうしよエーリヒ、ね……」

「マルギット」

鼻声になってきた彼女の肩を摑み、半ば強引に引き剝がして目を合わせる。榛色《ヘーゼルカラー》の目が涙に縁取られている姿は、普段の可愛らしくも怖ろしい余裕たっぷりの姿とは異なり、妙に庇護《ひご》欲を誘われるが……それどころではない。

「跡を追えるか」

「えっ……いや、でも、大人に……」

「今はみんな祭りで使い物にならない」

普段ならばそれで正解。だけど今日は春の祝祭だ。私は寝起きが悪いエリザのことを待っていて家にいたが、他の面々は皆祭りに繰り出している。屋台を冷やかしているにせよ、広場で楽しんでいるにせよ酒がかなり回っていることは今までの経験からして明白。自警団には〝自重しろ〟とのお達しは出ているとは思うものの、それでも動ける人間は一握りといったところか。

それでも私が行ってランベルト氏に頼めば、子供の戯《ざ》れ言《ごと》と切って捨てられることはないだろうから意味はあるかもしれない。

だけど、領主から仕事を貰って立ち寄っている隊商でもない限り、荘から立ち去るまでの時間はまちまちなのだ。暫《しばら》く滞在して春の産物を仕入れる隊商もあれば、露店のピークが過ぎればさっさと帰ってしまう隊商だっている。

そして、人を拐《かどわ》かすような連中が犯行現場に長居するわけもない。

「もう良い時間だ。露店を畳んで出て行く隊商が出てきてもおかしくない。そうすれば二度とエリザに会えなくなってしまう」

子供だけで犯罪者を追いかけるのが馬鹿げていることは分かっている。マルギットが来年には成人を迎え、私も背が伸びつつあるとはいえ肉体が出来上がっているとはとてもいえない。

そして訓練だけは積んでいるが、実戦において何より物を言う経験が全く足りていない。立合だけは怪物染みた強さのランベルト氏とドつき合っているとはいえ、本物の武器や殺意を受け止める自信は……正直に言えばなかった。

だが事が急を要することだけは確かである。相手が暢気《のんき》して出発していない可能性もあれば、一人だけを拉致するのではなく人数を集めているので夜まで出ない可能性もある。酒が入ってへベレケになった大人達《たち》は、沢山いる子供の一人二人消えたところで帰って寝たのだろうと考えて翌朝まで消えたことに気付きもするまいから、祭りの日は考えてみれば彼等《ら》にとっての〝かき入れ時〟だ。

だけど、慎重で多くの荘で騒ぎにならない程度に子供を拉致している……あるいは、別の本業を持ちながら、傍《ひとさら》らで人攫いをしているだけならどうか。

全ては最悪を想定して動くべきだ。何より巧遅は拙速に如《し》かずとも言うからな。こういった事件は全て初動捜査が上手《うま》く行くかどうかで決まる。

私達でエリザを見つける。後は急いでまともな状態の大人を捜して助けて貰う。ない頭で引っ張り出した最適解がこれだ。

「だからマルギット、お願いだ。手伝ってくれ、エリザのために……私のために」

額同士をぶつけ、心からの願いを言う。こんな危険なことを彼女に手伝わせるのは良心が咎《とが》めるけれど、私ではどうあっても追い切れない。貯蓄した熟練度をブチ込んだとして、彼女の領域に至れるほどのビルドには足りないのだ。

「……アナタのために？」

「……ああ、お願いだ。私は失いたくないんだ。私一人では助けてやれる気がしない……駄目な兄貴なんだ。だけど、私はエリザを助けてやりたい」

これが杞憂《きゆう》ならどれほどいいだろう。彼女を担ぎ上げた人へ、未《いま》だ私に臍《へそ》を曲げたエリザが広場に連れて行ってくれるよう強請《ねだ》っただけなら、大人になっても引っ張り出される恥ずかしい話で済むのに。

だけど、私の感覚が嫌な予感を告げてきて仕方がないのだ。

私は運が細い男。妖怪1足りないに生まれてこの方ずっと取《と》り憑《つ》かれており、人生で転がした賽《さい》の目の統計を取ればきっと失笑どころか涙を誘うだろう領域。期待値が出れば良い方で、一度のセッションで五回もピンゾロ《ファンブル》を振ってパーティーが全滅しかけたこともある。

最も気掛かりなのは「まぁこんくらいはね」と気軽な気持ちで、まず失敗しない判定の賽子を転がした時に限ってエグい目が出てくることだ。2D6だろうとD10だろうと、何奴《どいつ》も此奴《こいつ》もおちょくってんのかという目を叩き付けてくるので、私は自分のLUKに見切りを付け、ダイス神に背を向けて固定値を信仰した。

故に分かる。安穏としていたら、私は絶対に大事な者を失うと。

どう足掻《あが》いても力が届かない事態ならば、泣いて泣いて運命を呪って血を吐くまで叫べば諦めの一つもつくかもしれない。けれど、手前が動けば良い方に動いたかも知れない可能性が欠片《かけら》ほどもあるなら……私は私が呼吸していることに我慢がならなくなるだろう。

さて、誰が言ったのだろうか。地獄というのは要するに、手前の薄っぺらい頭蓋の内側にこそ広がっているのだと。

「……いいよ。うん、よくってよ」

洟を一つ啜《すす》り上げ、マルギットは潤んだ瞳から涙を追い出して口をきゅっと結んだ。

「追いかけてあげる。ヒトの痕跡を見つけるなんて容易《たやす》いことよ」

彼女は顔を傾けて既に密着していた状態から、更に鼻梁《びりょう》同士を擦り合わせる。互いの呼気を吸い、眼球同士が触れあうほど間近で琥珀《こはく》の瞳に強く魅入られた。互いの頭により光が陰ったせいか、その目は常の琥珀ではなく、黄金のように輝いて見える。

「ただし、貸し一つ……よろしくて?」

「ああ、何をしても返す。神に誓っても」

神々が実存する地において、その名を持ちだし誓いを立てるのは白紙の小切手に名前を書くような所業。命を要求されるようなことがあっても文句は言えず、粛々と従うのが当

然のような行為。

　別に相手がマルギットだから法外な要求をしてくることはなかろうと軽んじているのではない。

　いや、むしろ〝あの〟マルギットである。幼少の時分より絶えることなく威圧感と冷や汗、そして背筋に走る心地好いようなおっかないような悪寒を供給し続けた彼女を軽んじる？　寝てるからといって虎の口に頭を突っ込んでも安心、などと抜かすような間抜けになったつもりはない。

　何を要求されても後悔しない覚悟を決めただけだ。ここぞとばかりに何やら凄《すご》い要求をされたって構わない。

　エリザが無事に帰ってくるのであれば。

「言ったわね？」

「ああ、言った」

　普段の笑みを消して問うてくる姿は、此処《ここ》から先は譲歩しないぞと語るかの如《ごと》し。逆を返せば、今なら取消を認めてやるという慈悲でもある。

　だがこんなところで引いては兄貴が廃る。地獄の鬼より、いやさ気まぐれな賽の目よりもおっかない幼なじみ相手だろうがビビってなるものか。最悪、命を懸けた斬った張ったになるかもしれないってのに、ここで日和《ひよ》ってなんとする。

「私はね、嘘が嫌いだよ。だから私自身が嘘つきにならないためになんだってやる」

さぁて賽子《さいころ》を振ろう。出目のご機嫌がどうあれ、振らねば事は進まない。演出だけでイベントが進むなら人生に苦労はないさ。たった二つの数字で巻き起こる悲喜《ひき》交々《こもごも》を愛したなら、手前で賽子を振るために腹くらい括《くく》ってやるとも。

「素敵ね、じゃあ貸し一つで承ったわ。あっという間に見つけてあげる」

口の端がにぃっとつり上がり、見慣れた笑みが帰って来る。ヒト種《メンシュ》よりも長い犬歯を挑発的に見せ付けて、蜘蛛人《アラクネ》の狩人は身を翻す。

さて、ツボ《ダイスポット》の内側を覗《のぞ》いてみるとしよう………。

【Tips】領邦を跨《また》いだ犯罪者の捜索は困難を極める。写真もなく電話もない世界、曖昧な情報だけで人を捜すことは難しい。それが被害者であれ加害者であれ、困難さは変わらない。

誰しもが一度は己が特別な人間だと過信することがあるだろう。

それは子供故の保証なき万能感であれ、何かを為《な》したが故に湧いてくるものであれ大凡《おおよそ》の人間が一度は経験するもの。

隊商達が屯《たむろ》する一画、馬車の荷台に身を投げ出した男もそうであった。

年の頃は二〇の頭といったところだろうか。上背は低くもなく高くもなく、体形も秀でているわけではないが痩せぎすでもないという半端な具合。

つんと撥ねた黒髪と伏し目がちの淀《よど》んだ瞳ばかりが妙に印象に残る男は、じゃらりと呪物まみれのローブを着込み、傍らには大仰な宝石と装飾が施された長杖《ちょうじょう》を転がしている。そうしてツンと鼻に残る薬草の残り香を纏《まと》わり付かせた姿は、分かりやすいまでの〝魔法使い〟であった。

ヒト種《メンシュ》の魔法使いの希少性はともあれ、彼は別に特別な存在ではなかった。小さな隊商の発起人であり、一〇と余人の配下を率いる三重帝国ではありふれた〝流し〟の魔法使いだ。研究や様々な素材を求めて方々を流れる魔法使いは珍しくなく、隊商につくのではなく効率を求めて自ら隊商を発起することもある。

ただ、彼が最初からありふれた存在であったわけではない。

かつて彼は特別であった。なんといっても前世を自覚していたのだから。

彼の前世について深くは触れまい。最早《もはや》今となっては語るだけ詮無きことに過ぎず、本人でさえも自身に由来する殆《ほとん》どを忘れつつある。

そして、前世を自覚する彼はなんらかの高位存在と邂逅《かいこう》し、この世界へ転生するに際して一つの祝福を受けた。

魔法が使える世界ならば、魔法の才能が欲しいと。

高位存在は説明に割って入り自らの欲望を前に押し出した彼を笑って許し、欲するがままに魔法の才能を与えた。別に彼にとって多少の無礼は気にするほどのことでもなく、況《ま》してや計上しきれぬほどに扱う魂が無遠慮に上げる欲望の声などは聞き慣れたもの。

中には不遜極まることに創造神と並ぶ力を欲する者もいることを考えれば、彼の欲求などむしろ微笑《ほほえ》ましいものでさえあった。

斯《か》くして彼は前世の自我と魔導の才を持って世に生まれ落ちた。

それから後のことはさして語るほどでもない。

ある程度までは順風に進み、どこかで壁にぶち当たり、予定調和の如く才能に任せたゴリ押しが通用しなくなってへし折れた。

一〇で神童、十五で才子、二〇歳過ぎれば只《ただ》の人とは上手く言ったもので、学生としての前世を過ごした彼は正しく天才として持て囃《はや》され、魔導の才は生まれた荘《しょう》に住んでいた呪医《ヘクセ・エールツティン》の助けもあって見事に花開く。

誰に教えられるでもなく火を起こし、薬を作る腕は子供とは思えず、そして殆ど遺失技術扱いされる〝空間を越える術〟にさえ手をかけた彼は正しく天才であった。

そこで満足し、荘で頼られる魔法使いという立場に満足すれば彼の人生も違っていたかもしれない。好いてくれる数人の幼なじみと師であった呪医《ヘクセ・エールツティン》に囲まれ、幸せで優しい世界を作り上げ、誰からも頼られて生きて行くこともできたはず。

ただ、残念なことに彼は耐性が無かった。賞賛という名の劇物への耐性が。

賞賛され持ち上げられ続けた彼は次の栄達を望んだ。そんな彼が選んだ手段が荘を出て、代官に仕えることであった。

荘の長からの推挙もあって彼は十五歳にして代官への出仕が叶《かな》い、相談役として中程度の街に家を与えられるほど出世した。喪われつつあるほど高度な魔導に精通し、尽きることが無いのではと思えるほど魔力で魔法を頻発——或《ある》いは濫用——する彼は大変に重宝されることとなる。

ここでも踏みとどまれていたら、可能性としてはボチボチの幸福に浸って生きていけたかもしれない。

代官の相談役としての身分を得ながら、小さな店で魔法を商って生きて行くのも大変充実した生活といえよう。先生と周りの人間から尊敬され、身分もあって女性には苦労もせず、庶民とは比べ物にならない贅沢《ぜいたく》な生活。荘で得られただろう幸福とは又違った、世俗的な幸福が手にできたはず。

それでも彼が含んだ劇薬の禁断症状は癒やされない。褒められれば褒められるほど浸れる心地よさ、そして公的な身分という前世でも得たことのなかった形無き錦の着心地に彼は溺れていった。

代官の相談役という肩書きの割に暇な仕事の中で、彼は初めて〝魔導師《マギア》〟という存在を知った。魔法使いや魔術師とは明確に区分される存在は、片田舎の荘では全く関わりのない存在であるが故に魔導院の学徒を知る機会がなかったのである。

曰《いわ》く帝都の魔導院で認められた者のみが魔導師《マギア》を名乗ることが許され、その中でも〝教授位〟にある者は貴族に叙され正式な〝魔導工房〟を建てて魔法を広く商売に用いることができる。そして魔導院の魔導師《マギア》は国から研究予算として禄《ろく》を与えられ、時には官僚として政治にも関わる市井の魔法使いとは隔絶した存在である。

これを聞き稚児染みた名誉欲に憑かれていた彼が大人しくしていただろうか？　我慢など数日とできなかった。明確な上の存在を知ってしまい、今ある地位が酷《ひど》く安っぽいものに思えて仕方がなかったのだ。

一年ほど代官に仕えた彼は唐突に下野を選び、家財を売り払って帝都へと向かった。初めて出会った魔導師《マギア》の程度を見て、この程度なら自分は余裕で栄達できると思いやってきたのだ。

そして帝都へ向かう旅の途上、身を寄せた隊商の中で一人の魔導師《マギア》と出会う。

彼は未成熟な誇りを満足させるべく魔導師《マギア》へ質《たち》の悪い酔漢の如く絡んだ。

自らの魔導を見せつけ、推挙を得るべく精一杯考えた口上を述べる。今までであれば、傲慢にすら響く口上であっても絶技と呼んで差し支えない魔法に皆が感服し平伏していた。これで失敗したことがない彼は、直《す》ぐに魔導師《マギア》が土下座なりして――尚《なお》、三重帝国に頭を下げる文化はあれど、土下座の文化はない――自分の才能を認めると思ったが、予想だにしない反撃に虚を突かれることとなる。

「へぇ。で、その無駄の多い術式理論はなに？」

冷厳にして興味も無さそうに叩《たた》き付けられた言葉に続き、感覚で魔法を使ってきた彼には理解し難い質問と言及が束になって突き込まれる。

術式なる魔法を用いて世界に干渉する際に練り上げられる数式にも似た理論の構築、発想の骨子、制御から何を意図して術式を構築し現象を引き起こしたかの論理的な説明。驟《しゅう》雨《う》を連想させる質問……と呼ぶより詰問と形容するのが似合いの問答に彼は碌《ろく》に答えられない。

天才的な魔導の資質は彼に思考をさせなかったからだ。全ては〝なんとなく〟でカタが付いてしまう。高位存在によって与えられた祝福は、直感的な天才であり複雑な思考を要さない。

難しく考えるまでもなく、仕様としては酷く合理的なものであった。

全くの素人に魔法・魔術の絶技を扱わせるなら、下手に理論を脳に叩き込むよりも、ボタンを押せば効果が発揮されるような単純な仕組みの方がずっと効率が良い。どれほど高性能な機械を与えたところで、予備知識のない人間には扱いきれぬことを神はよく知っていた。

なんと言っても魔法にせよ魔術にせよ、全ては法であり術である以上〝理〟が必ず存在する。そして理とは勉学によって研鑽《けんさん》せねば身につかぬものであるが故、彼が本心から望んだ〝都合良く強い魔法が使える〟ような才能とは相反する性質を持つ。

だが上位存在は上位存在らしく世界の法則をねじ曲げて祝福を与える。知っていなくても知っていることをできるようにする、考えようによっては世界を滅ぼしかねない祝福によって彼は今まで魔法を使っていた。

市井の魔法使いとして活動するならよかっただろう。しかし、魔導院は単なる魔法使いを集めた集団ではない。

学術機関にして研究機関。最高位に教授を据える彼等《ら》の本旨は伊達《だて》でも酔狂でもなく、正しく研究の徒が集まる場所なのである。

学術とは理論を突き詰めた合理の集大成であり、煮詰めに煮詰め、磨きに磨き上げた知と事実の集合体。神々しく光る英知の宝玉には〝なんとなく〟だとか〝よくわからんけどできた〟といった傷の存在は断じて認められない。大雑把という名の傷を磨き上げることを目的とする機関の者にとって、彼の魔導はそれこそ巨大な〝傷〟としか認識できないのだ。

完膚なきまでに貶《けな》された彼は怒りながら魔導院に赴き、同じようにすげなく扱われて放逐された。冷淡と詰《なじ》るなかれ。むしろ傲慢に過ぎるほどの口上を聞いて尚、そこまで熱意があるなら現実を見て来ればいいと紹介状を書いてやった魔導師《マギア》や、門前払いせず面接まで持っていった魔導院の懐の広さにこそ感服するべきである。

さて、世の賢者にとって不明と失敗は発展と成功への道しるべである。できぬことに対して何故《なぜ》できなかったかを考え、できる方法を求め続けてきたからこそ文明という人類の砦《とりで》は世界に聳《そび》えている。

ここで彼が一から論理的な魔導の扱いを学ぼうと思えば、話の筋は大きく変わってきただろう。元より魔導の才を与えられ、才を支える膨大な魔力を持つ彼が望むのならば魔導院は扉を開けることに躊躇《ためら》いはなかったろうし、真面目に基礎から積み上げていけば、名教授として歴史に名を残す目も十分にあり得た。

されども彼は折れてしまった。自らが寄って立つ能力を否定されたという事実の大きさに心が耐えきれず、いとも容易《たやす》く敗北した。

背景なき力の弱いことといったらない。それこそなんとなくで振るわれた魔法は努力や工夫とは無縁であり、これを使うためにこれだけやってきたのだからという人間の自負を支える骨子としては弱過ぎた。

別に彼自身を単なる魔法の使い手として見るならば、この世界において上位に食い込むだろう。だが、研究者として、人間としてはお粗末に過ぎた。絶えずぶつかり合い、自身の手で魔導そのものを先に推し進めようとする、生き様そのものが濁流に等しい魔導師《マギア》に交ざるには、彼自身の強度が絶望的に足りなかっただけのことである。

斯くして一度の決定的な敗北から彼の転落は始まった。

一年仕えて手前の都合で下野した代官の下へは帰れない。良くも悪くも封建的な主従性によって回る社会において、実力に驕《おご》って主君に土をかけるような真似《まね》をした男の居場所などない。傲慢な才子より忠勤な凡夫、とどのつまり必要とされるのは能力に多少劣ろうとも忠を尽くす者である。

ならばと生まれ故郷の荘に目を向けたが、此方《こちら》も彼を温かく受け入れはしなかった。

というのも出世するにあたって幼なじみ達《たち》や師に不義理を働いて街へ出てしまったからだ。食い散らかすだけ食い散らかして出て行った無礼な客に次のお呼びがかからないのと同じで、どの面下げて帰って来やがったと雄弁に語る目から逃れるように彼は故郷に対して二度目の背を向けた。

どうあってもアイツは俺をずっと好きでいてくれるはず、と都合の良い妄想を男の頭は捻《ひね》り出す傾向にあるそうだが、妄想と現実は違う。青春に泥を塗られ、栄達のため放っておかれた女達が男を許すなど妄想にしても甘過ぎる。どのようなコミュニティにおいても力を発揮する女衆に嫌われきっては、どんな実力があっても居場所などあろうはずもない。

驕《おご》りによって身分と故郷を喪《うしな》った男が地の底にまで堕《お》ちるのにさして時間は必要ではなかった。おだてられ、利用された男は魔法を以《もっ》て安易な行動を繰り返して次第に行き場を喪い、遂《つい》には流しの魔法使いとして〝誰にも知られていない〟所を彷徨《うろつ》くしかなくなっていた。

周りに付き従うのは配下とは名ばかりの、彼が使う魔法のお零《こぼ》れに与ろうとする与太郎ばかり。彼等に染まって男の精神もどんどんと堕落していき、今では儲《もう》けのため人身売買や拐《かどわ》かしから身代金を取る商売にまで身を窶《やつ》す有様。

かつての輝かしい、自分は世界の主人公だと思い込んでいた姿はどこにもない。頑張れたら主人公になれたはずの男、そのなれの果てが転がるばかり。

「旦那、旦那」

「ああ……？」

言い知れぬ不快さを延々と胸の裡《うち》に湛《たた》えながら空を眺めていた彼は、配下からかけられた声に頭を擡《もた》げた。

配下の中でも二人いる副官格の男だ。元代書人ながら偽書作成に手を染めて人別帳に棒を引かれた〝表向き〟の商売を任せている配下ではなく、元より裏稼業に頭までどっぷりと浸《つ》かった、彼をここまで転落させるに至った原因の一人である。

彼は何も言わずにニタニタした面をぶら下げて、己《おの》が頭領を手招きで呼びつけた。この不遜な態度は常のことであるので男は気にせず起き上がる。要はどのような場であれ、軽々に口にすべきではない相談があるということだ。

黙ってついていけば、木立の合間に袋が一つ転がしてある。麻袋は商品を入れて運搬するお約束の品であるが、態々《わざわざ》ここまで引っ張ってきたということは別の〝商品〟を仕入れてきたということか。

「どんな具合だ」

「そりゃあもう良い小麦ですぜ。キメ細やかで色は上等、白パンにしたてておお貴族様の前に出しても恥じねぇと思いやす」

「ほぉ」

感嘆しつつ男は袋の中身を確認しようとした。彼等の商いにおいて小麦は人身売買のため攫《さら》ってきた人間の隠語だ。キメの細やかさは品質を表し、色は種族、パンの種類は売り込み先と言った具合。

この場合は見た目の良いヒト種《メンシュ》の子供であるので、身代金商売も期待できれば売り飛ばしても良い値がつくといった内容になる。

どれどれと袋を開き、暫《しば》くしてから男は口を覆った。

「……お前、これどこで引っ張ってきた」

「は？」

さらりと流れる金髪に染み一つない白皙《はくせき》の少女は、見た目だけなら良家の子女と言われても納得する姿である。農家の子供は幼少の頃から外を駆け回り、農作業を繰り返すため小さな時分から既に掌《てのひら》や膝に特徴が現れる。

その特徴が少女には全くない。ただ、着せられているおしゃれ着は市井で買えるような品であり外見とは不釣り合いである。魔法使いの男は曲がりなりに一年ほど貴族である代官の下についており、彼等の服飾文化を知っていた。貴族の子女であれば〝この程度〟の布で仕立てた服など余程困窮せねば着せられることはなかろう。

いや、問題はそこではない。祭りの日だからと子煩悩な親が、薄い財布を漁《あさ》って精一杯めかし込ませるなんて、何処《どこ》の荘《しょう》でも見られる光景だ。

ただ、彼はこの少女そのものに価値を見出《みいだ》していた。

「まぁいい。いつ頃出られる」

「はっ？　ああ、まぁ大した規模ん市でもねぇんで日暮れには……」

「そうか。なら夕刻には出られるようにしろ」

「ああ!?　い、いや、折角の祭りですぜ!?　振る舞い酒くらい貰《もら》ってったら……」

副官は正直に言って男を舐《な》めている節があった。彼をこの業界に引きずり込んだ張本人であり、〝商売〟のいろはを仕込んでやったのだから。それに今まで簡単に操縦してきた手前、どうしたって上手《うま》くやれるという驕りが出てくる。

朱に染まれば朱《あか》くなり、類は友を呼んでしまうもの。魔法使いの男がどうしようもなければ、その副官もどうしようもない。

彼は忘れるべきではないのだ。この男がその気になれば荘一つ簡単に消してしまえる魔法使いであることを。

「……てめぇ、いつから俺の肩に手ぇかけられるほど偉くなった？」

「ひっ……！」

下から睨《ね》め上げられて副官は腰を抜かした。命令に口を挟まれた憤りで乱れた魔力の律動に合わせて瞳が鈍い金色に染まり、髪が意思を持っているかのようにのたうつ。感情の高ぶりによって漏れ出た魔力が無意識に世界をねじ曲げ、風が巻き起こり空間が軋《きし》む。

気ままに垂れ流された魔力は何一つ有益な物を生みだしはしないが、脅しには十分であった。

「分かったな？」

「へ、へぇ！　承知いたしやした!!」

十分過ぎるほどに。

腰を抜かしながらも命令するため去って行く配下の背を見送り、魔法使いは魔法で少女の入った袋を持ち上げると満面の笑みを作った。かつて無垢《むく》だった頃に見せたような、ただ一心に喜びだけを表現する笑みを。

されど、その笑みは最早《もはや》無垢にあらず。純粋に不純なる気持ちのみを固めたが故、表層だけは純に見えるようになったまやかしである。

「さて、これを売りさばけば俺にも目があるな。こんなチンケな隊商の主じゃなく、もっと……もっと……」

折れた刃でも切ることはできる。男は折れた心を持ってまた何かを目指そうとしていた。かつてそうであったように。かつて浴した栄光を忘れられずに。

しかれども忘れてはならない。歪《ゆが》んだ刃で切った物は、その断面までも歪むことを。一度折れた刃は二度と元には戻らないことを…………。

【Tips】傍目《はため》には不可思議な現象を引き起こす魔法や魔術にも厳然たる法則は存在する。


私の幼馴染《おさなじ》みは本当に優秀だ。喝采と賞賛をあらん限りに浴びせても物足りないくらい。追跡を始めて結構な時間が経《た》っている。太陽が傾き始め、今頃広場の祭りは最高潮の盛り上がりを見せている頃かと思う。全員に良い具合に酒精が回り、蕩《とろ》けた脳味噌《のうみそ》から理性が蒸発していって混沌《こんとん》とした場が構築されていることだろう。

盛り上がりと愉快な音楽から取り残された迷子の私達は、決して私一人が同じ時間彷徨《さまよ》っても辿《たど》り着けない答えの下に辿り着いていた。

林の向こう、野営をするには悪くないが商売をするには若干不便な場所に拠点を築いた隊商が終《しま》い支度をしていた。降ろしていた樽《たる》や箱の荷を荷台に放り込み、荷駄を引く馬に最後の水を飲ませて今正に出立しようとしているではないか。

場所的には不便ではあるが、他の有力な隊商に譲らされたか、後から来たから碌《ろく》な所が空いていなかったのだろうなと思わせる絶妙な位置取り。しかし、寂れた立地は人攫《ひとさら》いが好む目立たないという一点では最適の立地だ。

「……ほんとにいたわね」

自分が見つけたというのに何処か信じがたそうにマルギットが呟《つぶや》いた。無意識に握る服の裾が汗で湿っており、濡《ぬ》れて変色した生地が彼女の怖《おそ》れを表しているかのよう。

「そりゃあいるさ。何せ君が追跡したんだ」

「……そう」

少しでも緊張がほぐれればと思って褒めてみたものの、好調な出目が続いたであろう彼女と違って私のそれはどうにも奮わないようだった。冷たく引きつった声には、追跡が成功した喜びなど全く見受けられない。

「でも、本当にあれが人攫いなのかしら」

「どうだろう。だけど、悪人なんてものは……」

見て分かるような格好はしていない。言おうとしていた言葉の先を奪い、蜘蛛人《アラクネ》の乙女は実に珍しい渋面を作った。幼馴染みとして長い付き合いになるが、こんな憎々しげな顔をする彼女は初めて見た。

何はともあれ、悪党という連中は悪党であることを巧妙に隠す。相手に悪党であると分かって身構えられるより、善良な人間の仮面を被《かぶ》って密《ひそ》やかに動いた方が商売はずっと上手く運ぶから。

一目で分かる姿をした連中は三流未満だ。悪ぶることを楽しんでいる素人ばかりで、悪として進んで怖れられることを財貨に換えられるのはごく一部の極まった悪党のみ。だとすれば、慌ただしくも勤勉に荷を運んでいるようにしか見えない彼等《ら》は実に程度の高い悪党であった。

正直、見た目だけは本当に普通の隊商だ。三台の荷馬車と幾頭かの馬や背嚢《はいのう》を括《くく》り付けた驢馬《ろば》を見れば、真っ当な商売で生計を立てており人攫いに手を染めているようには思えない。けれど、現実の人攫いは一目でそれと分かる檻《おり》なんて抱えてはいない。巡察吏にちらと見られただけで立場が悪くなるような物を持つのは、阿呆《あほう》という言葉でさえ言い表せない愚物だけ。

では、何故《なぜ》彼等が普通の隊商と違うと分かるのか。

「見て、あそこに立ってるのと、あっちでサボってるように見せかけてるのは」

「立哨《りつしょう》ね。目の動きがサボってる動きじゃないわ」

彼等は普通の隊商のように見えるが些《いささ》か趣が違うところがある。まず、彼等は護衛の冒険者や傭兵《ようへい》を引き連れていなかった。

　別に全ての隊商が大仰な護衛を引き連れているわけではないが、十数人で動いているような小規模な隊商なら護衛が少数ついていることの方が多い。野盗は取り逃しを出して巡察吏を呼ばれる危険性が高い大規模な隊商より、簡単に包み込んで戮せる小勢の方を獲物として好む故、賢明な隊商主であれば少数で動く場合は抑止力として強そうな護衛を引き連れるものである。

　また、ぶら下げている得物の質が違った。

　私が武器を工面するのに難儀していることは事実だが、三重帝国では買おうと思えば武器を普通に買うことができ、都市の中でなければ携行することができる。そして、危険な外を商品抱えて行き来する商人達《たち》は大なり小なり武装しているものだ。

　ただ戦闘を生業としない彼等がぶら下げるのは自衛のための武器であり、重視するのは取り回しと使いやすさ。短刀なんぞの邪魔になりにくく威圧感も与えづらい品が好まれ、ついでメンテが要らないクラブ――金属で補強した棒きれ――や薪の伐採にも使える蛮刀をよく見るところ。

　だのに連中の幾人かはきちんとした拵《こしら》えの長剣《アーミングソード》をぶら下げているではないか。格好だけではなく使い慣れているらしく、体の重心や鞘《さや》の位置に熟《こな》れた雰囲気がある。常時携行する武器としては優れているが、自衛用としては〝いき過ぎた〟品を何人もがぶら下げている姿は異様だ。

子供みたいに剣に憧れて無節操にぶら下げているわけでもあるまいて。身軽さが売りの隊商が敢《あ》えて身を重くするような真似《まね》を、単なる伊達《だて》でやるとは考えにくい。

ああ、もう、どうしようもないほど全うではない匂いがした。

「……まずいわ、エーリヒ」

「どうしたの？」

証拠としては薄いが不審だと訴えればランベルト氏なら動いてくれるだろうかと考えていると、木の上に陣取ったマルギットが無音で私の近くまで降りてきて告げた。

「もう出ようとしてる。残った荷は中身が傷んでるから捨てていこうって言ってるわ」

「なんで分かったの!?」

「ちょっと唇を読んだのよ。人類種のはみんな形が同じだから読みやすいわ」

しれっとレベルの高いことをしてくれる我が幼馴染みを純粋に賞賛してやりたいところだが、そうも言っていられなくなった。元は冒険者であったと伝え聞く御母堂から仕込まれたに違いない。

さて、ここから皆が集まっている広場までは随分と距離がある。行って大人を説得し、準備して帰って来る頃には荘を出てしまい街道のどの道に出たかは分からなくなるだろう。さしもの斥候も舗装され、何組もの隊商が行き交う街道の上となれば正確に一つの痕跡を辿ることは難しい。

となれば足止めをしなくてはなるまい。危難を伝えるのに二人は要らないから。

「ちょっと、エーリヒ!?」

「足止めするからランベルトさんに伝えて！　私が走るより君の方が速い！」

　善は急げと昔の人は上手いことを言ったものだ。基本的に行動値が高くて損をすることはないのだから、速く動いて少しでも時間《ラウンド》を稼ぐ。なに、慣れたものだろうよ自分、数ラウンド耐えることが勝利条件になるミドル戦闘なんて珍しくもないさ。

　それにヒトの足でえっちらおっちら走るより、持久力にこそ乏しいが瞬発力においては何段も上にある蠅捕蜘蛛《はえとりぐも》種の蜘蛛人《アラクネ》の方が伝令としては適している。前に出て鈍器ぶん回した方が強い種族に無理くり知識判定をやらせるような真似をしないのと同じで、秀でた能力を持ったキャラに判定を委ねた方がずっと効率がいい。

　賽子《さいころ》を振るのはいつだって自分のキャラが輝ける時にするべきだ。別に幼馴染みを前に格好付けてるわけではないとも。

　私は大いに補正を受けた英雄ではないからな。未来仏が与えたもうた福音は何者にでもなれる福音なれど、逆を返せば何にもなれないことにも繋《つな》がる。

　数多《あまた》のセッションに埋もれていった、もう名前も思い出せない戦死したキャラクター達と同じように。

　私は主人公《ヒーロー》ではない。世界に配置《PC1》された一人の駒《PC》だ。駒は強弱こそあれ死ぬ時は死ぬ。大層な設定《ハンドアウト》を背負おうと、重い宿命を与えられようと賽《さい》の目次第で全てが転ぶ。

　なればこそ、なればこそだ。やれることをやらねば、なんのためにこの世界に生まれ直したというのやら。

「……ちと酔い過ぎかな」

勿論《もちろん》、自分にだ。今日はまだ一滴も呑《の》んでない。だけど実戦になりかねない交渉を前にして竦《すく》む身を立たせるためならクサい思考を練ることも時には必要か。場合によっちゃ、リプレイのために録った音声を聞き返すだけで枕が必要になる台詞《せりふ》を吐き散らしたこともあるんだから、それと比べりゃ脳内で済ませてる分マシさね。

「よし、賽子を振るとしようか」

身を隠していた草むらから出て、私はずんずんと彼等の下へと歩み寄る。敢えて姿を晒《さら》し、こちらに注目するように仕向けて。

ただ格好良くキメてみたはいいけれど……私の賽子、出目がおかしいからなぁ…………。


【Tips】無限回の試行の末に収束する確率は、有限回の試行において偏ったとしてなんら不思議はなく、中には必然の目もある。


蜘蛛人《アラクネ》の少女はハラハラした心持ちで無茶をする幼馴染みの背を見ていた。

伝令を託された彼女が木の上に陣取り、大人を呼びに行っていないのには理由があった。年下の少年の言うことを聞くのが癪《しゃく》だったわけでも、ましてや怯《おび》えて動けなくなったなどというわけでもない。

エーリヒが嫌な予感を覚えたように、彼女もまた生理的な本能が危機を感じ取っていたからだ。

狩りに際し、敵から補足された時に感じる危険ではない。

それは言語化しづらい狩人《かりゅうど》特有の感覚。技術的な腕では当たると確信していても、外的な要因で矢が外れると指を放す数瞬前に抱く嫌な直感。

この直感が誤ったことは残念ながら今まで無かった。

急に風が吹いて、別の動物に獲物が掻《か》っ攫《さら》われて、不意にやって来たクシャミを堪《こら》えるために機を逸して。

問題なく当たるはずだった矢が〝運悪く〟外れる時の感覚があった。

この場合の矢はエーリヒか。彼は口がよく回るから、いつもの彼であれば上手《うま》く話を回して彼等の足をきっちり止められるはず。

引き留めるため見張りに声をかけた彼の口からは酒や祝いという形が読み取れた。マルギットが母から教わった読唇は完璧とは言い難いが、単語を拾って話を推察するくらいはできる。

おそらく荘《しょう》からの振る舞い酒があるから呑んでいってはどうかと誘っているのだろう。目出度《めでた》い場に商売を終えた隊商を引き込み、次も来て貰《もら》えるように酒を饗《きょう》することはよくあるので誘いとしてはごく自然な内容。

やっぱりあの子は口が上手いと少女の唇が綻んだ。この調子であれば予想を裏切って上手く足を止め、ともすれば向こうから広場に来てくれるのではないかと。

では見守るのはここまでにして、杞憂《きゆう》で時間を無駄にしてしまった分全力で走って取り戻さねば。そう少女が決心した時、彼女の視界に剣呑《けんのん》な光景が紛れ込んだ。

弁舌を振るう幼馴染《おさななじ》みの背後へ男が一人何食わぬ顔と自然な動作で近づいている。だが、その手には短刀が握られているではないか。

普通であれば気付かない彼ではない。獣の第六感めいた知覚を欺く狩人の奇襲、それを日課の如《ごと》く躱《かわ》す彼が一体どうしてヒト種《メンシュ》の気配程度を読み違おうか。斯様《かよう》に容易《たやす》い獲物であったなら、今日の関係には至っていないはず。

ただ……見るからに彼は〝焦って〟いた。

妹が連れ去られたという事態に。自分がなんとかせねばならないという状況に。失敗すれば大事な家族を喪《うしな》うという絶望に。

その焦りが本気で気配を殺した蜘蛛人《アラクネ》でさえ察知する感覚を打ち消していた。まるでどうしようもない不運《ファンブル》に見舞われたかのように。

渇いた何かが転がる嫌な音。滅多に見せない、しかし取り繕いようのない大ポカをしでかした幼馴染みに「仕方ないわねぇ」と笑ってやるだけの余裕はマルギットになかった。

ランベルト相手に鍛錬をつけて貰っている彼であれば、単なる悪党程度なら軽く捻《ひね》ってしまえるけれど、意識の外から叩《たた》き付けられる攻撃にはどうしようもない。脆《もろ》く柔らかいヒトの体は、ちっぽけな短刀でも壊すのに十分過ぎる。

「エーリヒ……!?」

詰まった息で呼吸が止まりそうだった。あのままでは、あのままでは彼が殺されてしまう。

だけど手の中に武器はなく、声をかけても距離があるので間に合うかは微妙で、ましてや走り出しても間に合おうはずもない。

なにか、なにかないかと縋《すが》るように摑まっていた木に手を添えると……不意に手が沈み込んだ。

慌てて見れば、知らぬ内に木の洞《うろ》へと手を差し込んでしまっていたようだ。そして、指先に何かが触れる気配があった。

冷たい感覚を引き抜けば、木くずまみれの手に収まるのは一枚の古びた硬貨。大きくて分厚い、荘厳な女性の横顔が刻印された貨幣は泥と木くずで汚れても尚《なお》誇り高く金色に輝き、ずっしりとその存在を主張する。

意識してか無意識にか、今までの人生で最も速く手が動かされる。髪を飾る幅広のリボンを引き解き、偶然に摑《つか》み上げたコインを包んだ。

即席の投石機だ。長期の野外活動で矢が尽きたり弦が切れたりした時に備え、母が仕込んでくれた知識がコインと共に輝きを放つ。教えられた時にはよもや使うことなどあるまいと思っていたが、その〝よもや〟が本当に訪れようとは。

よもやといえば、このコインの存在だ。こんな高価そうなコインが木の洞に落ちていて、偶然この瞬間に手に触れる理由など想像も付かない。

だがなんだっていい。彼を助けられるのであれば、このコインが如何《いか》なる理由でもたらされようが知ったことではなかった。使えるのであれば石ころだろうと熟れていない果実だろうと構わなかったのだから、たまたま見つけたコインを厭《いと》う理由が何処《どこ》にある。

投石機を振り回し頭の上で輪を作る。球とは言い難い形のコイン故に軌道は安定するまいし、正式な投石機でもないのできちんと投げようとすればリボン諸共《もろとも》に投じる必要があるので次弾はない。

間合いはどれほどか。ヒトの歩幅にして五〇歩も離れた間合いは馴染《なじ》んだ短弓では必中の間合い……だが、手に張り付くような相棒は家で昼寝の最中だ。

なれど、なればこそ当てなければならない。彼の命のために。

私が愛する彼が命を懸けているなら、外したら自分も死ぬ覚悟で投じねばならない。

信仰心に然程《さほど》厚くない彼女は指を放す寸前に祈りを捧《ささ》げることはない。狩猟を司《つかさど》る神にも、戦の神にも、そして愛の神にも。

最後の最後に勝利を摑むのは手前だと信ずる狩人であるがため。祈るのは最後の最後、狩りが平穏に終わった感謝を捧ぐ時のみ。

神の加護もなく、ただの偶然もなく、命を懸けた一投は揺るぎなく敵を穿《うが》った。少年の首元へ短刀を突き込もうとする男の肩へ、紐《ひも》でも張ってあったかの如くコインは驀地《まっしぐら》に突き立つ。

遠間にあっても耳に痛いほどの悲鳴と鈍い音。肉が拉《ひしゃ》げて骨が折れ、短刀を持っていた右腕が本来動かない方向へとねじ曲がる。肩の骨と関節が質量と運動エネルギーからの熱烈な抱擁によって完膚なきまでに破壊されたのだ。

悲鳴への反応は二つに分かれていた。成功して当然の伏撃に失敗した悪党達《たち》は事態を理解しかねて動きを止めている。

一方で苦悶《くもん》の絶叫に振り返った幼馴染みの反応は違った。

もう〝切り替わって〟いる。

彼はいつもそうだった。戦う時はまるで何かが切り替わるかのように雰囲気が変化する。いつだったか呟《つぶや》いていたっけ。そういう情景《シーン》になったと。

なら彼は大丈夫だ。あの幼馴染みは簡単に死なない。であるなら、己がすることは彼に勝利を運んでくることだと蜘蛛人《アラクネ》の少女は走り出した。

ここで一緒に戦ってやれないのは不甲斐《ふがい》ない限りである。だけど、武器もなく奇襲もできない蜘蛛人《アラクネ》に如何ほどのことができようか。

「死んだら絶対に許さなくってよ」

悔しさを吐き捨て、彼女は一心に、千切れてもかまわないとばかりに全速で足を動かした……。

【Tips】妖精のコイン。ケーニヒスシュトゥール荘に伝わる民話。幼子の安寧のため位階の高い妖精に授けられたとまことしやかに囁《ささや》かれるが、その行方は要として知れぬ。ただ、荘の老人は本当に困った子供の許に現れると語っていた。


悲鳴に振り返って悟った。

ああ、私はやらかした《ファンブルした》のだと。

知覚判定にしくじってバックアタックを喰《く》らうことなんてよくあること。ただ、そのよくあることでパーティーが半壊したり、ともすれば初撃でタンクが沈んでグダグダに全滅なんてこともあった。

もうほんと、碌《ろく》なことがないよなぁ。五人が知覚判定振って、最高値が四だった時は「お前のせいか！」と全員から詰《なじ》られた思い出が一瞬で沸き上がってきた。ヤな走馬灯だなマジで。

まぁいい、私のポカは親愛なる隣人《スパイダーなガール》もとい幼馴染みがカバーしてくれた。とっくに伝令に走っていたものと思ったが、きっと私の危なっかしさをハラハラしながら見守ってくれていたに違いない。

だったら今からは私が活躍する番か。いいとも、探索《アドベンチャー》が終わったら戦闘《クライマックス》、毎度の流れじゃないか。交渉判定に失敗したら〈肉体〉で判定して押し通るのは全てのＴＲＰＧプレイヤーが通る道。

やはり物理。物理的交渉は全ての無理を通してくれる。

〈雷光反射〉により極限まで高まった反射神経の中、じれったいほど遅い手を動かして男の手からこぼれ落ちる短刀を空中で捕まえた。飾り気もなく安物だけど、使う分には問題ない品だ。

ひとまずの反応《リアクション》には成功。バックアタックを防いだボーナスか敵は固まっており、どうやら私が最初に行動できるらしい。

ターン制バトルを現実感がないと馬鹿にしていた時期もあったが、存外的外れでもなかったのだな。そう感じ入りつつ、私は捕まえたナイフを手の中で転がして逆手に握った。身を屈《かが》め最低限の動きで反転、握ったナイフを腰に当て、空いた左手は柄頭《つかがしら》にしっかり添える。所謂《いわゆる》ドスを構える時のポーズだが、全身を使って突き込むため威力は高く、しっかり柄を保持できるから手が滑って自分の手を切る心配もない合理的な動き。

〈戦場刀法〉においては短刀の扱いにも補正が入る。この小さな刃物は最後の友人。矢が尽き槍《やり》が折れ剣の刃が欠けた時の頼りであり、小回りに優れる予備武装の扱いを外すなんて片手落ちな真似《まね》を実戦で磨かれた技術がするはずもない。

「がっ!?」

私は体ごと刃を押し込め、さっきまで会話していた相手の膝に切っ先を突き込んだ。肉があっさりと裂けて筋が切れる気味が悪い感覚。骨を削りながら突き進む刃を〝こじって〟傷口を広げる手触りは……なんとも不愉快なことに狩りで得た獣を解体する時と何ら変わることはなかった。

やだなぁ、初めて人間に刃を立てた感慨がこれか。色々高尚なことを宣《のたま》いながら、所詮は単なる生物に過ぎないのだと見せ付けられているようだ。

いや、実際そうか。利益を求めて私の家族を攫ったヤツがいて、家族を守るためそいつらに二度と歩けなくなるような傷を負わせているのだから、どこまでいっても私達は人間に過ぎない。

なら、お綺麗事《きれいごと》を考えるのは後だ。

刃を捻って広げた傷口からナイフを引き抜き――こじったおかげで思ったよりすっと抜けてくれた――一番手近な男に狙いを付ける。膝を突いた男はもう立てないし、痛みに悶《もだ》えているから無力化したと見てよかろう。

目標とした彼は、望外にも荷を抱えたまま事態を飲み込みきれておらず惚《ほう》けているではないか。

つまりはもう一ターン動いてもいいってことっすかね？

一挙手で間合いに入れない距離であったので、短刀を投げるように持ち替えて刃を指で挟む。武器投擲《とうてき》も戦場の習いなれば、正式な技能には劣るけど当てることくらいはできる。この距離だと三回転半……くらいか。

「いっ!?」

投じた短刀は右の肩口にしっかりと突き刺さった。殆《ほとん》ど鍔《つば》まで刃が食い込んでいるので、もう得物は振るえまい。着込みもしていないのが分かって有り難かった。流石《さすが》に帷子《装甲点》まで抜いて倒すのは骨だから。

　足を押さえて悶える男の腰から短刀を奪い取り駆けだした。こちらも安物ではあるがきちんと使い込んでおり、刃も毀《こぼ》れてないので役割は十分に果たせるかと思う。

「なんだこのガキ!?」

　次に手近な男へ先手必勝とばかりに突っ込んだが、敵も伊達《だて》に悪党をやっていないのか困惑こそ残るもののキチンと反応して蛮刀を抜いて私を迎え撃ってきた。振りかぶれば枝を切り飛ばせるトップヘヴィの刃物は、当たれば子供の頭蓋など熟れすぎた瓜《うり》のごとく叩き割ってしまう。

　が、それも当たればの話。私は転ぶように前転し、小柄な体躯《たいく》を生かして刃の下を潜《くぐ》り抜けた。万一を避けるため剣の軌道を構造上逸らし難《にく》い左側へ逃げ、すれ違い様に裏拳を叩き込むように逆手に握った短刀を膝裏へ突き込んだ。

「いっ……がぁぁぁあ!?」

　骨に守られていない膝の裏は実に柔らかくて斬りやすい。骨に当たった切っ先が逸《そ》れて靭帯《じんたい》を切り飛ばしているのが感覚で分かったので彼が転ぶ前に引き抜いた。ああ、転倒の状態異常まで付けられるから膝は本当にいい狙い目だな。

　転んで下がってきた頭に柄頭を叩き付けて男を昏倒《こんとう》させる。そして骨に当たって歯先が欠けた短時間の相棒を放りだし、次の相棒として取り落とされた蛮刀を指名した。幅広で肉厚の剣は大人の前腕部くらいの長さだが、私にとっては丁度良い身幅か。

さぁ、お次は……って、あぶねぇ！

視界の端っこにちらっと弓手が入ったので反射的に蛮刀を掲げれば、次の瞬間に凄《すさ》まじい衝撃が腕を襲った。刀身幅の広い武器は、こういった時盾にしやすいから便利でいいやね。

「ウッソだろおい!?　あれホントにヒトのガキか!?」

「黙って射かけろ！　もう三人もやられてんだぞ!!」

「全員集まれ！　なんだか知らんが殺せ！　ナリなんざどうだっていいだろ!!」

いかん、全員本気出してきた。剣に手槍《てやり》に短弓とか本気じゃねぇか、どこに隠してやがった。

野盗や山賊といえばTRPGにおいては十把一絡《じっぱひとから》げのトループという一塊で単体の敵として見做《みな》されるモブ敵中のモブ敵だが、連中そんなお粗末な敵じゃないな。弓手は射界を通すため樽《たる》の上に乗って高さを稼いでるし、襲いかかろうとしてくる二人もしっかり射線に入らない位置取りをしている。

一纏《ひとまと》めで片付ける背景の一部とはいえないくらい手慣れていやがる。

ちょっと大人げなさすぎませんかねと思いつつ、次の一射は横に大きく飛び込んで躱《かわ》した。最初の一射を弾《はじ》いたせいで右手が痺《しび》れているから、次の一撃は回避しないと防げないと思ったからだ。

「トッたぞこんガキィ!!」

すかさず手槍を構えた野盗が突っ込んで来たので、蛮刀を右の逆手に握り、峰は腕に添え、腹を左手で押さえて穂先をいなした。〈雷光反射〉と〈観見〉のコンボがあるから防御や回避の反応《リアクション》が面白いくらい上手《うま》く決まってくれる。どちらも高い買い物だったが、本当に持ってて良かった。

倒れた状態から流されるとは思っていなかったのか、彼は勢い余って間合いを詰めてきたので肩を軸に足を振り上げて足を刈り取る。

「うおっ……ごがっ!?」

そうして倒れたところへ容赦なく踵《かかと》を鼻面へ叩《たた》き込んだ。肘で地面をグリップし、しっかり勢いをつけた両足を全力でぶつけたので子供の体軀でも気絶級の一撃にできたか。

「くそっ、大丈夫かオイ!?」

「馬鹿野郎！　先にガキを殺せ！」

気絶した仲間に気を取られて片手剣を持った男が足を止めている隙に立ち上がり、雑多に並んだ木箱を盾にして射界から逃れる。よし、腕の痺れは少しマシになってきたか。

「エリザ！　いるのかいエリザ!!」

こうなったら下手人は確定。後ろめたいことがあって早く離れたいからこそ、厄介な私をどうにかしてしまおうと目論《もくろ》んだに違いない。殺すにせよ気絶させようとしたにせよ、理由がなければ振る舞い酒を誘いに来た子供を害する理由がない。

声を上げながら荷の間を縫うように行き来し時間を稼ぐ。何も私だって馬鹿ではない。

全滅させられるなんて甘いことは考えていないとも。いくら鍛えていようと子供のスタミナでは連戦に耐えられないし、なんなら既に結構キツイ。鍛錬を付けて貰《もら》っている時よりも心拍はずっと速く、荒くなる息を止められない。

恐《こわ》いのだ。一歩しくじれば死んでしまう現実に精神と体が悲鳴を上げている。

彼等《ら》はランベルト氏と比べると月とすっぽんどころのレベルではない。多対一の状況でも我らが自警団長ならば、あのおっかない段平《だんびら》を振り回して瞬きの間に全員を膾《なます》にできるだろう。

そんなランベルト氏と切り結ぶよりも容易《たやす》いはず……容易いはずなのだ、本当は。

だのに思うように体が動かなかった。

「見つけたぞクソガキ！」

「大人しくしろ!!」

振り下ろされる剣は遅いくらいで、突き込まれる短刀は間合いが半歩ばかし遠い。容易く打ち払って指を切り払い、短刀を蹴飛ばし、柄で頭を張り飛ばして無力化はできる。だけどもスタミナの消耗が早い。抑えようと思っても息が荒れて汗が止まらない。柄がじっとり脂汗で濡《ぬ》れて、どうにも握力の制御が難しかった。

まだ何分も経《た》ってないような気もするし、何十分も経っているような気もするから困る。最初は時間をカウントしながら頑張ろうとか思ってたのに、いざ戦闘が始まったらこの様だから情けないことこの上ねぇ。

今片付けた二人で七人。頭数が減ったから逃げやすくなったけど……ちょっと私、場の空気に任せてやり過ぎたか？

この調子だとエリザが人質に取られてしまうかも……。

「……また無様な」

自分の呼吸と耳の間近で鳴る騒々しい血流を払うように声が響いた。酒で焼けたしゃがれた、しかしまだ年若い声を辿《たど》れば、唯一幌《ほろ》が付いた立派な馬車の間口に立つ男が一人。

重々しく所以《ゆえん》もよく分からない装飾品で身を飾ったローブの男。中肉中背で目を惹《ひ》く容姿ではないけれど、隈《くま》で縁取られた半眼だけが嫌に目立つ。濃い琥珀色《こはくいろ》の瞳が陰った陽光に照らされて不気味に光り、角度によっては金色に見える。

あんな格好をして道具をジャラジャラぶら下げているような人種は一つしかない。杖《つえ》こそ抱えていないけれど、あれは……魔法使いだ。

「ガキ一匹になんという様だ、オイ」

「だ、旦那……」

私に指を叩き落とされて、千切れた指を必死に拾い集めていた男が情けない声を上げて男を見上げた。

「ち、ちげぇんです、こいつは……」

「弁解は聞きたくないな。が、結果を持って来いといっても、この有様では最早《もはや》期待できないか」

バサリとローブの裾を払いながら地面に降りた彼は、心底面倒臭そうに髪を掻《か》き上げ、胡乱《うろん》な目で私を見た。

「……まぁ、今回の損失の穴埋めくらいにはなるか」

怖気《おぞけ》が背筋を舐《な》め上げる。マルギットに耳元で囁《ささや》かれるような、ある種の心地よさが混じった悪寒ではない。

あれは値踏みする目だ。それも人を見る目じゃない。市場に並ぶ出荷前の家畜を見定めるような目は、私を見ていても私自身を見ていない。

商品として売り出したら幾らになるかだけを見ていた。いや、もっと冷徹な、人間以外の何かとして見下されているようでさえある。

「指を抱えて下がっていろ、後で継いでやる」

「へっ、へぇ!!」

去って行く男と入れ替わりで魔法使いが近づいてくる。野盗のグループの首領格が魔法使いね、うんうんあるある。

……だけど、ちょーっと風情が違う気がするのはなんでだろう。程度の低い、基本レベルの魔法をぶつけて喜んでいるお山の大将的な魔法使いとはどうにも違う。

「礫《つぶて》よ」

「がっ!?」

警戒せねば、と思った次の瞬間に私は宙を舞っていた。顎に激痛が走り、体を反らしながら吹き飛んでいると自分が認識するまでに、〈雷光反射〉によって引き延ばされた感覚の中で尚《なお》も暫《しば》しの時間が必要であった。

何をされたか分からなかった。〈観見〉を以《もっ》てしても予備動作が見つからず、小さな呟《つぶや》きから吹き飛ばされるまで寸毫《すんごう》ほどの間もないというのに、顎にはランベルト氏からイイ一撃を貰ってしまった時と同じくらいの衝撃がある。多分、というより間違いなく物理衝撃を加える魔法を受けてしまったのか。

何度となく氏にブン殴られ、インパクトの瞬間に〈受け身〉を取ってダメージを軽減することに慣れてなければ顎が砕けて気絶していたな。ダメージ軽減の技能や特性をきっちり伸ばしておいてよかった。殴られる前に殺せ的なノリのシステムになじんでいたけど、その感性に従ってビルドしていたらここで終わっていた。

積み上げられていた木箱に突っ込んで短い飛行体験は終了と相成った。幸いなことに木箱は重い中身がなかったのか私と一緒に吹き飛び、転がって地面に衝撃を逃すことができたので大きなダメージは入らない。今ばっかりは小さくて軽い体に感謝だ。

「ぐ……」

が、痛いものは痛い。口の中が血の味で一杯だし、舌の上を転がって喉の奥に入りかけたコイツは歯か？　全体が満遍なく痛いせいで何処《どこ》が折れたか分からんが、永久歯だったら許さんぞ野郎……。

ともあれ派手に転がったことだし、このまま大人しくして隙を探ろうか。子供だからと一撃で意識を刈り取れたと侮って近寄ってきてくれたら、一気に間合いを詰めて反撃してもいいし、このまま放置されるならそれはそれで本来の目的が時間稼《じかんかせ》ぎ……。

「ふむ、念のためもう一発ブチ込んでおくか？」

「うおあああ!?」

　不穏な発言に驚いて飛び起きれば、さっきまで頭があった空間が弾けて再度吹き飛ばされた。

　風に煽《あお》られ体が飛び、着弾地点に土煙が発生したことからして圧縮した大気でも叩き付けてきたのか。いや、それとも起点の空気を瞬間的に膨張させたのか？　なんにせよ不可視で避けづらい魔法を短い呪文で放ってくるとか止《や》めてくれないか。

「ほぉ、直撃して気絶もせず、しかも避けるか」

　回転の勢いを利用して立ち上がり、近くに転がっていた短刀を拾い上げて再武装。感心したようなことを言いながら、表情は不愉快そうに歪《ゆが》めている魔法使いは大物ムーブを決めようとして失敗しているようにしか見えない。思わず私が笑ってしまいそうになったが、下手に煽って発狂されたら困るので精々真面目な面をしてみせよう。

「エリザを、妹を帰せ!!」

　失笑を啖呵《たんか》に代えて吐き出せば、魔法使いは首を傾《かし》げてみせた。

「さて、私はお前の妹など知らないな。むしろ急に切りつけられた配下が哀れでならないくらいだ」

見え透いた嘘《うそ》をヌケヌケと。思わず短刀の柄《つか》が軋《きし》むほどの力を込めてしまうが、論法は分かる。たとえ子供相手でも誘拐したという言質をとられたくないのだろう。

ここで殺してしまうか、同じく攫《さら》ってしまう予定だったとして余計なリスクを背負わないため。

「だから手早く片付けさせてもらおう」

長ったらしい口上もなく、ただ淡々と言い切って魔法使いは魔法を放った。空間が爆《は》ぜる不可視の打擲《ちょうちゃく》に体が躍り、防御もままならず受け身と覚束《おぼつか》ない回避で辛うじて身を守る。

一発目、頭の辺りが爆ぜたので体を沈めてやり過ごす。

二発目、しゃがんだ腹の方で爆ぜたので背後に飛んで回避する。

三発目、空中にいる時に背中で爆ぜて回避できなかった。代わりに脱力して転がり、接近を試みる。

四発目、進路の先で爆発したので短刀を地面に突き立てて急制動をかける。

五発、六発、七発…………。

【Tips】時に魔法の焦点具を身に宿さぬ種に生まれながらも、突然変異的に焦点具を宿して生まれてくる者もこの世には存在する。

対象地点の大気を瞬間的に膨張させて爆発させる魔法は彼にとって特別な魔法であった。

初めて戦った時、咄嗟《とっさ》に出た魔法だからだ。

短い詠唱、ないしは全くの無詠唱でも威力の減衰がなく、しかし槌《つち》で殴るのと遜色のない威力を発揮する魔法は実に使い勝手が良かった。軽く当てれば相手を殺さず、しかし多重発動させ同位置に複数を叩き込めば大型の怪物でさえ昏倒《こんとう》させる。

帯にも襷《たすき》にもなる便利な魔法。冒険とも呼べぬ蛮行の中でも数多《あまた》奮ったなじみの業。

森遊びに幼馴染《おさななじ》みと出た中、襲いかかってきた獣を撃退した魔法は彼の自信の根源といっても良かった。

自分は戦い、守ることができる存在であると担保する思い出だったから。

だが、それが悉《ことごと》く躱《かわ》され、いなされていく様は男の神経を酷《ひど》く逆撫《さかな》でた。ささくれだった思考が荒《すさ》み、元より不機嫌だった心が渇いていく。

勿論《もちろん》本気ではないと誰にするでもなく頭の中で言い訳をし、躱された魔法の次弾を放つ。捕まえて妹諸共《もろとも》商品にして損害を補填するつもりだから、もっと高威力で手っ取り早い魔法を使えない理由が男にはある。

ああ、また外れた。今度は転んだ所を狙って放った必中の予感がある一撃だったのに、器用に体を捻《ひね》って移動して避けられてしまった。それに合間合間を縫って幻覚を見せる魔法や眠気を誘う魔法も放っているのに、悉く抵抗されるのは何故《なぜ》だ。〝意志が弱く自我が未発達な子供〟であれば容易く堕《お》ちる惑いに全く惹かれない理由が分からない。

挙げ句の果てに空間が爆ぜる衝撃を利用して立ち上がりさえされると、いや憤りが増していく。

どうして、どうしてどいつもこいつも俺の思い通りにいかないのだ。

落ち着けと自分に言い聞かせながら魔法を放つ。淡々とスマートにやっているつもりなれど、その精度に乱れが生まれていることに彼は気付いているのだろうか。

苛立《いらだ》ちの中に疑念が混じった。見た目はなんの変哲もないヒト種《メンシュ》に過ぎない。そして年の頃は一〇を少し越えたあたり。成人が一五で子供も容赦なく働かされる世界では成熟も早いものだが、それにしても〝強過ぎる〟のではなかろうか。

子供であれば最初の一撃で昏倒していなければおかしい。自警団にくっついて稽古をつけて貰《もら》っているような、自分の故郷でも大勢見かけたような子供だったとしても耐えられるはずがない。

疑念は思考を呼び、思考は魔法の精度を狂わせ、当たらなくなる事実が嫉妬をねじ曲げる。

斯《か》くして男は一つの結論に至った。

アレは同類《前世持ち》であると。

見た目通りの子供であれば持ち得ぬ技術。それに彼が商品として売り払えると思うほど身に蓄えたものは、この世に依怙《えこ》贔屓《ひいき》されて生み出された者でなければ持ち得ないはずだ。

堕ちた境遇とまだ若く、直向《ひたむ》きに妹のためにボロ雑巾のようになりながら向かってくる姿がより腹立たしいものに思えてきた。

辿ってきた道だからこそ。否、逸《そ》れてしまった道だからこそ。

人は知らぬものに焦がれることはない。食べたことのない味を欲しないように、知らない生き方に憧れはしないのだ。

ただ一度手にしたものを喪失し、それを他人が持っている姿を見てしまったならば……。

アレは自分の前から完全に消してしまわねばならないと男は確信した。理由などあろうはずもない。今後人生に深く関わるでもなし、普通に売り飛ばしてしまえばそこまでですらある。

身のうちで煮えたぎる稚気溢《あふ》れる嫉妬心。人が人を殺す理由など、それで十分に過ぎる。

だが見ているのは相手だけで、相手すらも目的を果たせば消え去るというのに彼は魔法を練りながら虚勢を張った。子供相手に高熱で広範囲を焼き払い、空間を越えて追尾する本気の殺意を叩《たた》き付ける己を無意識に恥じているから。

どこまで行っても人間は〝自分〟からは逃げることができないと、否定しながらも本心では理解しているが故の所業であった……。


【Tips】神は故あって世界に駒を配する。人が水槽を手入れし、水草を替え、魚を増やすのと同じように。その行為を水槽の中から見ても理解はできまいが、外から眺めるならば……。

どれだけ回避したかも分からなくなるほど回避し続けた頃、渋面程度に収まっていた魔法使いの顔が露骨に崩れてきた。真一文字に結ばれていた唇の形は歪み、眉根に寄った皺《しわ》は赫怒《かくど》の色を隠しきれぬ。

怒っているからだろうか、爆発の頻度こそ増せど、精度が甘くなってきた気がする。

ああ、良い所が爆ぜた。背後の空間が爆ぜたので、これ幸いと加速に使わせて貰う。何十歩分もの距離を一拍で埋めることができた。代償に足首が酷く痛み、全身打ち身だらけだが……なぁに死ななきゃ安い死ななきゃ安い。

ふと、爆発音を聞き過ぎて麻痺《まひ》した耳で愛《いと》しい声を聞いた。

見れば、魔法使いの男が出てきた馬車の幌《ほろ》からエリザが顔を出しているではないか。

「……もういい、手間の方が勝るのであれば」

妹の名を呼んだはずの声さえもよく聞き取れないのに、男の声だけはよく聞こえるような気がした。

そして、男の前の空間が発光する。白い光が描く複雑な陣形は、確か魔法陣と呼ばれる魔法の補助術式であっただろうか。本では読んだことがあるが、やってくる隊商の魔法使い達《たち》は使っていないので目にするのは初めてだ。

その綺麗《きれい》な光が唸《うな》りを上げ、空気が赤熱し魔法陣よりも尚白く発光する。日が傾いた薄暗い林に日が昇ったかのような鮮烈な光が生まれた。そは輝かしい陽光ではなく、空気諸共に私を焦がさんとする破壊の曙光《しょこう》。

これは流石《さすが》に……回避も抵抗も無理かな。

致死の術式に心が萎えかけるが、体は自然と前に出ていた。頼りない短刀を一本抱え、あるかも分からない生存の可能性に賭けて前へ出る。

機会があるなら賽子《さいころ》は転がすべきだ。もしかしたら愛しい愛しい六つの目が二つ並ぶことだってあるかもしれない。相手の賽子が憎々しい真っ赤な目を二つ並べることだってあるかもしれない。

「あにさま!!」

光が膨れあがり、私を呑《の》み込もうとする刹那……私はエリザの声を聞いた………。

【Tips】魔法や魔術には対象を選んでかけるものと、現象を引き起こして作用させるものがあり、前者は抵抗することが不可能だが回避することが能《あた》い、後者は抵抗できるが発動すれば回避は困難という特性を持つ。

泥のように粘つく不快な眠りから引き摺《ず》り出されたエリザは気分の悪さに泣きたくなった。

お外で知らない人に会って恐《こわ》かったことまでは覚えている。ただ、そこから先のことが分からない。どうしてこんな所で袋に詰めて転がされているのか。

今日は良い日になるはずだったのに。大好きな兄様とお祭りに行って、約束していた氷菓子を食べさせてもらって、もしかしたらまた踊って貰えるはずだったのに。

そんな良い日がどうしてこうなってしまったのか。目が覚めたのに気持ち悪いくらい眠くて頭ははっきりしないし、外はバンバンと五月蠅《うるさ》くて堪《たま》らない。心細くて兄様の名を呼べば、言葉と一緒に涙も出て来てしまった。

泣いていたら袋の口が独りでに開いた。きっとお友達が助けてくれたのだろう。

エリザは帰りたくて袋から這《は》い出すと、そこは見たこともない所だった。

暗くてかび臭くて陰気な馬車の荷台。街へ行く時に父様《とうさま》が乗っているのとは全然違う。ここにはいたくない。エリザは直感的にそう思った。ここにいたら碌《ろく》なことにはならないと分かるのだ。この場にこびり付いた何かから。残された暗い空気から。

外では大きな音が鳴り続けていて恐いけれど、意を決してエリザは外へ出た。

幌からおそるおそる顔を出して目にしたのは、愛する兄が襤褸《ぼろ》切れのようになっていく姿。

見惚《みと》れるほど綺麗な金色の御髪《おぐし》はバラバラに乱れてしまい、白いお肌は青痣《あおあざ》が浮いて痛々しい斑《まだら》に染まっていた。大好きな青いお目々も片方が腫れて見えなくなって、折角エリザとのお出かけだからと着ていた綺麗な服も泥まみれ。

痛々しい兄の姿にエリザは己の身を引き裂かれるような絶望を覚えた。優しい兄様が酷い目に遭っているというだけで、エリザは自分が酷い目に遭うよりもずっとずっと辛《つら》いことに気がつく。

兄様が虐《いじ》められている。兄様が傷つけられている。兄様が……兄様が死んでしまう。心が砕けるほどの絶望に少女は声を上げる。形にならぬ声で慟哭《どうこく》し、震える声帯は兄のことを呼ぶ形となる。

そして、絶望を運ぶ白い光が解けた…………。

【Tips】世界に働きかける魔法において最も重要なのは、世界を曲げるという強い意志である。

形を結びかけていた魔法が解け、死へまっすぐ伸びているかのように思えた道が活路に繋《つな》がった。

「なぁっ!?」

理由は分からないが放たれる寸前であった魔法が霧散し、圧倒的な輝きが陽炎《かげろう》の如《ごと》く熱の残滓《ざんし》さえ残らず失《う》せたのだ。

……なんだか分からんがとにかくよし!!

思考の全てを捨て、拓《ひら》けた道を駆け上がり短刀を渾身《こんしん》の力と共に腹へと刺し込んだ。

「かっ……あっ……!? なっ……?」

魔法使いを無力化するには腕を潰すのでは足りないから、魔法を使う時に呪文を唱えていた彼の口を止めるため腹を刺した。腹を刺されればさしもの魔法使いも上手《うま》く喋《しゃべ》れまい。

何より、この期に及んでまだ〝殺し〟には些《いささ》か抵抗があった。

確かにここまで痛めつけられて、殺されかけた上に人の大事な妹まで拉致してくれたのだから一〇回殺して一〇〇回吊《つ》るしても足りないところであるが……どうしても殺すのは恐かった。

喉を突けば確実に死に、魔法の詠唱を止めるのに効率が良いだろう肺を刺せば血で溺れて死ぬと思うと……刃先を向けることができなかった。

私は臆病だ。殺人者になることがこの期に及んで恐い。だが、このまま気合いを入れて魔法を唱えられるのも恐い。

だから代わりにぶん殴っておきます。

「き、きさ、なんて……こぶっ!?」

人を殴るコツが一つ。殴る前に石か何かを握り込んでおくと効率が良いぞ！

「ぎゃぶ！　ぎっ!?　がっ……!?」

正拳をきっちり作ると拳へ伝わる威力のロスが少ないという教えは、勿論物騒なこと全般の師であるランベルト氏の賜物《たまもの》である。そして、手軽に硬い正拳を作りたいなら親指を無理に握り込むより、石か何かを握っておくのが一番だそうだ。

拳を固めてフォームを守り、上から振り下ろす軌道で重力を味方に付ければ、子供の拳と力でも大人に痛打を与えられるって寸法よ！

丁度良いものがないかと思って周りを見渡せば、良い塩梅《あんばい》のコインが転がっていたので借りておこう。金は力なり、んっん～名言だなこれは。

コインで固めた拳を叩き付けると、折れた歯が突き刺さって酷く痛いが魔法を唱えられるよりマシだ。とりあえず門歯を全部ブチ折っておけば大丈夫かな？

念入りに殴り、おまけに追加で二～三発ぶん殴ったら静かになったのでこれで良し。重要な臓器を避けて刺したから直《す》ぐには死ぬまいし、これでよかろう。

うん、我ながら甘いがこんなもんかね。

周囲を見回せばいつの間にか誰もいなくなっていた。そりゃそうか、あれだけ派手に魔法がぶっ放されれば危なくって近くにいられんわな。

「エリザ、大丈夫かい？」

「うん……」

何故《なぜ》か呆然《ぼうぜん》としているエリザの脇に手を差し入れて馬車から助け出し、力一杯に抱きしめた。温かく優しい匂いがする彼女は昼間に抱きしめてやった時と変わらずに腕の中にいてくれる。

「……よかった……本当に……よかった」

当たり前の……当たり前だったこと。それが羽のように私の手から攫《さら》われてしまうことが何よりも恐かった。この温《ぬく》もりのなんと尊いことか、この重みのなんと得難いことか。

「あにさま」

「ああ、私はここにいるよエリザ」

「あにさま……」

ぐすりと鼻が鳴り、漸《ようや》くまともに恐いと感じることができたのかエリザが声を上げて泣きだした。

「よがっだぁ……！　あにざまぁ！　あにざまがぁ！」

「ああ、兄様はここにいるよ。ごめんねエリザ、一人にしてしまって。もう兄様は離れないからね。だから泣き止《や》んでおくれ」

喉よ裂けよとばかりに大声で泣き始めたエリザを一心に抱き留めた。背を撫《な》でてやり、髪に顔を埋《うず》めて少しでも密着する面積を増やしてやる。こうしてやるといつも彼女は落ち着いて眠りに落ちる。体は叫び出したくなるほど痛むけれど、危険な目に遭って怯《おび》える妹より重大事かといえば断じてそんなことはない。

さぁ、いつまでもこんな所にはいられない。当初の予定とは違ってしまったけれど、あそこまで痛めつけていれば動けないし広場に向かうとするか。マルギットも頑張ってくれているだろうから、きっと向かっている途中で合流できるはず……。

歩き始めて暫《しばら》くして、後ろで何かが動く気配がした。

振り返れば、血まみれの顔を押さえて魔法使いが立ち上がっているではないか。

いつの間に!?

あらん限りの憎悪が籠もった目と視線が絡み、呪いにかけられたように体が動かなくなった。いつの間にどこからか持ってきたのか、大きな杖《つえ》を持った彼は呪文も無しに巨大な魔法陣を描いたではないか。

それはつい先刻私を焼いたものよりもずっと大きく、そして〝怖《おそ》ろしい〟色をした魔法陣。大気が凪《な》ぎ、この場の空気が死んでしまったように静まりかえる。

ぶつぶつ響くは歯がへし折れて舌が潰れて尚《なお》も吐き出される呪詛《じゅそ》の声。血混じりのそれに合わせて魔法陣が大きく光り、私は今日何度目かになる死を幻視する。

インクが滲《にじ》むように魔法陣の中央に闇が生まれた。じわりじわりと闇は大きくなり球を成す。

それをなんと形容するべきか、私の語彙に乏しい頭では上手く処理できなかった。

夜のように暗く、涸《か》れ井戸の底のように重く、葬列のように静かで、眠りのように虚《うつ》ろ。大凡《おおよそ》名を付けることができぬ黒い球は魔法陣の中央で人を優に飲み込める大きさへ広がって行く。

世界に穴が穿《うが》たれたかのような黒点。今にも歪《いびつ》で怖ろしいナニカが解き放たれようとしている。

本能で分かった。あれからは逃れられないと。放たれたが最後、人の身に許される抵抗など一切ないのだ。

「みな、しね。おれをみとめないものは、みな、しにたえよ」

不確かな呪詛の中で、その言葉だけが妙に耳へ響いた。

近づいてくる黒点が異様に緩やかに移るのは、果たして〈雷光反射〉がなんとか回避しようと足掻《あが》いているからか、黒点そのものの異様な性質によるものか……。

「また奇妙なことになってるわね」

絶望が這い寄る視界に割って入る背があった。それはとても自然に、ちょっとした目的地に歩いていくかのような気軽さで私達《たち》の前に割って入ってきた。今まで誰もいなかったはずの視界の端から、さも当然のように軽い足取りで。

「それにしても荒くて無駄の多い式だこと」

ぱちんと涼やかな音が世界に染み入り、黒点は消え失せた。私を焼こうとしていた炎が消えた時よりも更に自然に、蠟燭《ろうそく》の火が断ち消えるかのように。

朱に色を変えかけた陽《ひ》の下、シニヨンに整えた髪の一房さえ揺らすこともなく黒い絶望を掻《か》き消し、その人影は気だるげに煙を吐いた。手に持つ長い煙管《きせる》と深紅のローブが覆うしなやかにして起伏に富みながらも均整の取れた肢体。

髪の合間より伸びる笹穂《ささほ》形の耳が妙に目を惹《ひ》く女性。

ヒト種《メンシュ》ではない。長命種《メトシエラ》と呼ばれる人類種の最高峰《ハイエンド》。

老いず、病まず、衰えぬ、全盛で時を止める殺されぬ限り生き続ける存在。

「興味深い魔力の波長を辿《たど》ってきてみれば、一体何が起こっているのやら」

夕映えを受けて銀の髪を誇らしげに輝かせる女性は、自分の魔法を掻き消されて呆然とする男を無視して振り返り、私の目を覗《のぞ》き込んだ。

「そこの子、ちょっと説明できるかしら？」

とても美しい人だった。いっそ嘘《うそ》くさいまでに整った美貌は、彫刻家が人生の全てを擲《なげう》って彫り上げた彫像が動いていると言われても得心するほど。肉感的な唇、すっと通った高い鼻梁《びりよう》、そして紺碧《こんぺき》と薄柳《うすやなぎ》の金銀妖瞳《ヘテロクロミア》がシャープな輪郭へ精緻に配されており鮮烈に意識の底にこびり付く。この顔と並べれば、どんな美術品でも褪《あ》せてしまうほどの美女であった。

「おまっ……おまふぇ！　おまふぇふぁ!!」

「って、五月蝿いわね……どこの誰だか知らないけれど、アナタ程度に興味はないのよ」

彼女はすっと顔を離して薄柳の左目を多う片眼鏡《モノクル》の位置を正し、背後で騒ぐ魔法使いの男へ溜息《ためいき》を吐《つ》いた。喚《わめ》く男は彼女に呪詛を叩《たた》き付けながらもう一度、あの黒い玉を作り出そうとして……。

指が一つ打ち鳴らされる。

ただそれだけで全てが終わる。

すっぽりと、ただ斯《か》くあるが自然であるかの如く、指の音に合わせて男の姿は消えて失せた。

「で、お話聞かせてくれるかしら。その半妖精、どこで捕まえてきたの？」

【Tips】魔法の発動に呪文や魔法陣は必要不可欠ではないが、それを知らぬ市井の者はあまりに多い。

ヘンダーソンスケール1.0

Ver0.1

ヘンダーソンスケール1.0

【Henderson Scale 1.0】

致命的な脱線によりエンディングへの到達が不可能になる。

何処《どこ》の荘《しょう》にもアンタッチャブルと呼ばれる人間が存在する。

それは風習的な意味であったり……実力的な意味であったり様々だ。

荘の外れで一人の男が呻《うめ》いていた。腹を抱きかかえるように圧迫し、腹圧で溢《あふ》れ出そうとする腸を必死に留《とど》めながら。彼は知っていたからだ。一度これが溢れ、大地に触れてしまえばどうあっても助からないことを。

幾度となく見てきたから。戦地で、野山で、街道で、村々や荘の中で。

しかしそれは、決して自分が腹を押さえながら見てきたのではない。

敵が、女が、子供が、商人が、自分達に〝刈り取られる〟獲物が見せる光景だ。

断じて襲う側の自分、三〇名の盗賊を束ねる首領が晒《さら》すべき姿ではなかった。

一体どうしてこうなったかを思い出そうとして、記憶を探っても彼にはよく分からなかった。何故なら、普段と何も変わらなかったからだ。

仕込みは完璧だったはずである。斥候を出して代官や領主の巡察隊のスケジュールを調べて躱《かわ》し、旅人を装った数人が村の中を探って兵士の不在も確認させた。念入りに数日逗留《とうりゅう》させ、物見櫓《ものみやぐら》に人が就く時間、交代する時間まで調べ上げさせた。

そして安息日の前日、荘民達が唯一怠惰に眠れる晩、その上に重い雲で月が隠れる僥倖《ぎょうこう》にまで見舞われたのだ。

一体どこにケチの付けようがある？

自警団なんてのは精々一〇人前後。武器を操れる人間を全部引っ張り出しても三〇人程度と見れば、奇襲《サプライズド・ユウ》をかける方が断然に有利だ。自警団員がいる家から優先して押し入り、或《ある》いは火を放てば後は楽しい鴨撃《かもう》ちが待っている。柔らかくて美味《おい》しい獲物を数日楽しんで、飽きたら綺麗《きれい》さっぱり掃除して出て行けば良いだけの話。

このルーチンを守ることで、彼は七年も近隣諸国の村や荘を荒らしてきた。巡察隊の見回る頻度と練度から同業者が震え上がるライン三重帝国でさえ、彼は一年も野盗商売を続けてきたのだ。

そして、今回も油断はなかった。なかったはずである。

だが、この様だ。

潜入した配下が〝良し〟の合図として二本の松明《たいまつ》を交互に揺らすのを見て突入する。荘の居住区を薄く囲む石塀を軽く乗り越え、さぁやるぞと気合いを入れたところまでは良かった。

だが、塀を跨《また》ごうとした男達を出迎えたのは矢の雨であった。

上から降り注ぐように、水平から薙《な》ぐように無数の矢が射かけられたのだ。略奪の期待に油断していた彼の手下は、それで半数が斃《たお》れるか負傷した。彼等《ら》は略奪した武具で武装しており最低でも帷子《かたびら》を着込んでいたが、守りを抜くほどの強弓が至近距離から放たれ全く役に立たなかったのである。

たしかに具足は遠距離から放たれた矢を防ぐ堅牢《けんろう》さを誇るが、長弓の水平射やクロスボウに耐えられるほどの無欠さではない。

次いで躍り込んできたのは、颶風《ぐふう》を纏《まと》って荒れ狂う一本の剣であった。

手下が掲げる灯火の下、その剣は残光しか残らぬ速度で舞い踊り、剣呑《けんのん》な銀色が光の筋を残しながら奔《はし》る度に悲鳴が響く。

指が、腱《けん》が、腿《もも》が、体の一部が断たれ、十分な装甲を纏っていたはずの手下達は瞬く間に斃されていった。どれくらいの時間がかかったかは分からないが、本当にあっという間もなかったのは確かだ。

腕に覚えがある首領でさえ、ただの一太刀で胸甲と胴鎧《よろい》の隙間を断ち切られて死にかけているのだから。

彼は這《は》いつくばり、傷を押さえながら這って逃走を試みた。最早《もはや》出血で中々動けないというのに。逃げたところで手下を失って、もう戦えない様であっても。

ただ死にたくなかった。彼はこれまで散々殺してきても、殺される覚悟なんてのはひとっ欠片《かけら》も持ち合わせていなかったのである。

殺すことと殺されること、彼の中でそれは不可分ではなく、決して自分が後者になるなどと思ったこともなかったらしい。

だが、その認識は間違いだ。

這いずる彼の鼻面に何かがぶつかった。柔らかく油の臭いがするそれが、長靴のつま先であることに気付くのには時間が必要だった。

なんとも偶然なことに重々しく月を覆っていた雲が風に払われ、月明かりが差して漸《よう》く彼は長靴の存在に気付いた。

そして、それを履いている男の存在にも。

「あ……ああ…………」

見上げれば、一人の剣士が佇《たたず》んでいた。

軽装の革鎧、視界確保のため前面が大きく空いた兜《かぶと》、担ぐように持った剣に目立ったところはない。ただ、月の逆光を浴びて尚、その青い目は冷徹に輝いていた。

「貴様が頭だな？　ああ、答えずとも良い、その鎧で十分だ」

冷え切った夜気のように凜《りん》と冷徹な言葉は、首領の、いや、最早全ての配下を失って一人の野盗に成り果てた男の脳髄に深く深く斬り込んできた。

ああ、自分はもう駄目なのだな、と意識させられるほど。

絶望に項垂《うなだ》れた顎下に剣の切っ先が差し込まれ、ブーツを見つめていた顔が強引に上向かされる。冷厳とした瞳に射貫《いぬ》かれ、男は何度となく聞いてきた、そして初めて口にする言葉を吐き出した。

無意識の内に、ただ本能的に死にたくないために。

「たっ……たすけて……こ、ころさないで……たのむぅ……！」

悲鳴混じりの情けない命乞いを聞き、剣士は苦い物を嚙《か》んで吞《の》み込み損ねたような顔をしてみせた。まるで、視界に映る男の存在そのものが苦い何かであるように。

「随分と贅沢《ぜいたく》な頼みだ。お前はそれを聞いてきたのか？」

吐き捨てるような言葉に、男は今までの自分を振り返り悟る。一度として、こんな命乞いが刃を止めたことはなかったなと。

しかし、剣士の刃が無情に突き込まれることはなかった。静かに顎から外され、繊細な手付きで鞘《さや》へと戻る。

「だが、私は野盗と同じ所に堕《お》ちるつもりはない。安心しろ、全員死んでおらぬとも」

冷たくも甘ったるい台詞《せりふ》を聞いて、男は思わず口の端を吊《つ》り上げそうになった。こんな温《ぬる》い台詞を吐くやつなら、後々どうとでもできそうだと思って。

「むしろ、ここで死ねると思うなよ外道」

そして、算段を練る間もなく、男の意識は刈り取られた。全く容赦なく、側頭部へ叩き込まれた蹴りのせいで…………。


【Tips】三重帝国においては野盗を厳しく取り締まるため、手配されておらずとも必ず賞金がかけられている。三下でも一リブラは確実で、頭目は下限で一ドラクマ。札付きであれば三〇ドラクマの大金がかけられることも。そして、〝ボーナス〟が支給されることも…………。

私は蹴りをくれてやった野盗を引き起こし、腸が溢れないように布を巻いて手当てしてやった。別に治療してやれば善良になるだろう、などと仏心を出したわけじゃない。

この手の他人を食い物にしてきた野郎は、骨の髄まで糞《くそ》が詰まっていると相場が決まっている。たとえ聖なる川で洗おうと、一度朱に染まった布はどうやったって真っ白にはできないもんだ。ありもしない改心を期待するより、さぱっと首を跳ばしちまった方が世のため人のためというもの。

それを分かって尚《なお》も胴の上に首を載っけたままにしているのは、単純に生きている方が都合が良いからである。

「おう、ご苦労だったな」

かけられた声に振り返れば、そこにはランベルト氏の姿があった。〝私が二〇になった〟から、氏も結構なお年だというのに未《いま》だ現役だから恐れ入る。

「しっかし、おっかねぇ男になったなお前も」

そして、その恐れ入っている相手から〝おっかない〟との評価は心外だ。

「二〇人から一瞬で膾《なます》斬りか」

「人聞きの悪い」

松明を掲げながら倒れ伏す野盗共を見て渋面を作るランベルト氏に、私も思わず渋面を作ってしまった。

「誰一人殺してませんよ」

何故《なぜ》なら、今宵《こよい》私は誰一人として殺していないのだから。

伏撃で長弓やクロスボウを射かけられて運悪く死んだ奴《やつ》もいるだろうけど、私が〝単身〟で斬り込んで暴れた時は誰も殺していないとも。四肢の何《いず》れかを使い物にならないようにするか、鎧の合間を縫って動けなくなる程度の傷を負わせただけである。

「だから尚更《なおさら》おっかねぇんだよ」

呆《あき》れたように嘆息するランベルト氏は、無力化された野盗の群を示すように両手を広げて見せた。

「いくら混乱していようと、戦慣れしてるだろう野盗共の親指だの腱だけなんざ、普通は狙って斬れんぞ。俺だってやりたくないわ」

やりたくない、ということは似たようなことはできるんですね、分かります。

それはそれとして、仕方ないではないか。

野盗は生きて捕らえると懸賞額が高くなるのだから。

笑ってそう言うと、またランベルト氏はなんとも言い難《にく》そうな顔をして後頭部を掻《か》き毟《むし》った。

この人は一体何を遠慮しているのだろうか。荘に踏み込んで好き勝手やろうと目論《もくろ》む畜生なんざ、どうされたって仕方ないだろうに。

このアホ共、斥候を送り込むのは良いが杜撰《ずさん》に過ぎた。旅人にしては持っている得物やら何やらが戦向き過ぎ、――こういった物は重いので、慣れた旅人は嫌うのだ――帝国語も不慣れで妙なイントネーション故に名乗った身分と比して不自然過ぎる。

その上、倉庫だの自警団の櫓《やぐら》だのを伺くれとなく見るのは良いとして、荘の女衆をジロジロ見るのは阿呆《あほう》の所業だぞ。声をかけるでなく、どの家に住んでいるかを気にするなんて愚の骨頂だ。

〝よからぬことを企《たくら》んでいますよ〟と旗竿《はたざお》に書いて行進しているようなものではないか。

多分、仕事が上手《うま》く行き過ぎて気を抜いていたのだろう。やり口そのものは慎重で対応が難しいからこそ、気が抜けた時のボロは大きい。

何より仕事に入る前から人のかみさんにちょっかいかけるたぁ、一体どういう了見だ。

怪しいと思っていた私は即座にぶち切れ、ちょっと〝お話《拷問》〟をして真相を確かめると直《す》ぐに〝お礼《バックスタブ》〟の準備をした。

欺《だま》せていると思っているヤツの横っ面ほど柔らかいものはないのだから。

そして、結果はご覧の通りだ。全て上手く行き、荘の被害はゼロ。そして結構な臨時収入が手に入るのだから素晴らしいったらないな。

「ほんと、お前が予備自警団員として残ったのは、こいつらにとって不運だったなぁ」

「一回一人で斬り込んでみるか？　と煽《あお》った人に言われると作為を感じますがね」

態《わざ》とらしいことを言うランベルト氏に私も皮肉で返した。

ああ、そうだ。紆余曲《うよきょく》折《せつ》あったけれど、私は荘に残ったのだ。

「はいはい、相変わらず仲がよろしいこと」

「マルギット……家で待っていたらいいのに」

新しい家族のために。

私は今、予備自警団員に登録されながら、荘《しょう》の猟師として働いている。マルギットの家に婿入りしたためである。

あれだけ冒険者になると言って、準備までしていたのにこうなった理由は複雑でもなんでもない。ちょっと色々あって〝仲良く〟した結果……。

「お父様が元気過ぎて、お姫様が寝付けないでしょう」

あきれ顔のマルギット。二二のはずなのに知り合った頃の愛らしさに陰りも見せない彼女の腕には、姉妹と見まごう童女が抱かれていた。しっかり彼女と同じ蜘蛛《くも》の下肢を持ち、〝艶やかな金髪と仔猫目色《キトンブルー》の瞳〟も愛らしい天使が。

「父様《ととさま》ぁ……」

「イゾルデ、駄目じゃないか寝てなきゃ」

「やだぁ……父様といっしょがいい……」

彼女の名はイゾルデ。六年前に授かった最愛の一人娘だ。

うん、こういうこともあるよ、人間ですもの。いや、私は悪くないぞ、手を出してきたのは向こうからだからな!?　でも責任とるのは男の方ってなんか理不尽だよなぁ!?　嫌じゃないけどね!?

とまぁ、諸般の事情があって私は荘に残り――親からは喜ばれつつも呆れられ、兄は凄《すさ》まじく微妙そうな顔をしていたが――幸せに暮らしている。こんな具合にトラブルもたまにあるし、臍《へそ》を曲げたエリザに認めて貰《もら》うのは本当に骨折りだったけれど。

ただ、これはこれで悪くない人生だ。冒険とは無縁だが、毎日が驚きの連続であることに違いはない。六つになる娘は私に似ないで可愛《かわい》らしく、成長を見守るのが本当に楽しいのだ。

親とはこういう気持ちなのかと、実感させてくれた彼女には感謝しかない。予定外ではあったが、少なくとも私にとって彼女は幸福の象徴であることに違いないのだから。

「あー……片付けは俺等《ら》でしとくから、お前はもう行け」

「は？　ですが」

妻から娘を受け取ってあやしていると、ランベルト氏は私を胡乱《うろん》な目で見てイヌでも追い払うように手を振った。

「こんな血生臭い所にガキを置いとけるか。マルギット、お前も連れてくる場所は選べ」

「あら、失礼いたしましたわ団長閣下。でもこの子、お父様しか見てないから心配はいらなくってよ」

これからやることは多い。代官に突き出すまでに〝準備〟しておくことは幾らでもあるし、傷は手当てしてやらねば引き渡すまでに出血や感染症で死なれても困る。それでなくても片付けがあるのだが、断固として受け容《い》れる気はないのかランベルト氏は私に再度帰るよう促した。

「そーそ、おめーは帰れエーリヒ」

「イゾルデちゃんいつまでも起こしてたら可哀想《かわいそう》だろうが」

「一番あぶねーとこやったんだから、後は俺等で片すわな」

そして防衛に参加した他の自警団員からも言われたら、固辞して参加する方が空気読めてないことになるよなぁ……。

「父様……」

「……分かった、そうだねイゾルデ。早く帰っておやすみしようか」

ではご厚意を有り難く受け取って、一足先に帰らせていただこうか。家の子はなんでか私がいないと寝付きが悪いのだ。

〝返り血も浴びていない〟ので、さっさと寝床に入ってご機嫌をとるとしよう………。


【Tips】生きて捕らえられた野盗は相場の五割増しから倍で懸賞金が支払われる。頭目の場合は三倍から五倍になることも。


ひと思いに殺すことの方が、よっぽど慈悲深いこともあるのだと男。いや、再び盗賊の首領に返り咲いた男は震撼《しんかん》していた。

否、返り咲かされた、と言うべきだろうか。

耳が痛いほどの唱和。多重に鳴り響く同じ絶叫は、調和など取れておらず最早《もはや》耳鳴りにしか聞こえない。

ただ、その声が何を叫んでいるかだけはよく分かった。声に込められた意思が、形を持つほど強固に叩《たた》き付けられ続けていたから。

「「「殺せ!!」」」

集まった聴衆は、それだけを叫んでいるのだ。

男も女も、その中間も。老いも若きも旧《ふる》き者も。都市に集う全ての存在が叫んでいた。

首領と彼が組織した野盗団の凄惨な死を心待ちにして。

彼とその配下は皆、最低限の治療を受けてライン三重帝国の何処《どこ》とも知れぬ大都市に送られた。手配されている彼等は大都市に近寄ることができなかったため土地勘がなく、ここが何処かさえ分からないのだ。

その上、全員が荘の人間によって、丁寧に出し物としての準備を終えていた。

今後どうあっても狼藉《ろうぜき》をはたらけず、逃げ出すことも出来ないよう〝両手足の腱《けん》〟を完全に断ち切られているのだ。

都市に連行された彼等は最初、広場の牢《ろう》に繋《つな》がれて見世物にされた。石や汚物、腐った魚や果物などあらゆる汚濁が投げ込まれる酷《ひど》い所だったが、まだ彼等には叫び、抵抗する余力があった。

檻《おり》の外から喚《わめ》く民など、散々獲物にしてきた対象だという自負があったから。

しかし、それも三日目の催し物で変わった。

数人の配下が檻から引き出され、民達《たち》の嬲《なぶ》り者《もの》にされて死んだからだ。

彼の配下の中でもまだ年若い三人、うち一人は先の襲撃が初陣という若人までが牢から引き立てられ、広場に聳《そび》える杭《くい》に鎖で繋がれた。成人しているかどうかも怪しい外見の三人に、しかして都市の住民は冷淡であった。

彼等は都市が広場に用意したこぶし大の石を手に取り、警備が許しを与えると共に投げつけ始めたではないか。

それも渾身《こんしん》のオーバースローでではない。加減したアンダースロー、あるいはサイドスローの優しい投擲《とうてき》で。

これがどれほど残酷なことか。こぶし大の石が大人の全力で投ぜられれば、頭などザクロの如《ごと》く弾《はじ》けるだろう。それは比較的素早い死をもたらし、死は全ての肉体的苦痛から魂を解放してくれる。

だが、加減された投擲では、ただただ苦痛だけが続くのだ。石の大きさで痛みと苦痛だけは十分に籠もり、さりとて緩い投擲では死ぬこともできない。

それでもダメージだけは延々と蓄積していき、耐え難く永遠にも等しい時間の後、やっとのことで死に至る。それが三日後か五日後かは知らないが、とてもとても長い苦痛の後で。

連日の投石によってゆっくり嬲られ、人なのか〝それっぽい形をした肉〟なのかも分からぬ有様に仕立てられてゆく新入りを見て、全員が恐怖した。

少しずつ引き立てられる意味を察して。

これから彼等は様々な方法で見せしめにされるのだ。

恐怖は実際に形になった。新入りの最後の一人が――奇《く》しくも初陣で失敗し、誰一人殺すことのできなかった男だ――死ぬと、次の数人が引き立てられる。

彼等は巨大な機械で〝炙《あぶ》られて〟死んだ。短時間なら耐えられる程度の熱風を立てる燻《くん》製機《せいき》のような機械は観衆が好きに薪《まき》をくべられるようになっており、それで保存食の肉を作るように延々と熱攻めにされて死んだのだ。長時間の熱による火傷《やけど》で膨れた姿は、祭りで饗《きょう》される子羊にそっくりだと市民達は指を差して笑った。

斯様《かよう》な緩慢で、見るに堪えない死が幾度も続いた。そして首領は、それを見せ付けられるのだ。餓死せぬよう無理矢理水を飲まされ、食べ物を流し込まれて。

永劫《えいごう》にも等しき時間の中で、配下からも観衆からも絶えず罵倒を叩き付けられて彼の精神は摩耗していった。今や、この耳の中に鳴り響く罵声は本物なのか、それとも過去の残響を自分の頭が垂れ流しているのかも分からないほど。

そして、最後の一人がゆっくりと鼠《ねずみ》に食われて死んだ後、ついに彼の番がやって来た。

首領の、たった一人の男に戻った彼の首に荒縄が巻かれる。

ここで彼は安堵《あんど》した。絞首で死ねるのなら、たとえ時間がかかろうと配下の誰よりもマシだろうと。

その様を執行官は見逃さなかった。

「ほぉ、縄目が嬉《うれ》しいか外道。だが、俺は市民達ほど優しくないぞ？」

覆面で顔を覆った執行官は、小石でも蹴飛ばす気軽さで男を蹴り倒しながら駆り立て、都心の中心を流れる河へと導いた。水運にも使われる立派な河には、装飾の美事《みごと》な橋がかけられており、都市のランドマークとして機能しているのだろうと一目で分かるほど壮麗に飾り立てられていた。

彼はその真ん中に引っ立てられ、欄干に紐《ひも》を通して吊《つ》るされた。

まるで、魚釣りの餌のように。いや、アタリを報《しら》せる浮きのように。

流れが緩やかな河の中には、一つの舞台が築かれているのだ。水面に顔を出すことのないよう作られた演台は、丁度罪人が立てば臍くらいの高さでまで体が浸るよう調整されており、彼は紐を通してそこに立たされている。

最初、首領はこの見せしめの意図を測りかねていた。一体何をされているのだろうと。

しかし、直ぐに分かっただろう。

彼はもう疲れても座れない。眠ることもできず、不意に眠りに落ちれば水が入り込む苦しさで目が覚める。その上、演台のせいで流されてしまうこともできないのだ。

諦めて溺死しようと思っても……できなかった。

それほど溺死は苦しく、何度試しても体が勝手に生へしがみつき、自分の首と橋の欄干を繋ぐ縄を摑《つか》んでしまう。そして、また死ねなかったと絶望し、愚かな様を道行く市民に嗤《わら》われるのである。

さて、ライン三重帝国における刑事法典は〝秘密法典〟として扱われ、裁判官や弁護官、各領主は固く法典を閉ざして民へ晒《さら》さぬように封をする。

それは全て〝この程度なら〟と罰の重さを測って市民が罪へ安易に奔《はし》らぬようにするためだ。

そして、刑事法典の序文は、この一文によって飾られる。

「一罰によって百罪の戒めとせん」

質実剛健と有言実行を旨とする三重帝国のポリシーは今日も守られた。荘の父親が剣を振るって家族を守るのと同じく、これもまたこの世界においてありふれた光景なのである。

浜の真砂《まさご》は尽きるとも世に悪人の種は尽きまじ。されど、芽を摘むことは容易《たやす》けれ………。

【Tips】悪人の見せしめ刑は世界の何処ででも見られる必要悪である。

「よるのもうふ、おつきさまのまくら、くものねどこでおやすみよいこ。ほしがみまもる、よいゆめばかり。ふたつのまぶたはなかよしで、だいじなおめめのこどもをまもり……」

自作の子守歌を歌って背中を撫《な》でてやると、イゾルデはあっという間に安らかな寝息を立てて眠りの世界に旅立った。これだけすっと寝てくれると、自分が大した作曲家で歌手なんじゃないかと思い上がってしまうね。

この子は本当に寝付きが悪かった。赤ん坊の頃は特に夜泣きがひどいもんで、種族柄ショートスリーパーなマルギットや、特性で短時間睡眠で十分にしている私でも難儀したものだ。

この歌はなんとか寝かしつけようと苦心して作ったもので、気に入ってくれたのか直《す》ぐ寝るようになってくれてありがたかったね。歌唱技能を高いレベルで修めると高価《たか》いから、自力に〈染み入る声音〉や〈穏やかな声〉なんぞの安い特性を重ねて頑張ったから、感動して泣いたのを覚えている。

まぁ、マルギットからは「人前では絶対に歌わないように」と子守歌だけではなく、普通の歌も禁止される程度の腕前だったので、その感動も直ぐにへし折れたけれど。親の欲目ならぬ子の欲目でオマケした採点をしてくれていたのだろうか。

さて、こんな私の子守歌でこの子が満足してくれるのは、あとどれくらいだろう。

「もう寝てしまって？　母親形無しねぇ」

可愛い寝顔を見てまったりしていると、全くなんの気配も感じないのに耳元で妻が囁《ささや》いた。寝台が軋《きし》むどころかマットレスが傾く感覚さえないのが不思議でならない。私がイゾルデを寝かしつけている間、鎧《よろい》を片付けてくれていたのだが、いつの間に終えたのやら。

ぞわりと心地好い痺《しび》れを感じつつ、心の中で黒星を一つ数える。そして、振り向こうとしたが、それよりも早くマルギットが横向きに寝ていた私の腕に胸を預けてきた。

絶妙な位置取りに身動きがとれなくなった。体の軸を完全に押さえられていて、仰向《あおむ》けにもうつ伏せにもなれないよう固められてしまう。彼女は営巣しない蜘蛛《くも》だけれど、まるきり捕まえられた獲物のようになってしまった。

「夫を捕まえてどうしようというのさ」

「さぁ？　どうしましょ。籠に入れて飼ってしまおうかしら。それとも首輪がいいかしら」

体を大きく預けて覗《のぞ》き込んでくる顔は……目が笑っていなかった。

弧を描いて笑みに歪《ゆが》められてはいるが、冴《さ》え冴《ざ》えとした月の光を受けて黄金に色を変じた瞳は全く笑っていない。出会った頃から変わらない顔付きに息づく、幼さを塗りつぶすほど凄絶な妖艶さに思わず胸が高鳴った。

「私ね、少し考えたのよ……どうして家の子がこんなに泣き虫なのかって」

あ、これ駄目なヤツだ。

咄嗟《とっさ》に抵抗しようとするも、マットレスに食い込んだ蜘蛛の足が器用に蠢《うごめ》いて初動を潰してくる。認識する間もなく仰向けにされ、両腕は脇に添えたまま胴に乗った彼女に捕まえられてしまったではないか。

今ので起きてしまったのではと心配して娘を見れば、彼女もいつの間にやら落ちない程度の隅っこに移されている。その上、寝冷えしないよう追加で毛布をかけてあったのは、流石《さすが》母親の気遣いと言うべきか。

いや感心してる場合じゃねぇだろ私。

「この子は一人じゃない？　お父様もお母様も独り占めで、孫煩悩なおじいさまとおばあさま方もいらっしゃる」

「まぁ、そうだね……」

そのまま体が重ね合わされ、胸の上に顎を乗せた彼女は悪戯《いたずら》っぽく笑う。けれど相変わらず目は笑っていなかった。

うん、怖《おそ》ろしく綺麗《きれい》だ。前も表現したけど、怖ろしいほど綺麗なんじゃなくて、おっかなくて綺麗なんだ。それも、年々おっかなさも美しさも増している気がするから本当に恐《こわ》い。

「だから……妹か弟が必要なんじゃないかと思うの」

さも良い考えでしょと言いたげにしている彼女に対して、私は反論の言葉が思い浮かばなかった。突飛な考えではないと思う。現に私だって前世では末っ子だったが、エリザが生まれて兄貴としての自覚が芽生えて随分と変わったと思う。

それを考えると理には適《かな》っているんだけども……。

「娘に甘えられてうれしいからこのままでも……なんて思ってないでしょうね？」

「そんなことないよー」

何故《なぜ》ばれたし。

棒読みの否定に彼女は呆《あき》れた溜息《ためいき》を零《こぼ》し、胸の上で頬杖《ほおづえ》をつき、空いた左手で頬を撫でてくる。

「ほぉんと、甘いお父様ね……でも、ね、エーリヒ」

〝久しぶりに〟私を名で呼び、彼女は体を擡《もた》げて顔の間合いを詰めた。

「アナタは父親だけど……私の夫であることを忘れてはいけなくってよ？」

微笑《ほほえ》みと共に唇が落ちてきた。触れるだけの優しい口づけ。柔らかく、蕩《とろ》けるような感覚を残して捕食者は牙を剝《む》く。

まぁ、断る気は最初からないけれど。惚《ほ》れた弱み、というよりも食われた弱みとでもいうべきか。

確かに野営の最中に〝仲良く〟してしまったのが結婚の契機ではあるけれど、幾ら多感な時期であろうと私だって子供ができるようなことを欲望だけに負けてするほど無鉄砲ではない。

あの頃には体も出来上がってきていたから、撥《は》ね除《の》けようと思えば当然できた。だけど私はそうしなかった。

理由は敢《あ》えて語るまでもないだろうさ。言わせせんな恥ずかしい。

「で、どうかしら？」

からかい混じりの問い掛けに、私は目を閉じることで応えた。今日は私の負けだから、大人しく獲物になりましょうってことでね………。


【Tips】ヒト種《メンシュ》の雄性体が異種交配した場合、雌性側の種が宿ることが殆《ほとん》どである。

Aims for the Strongest
Build Up Character
The TRPG Player Develop Himself
in Different World
Mr. Henderson
Preach the Gospel

CHARACTER

名前

エーリヒ

Erich

種族

Mensch

ポジション

前衛

特技

器用 スケールⅦ

技能

- 戦場刀法
- 木工彫刻
- 農業

特性

- 艶麗繊巧
- 観見

名前

マルギット

Margit

種族

Arachne

ポジション

斥候・弓手

特技

瞬発力 スケールⅥ

技能

- 無音移動
- 気配希釈
- 短弓術

特性

- 蜘蛛の体軀
- あやしいびぼう

Aims for the Strongest
Build Up Character
The TRPG Player Develop Himself
in Different World
Mr. Henderson
Preach the Gospel

CHARACTER

あとがき

まずは本書を手に取ってくださった奇特な諸兄らに謝辞を。次いで筆が遅い私にキレることもなく根気よく付き合ってくださった担当編集氏、そして美麗なイラストで表紙のみならず物語そのものを素敵に飾ってくださったランサネ様に深い感謝を。なろう版で感想を贈ってくださり、萎えやすい私に水を絶えず与えてくれたWeb版読者諸氏にも深くお礼申し上げます。

それから何より、忘れがたい冒険を綴《つづ》る礎を作って下さった、各TRPGシステム制作会社様にも拝謝いたします。長年楽しませていただいたTRPGに、僅かなりとも報うことができたでしょうか。

思えば四畳――流石《さすが》に六畳だったたっけ？――の小汚い部室の押し入れに山と並べられたルルブの海に溺れ、気がつけばちょっと広くなった部屋で「うるせぇ！」と怒られながら賽子《さいころ》を転がし、あれよあれよという間に同時に三卓立てられるような部屋に移った古巣から卒業して随分と経《た》ちました。

仕事をしながら「あー、キャラ紙量産してぇ、無意味に大量のダイス転がしてぇ」と嗚く奇妙な生き物であった私が、気の赴くままに書いていたら凄《すご》いことになってしまったものです。紙の本になって絵が付いて、一丁前に振る舞うことができるようになったのですから。

とりあえず「テメェのクドい文章でラノベとか鼻で嗤《わら》うわ。ええからさっさとキャンペの続き書けや」と学生時代に煽《あお》ってくれた同期見てるー？　と時を超えて煽り返して満足しておくとして、あとがきらしくＴＲＰＧについて言及しておこうかと。

Ｗｅｂ版の感想でも時折あったことですが、ＴＲＰＧに馴染《なじ》みのない方も多いようで。当然ながら一般的とは言い難い――それでも黎明期《れいめいき》とは比べるべくもありませんが――上に複数人いなければ成立しない趣味なので無理もないでしょうが、これほど大勢集まってワイワイやることが楽しい趣味もないかと思います。

筋書きはあっても脚本のない劇を演じるようでいて、しかしＧＭ《ゲームマスター》とＰＬ《プレイヤー》が互いの立場の中で殺し合いながらも共同して物語を作り上げる。その中で我を通して悦に入り、他人の「これが俺の最推しじゃぃ！」という我を見て笑い、泣き、時に煽り倒す遊びは正直一言では語り尽くせません。

私のように紙に書いてある実数データから世界設定まで読み込んで色々悪用しようとする凝り性の変態から、データはまぁいいから気に入った世界でロールしたいという趣味人、私的には困ったもんだと思いますがＧＭ《ゲームマスター》やＰＬ《プレイヤー》を〝敵〟として蹴散らすことに悦楽を見《み》出《いだ》す戦闘狂、そしてＴＲＰＧをツールの一種として大勢で楽しむことを愛する人間まで全て受《う》け容《い》れる懐のふかーい趣味です。

その上でクラシカルなファンタジー世界があったと思えば現代伝奇調の目とか左手とかが疼《うず》きそうな世界もあり、読んでると正気度が削れていくような世界にまで飛び込んでいけるとくれば、頭まで浸《つ》かった位じゃ足りないほど。

色々と書き連ねてはみましたが、あとがきの短い文章量で語り尽くせるものでもないので、一番手っ取り早いのは遊んでもらうことですかね。なぁに大丈夫です、地獄への道は善意で舗装されているという箴言《しんげん》と同じように、ＴＲＰＧという沼への道は趣味人共が「気軽さ」で舗装してくれています。ちょいとお手元のピカピカ光る板っきれを使えば、気軽にＴＲＰＧに興じられる場所が出てくるものです。

きっとそこから莫逆《ばくぎゃく》の、それこそ三十路《みそじ》近くなっても酒を呷《あお》りながら管を巻ける友人ができるかもしれません。演じる楽しさ、シナリオを作る楽しさ、運に身を任せて時に憤死する楽しさから新しいものに繋《つな》がることもあるでしょう。

そして残りの容量が僅かになった所で「あ、やべ、本編についてなにも語ってねぇ」と気付く私の浅はかさを一つ笑っていただければ何よりです。エーリヒの冒険は以後もＷｅｂで先行しつつ続くので、リプレイでも読むような心地でお付き合い頂ければ、これ以上の喜びはございません。次があるとしたら、多分あのおっかねぇ妖精共がわちゃわちゃする感じですかね。

それでは改めて、本書と徒然《つれづれ》なるあとがきに付き合っていただいたことにお礼を申し上げると共に、次もエーリヒの冒険に付き合っていただけるようお祈りいたします。


【Tips】筆者のPL《プレイヤー》時の期待値は5、GM《ゲームマスター》時の期待値は9である。

発売おめでとう
ございます!!

アラクネがメインヒロイン、
最高です

OVERLAP

TRPGプレイヤーが異世界で最強ビルドを目指す 1
～ヘンダーソン氏の福音を～

発　行	2020年4月25日　初版第一刷発行
	2024年11月27日　第二刷発行
著　者	Schuld
発行者	永田勝治
発行所	株式会社オーバーラップ 〒141-0031　東京都品川区西五反田 8-1-5
校正・DTP	株式会社鴎来堂
印刷・製本	大日本印刷株式会社

Printed in Japan ISBN 978-4-86554-638-5 C0193

オーバーラップ　カスタマーサポート
電話：03-6219-0850 ／受付時間 10:00～18:00（土日祝日をのぞく）

作品のご感想、ファンレターをお待ちしています

あて先：〒141-0031　東京都品川区西五反田 8-1-5 五反田光和ビル 4 階　ライトノベル編集部
「Schuld」先生係／「ランサネ」先生係